Les mille et une nuit.
Contes arabes.
Antoine Galland

ガラン版

千一夜物語

ألف ليلة وليلة

1

西尾哲夫【訳】

岩波書店

シャフリヤール王に『千一夜』を語るシェヘラザード
(「枠物語 ── シャフリヤール王とシャフゼナーン王」より，レオン・カレ画)

邪悪なジンと闘う姫
(「王子である三人の遊行僧とバグダードの五人の娘の話」より，エドマンド・デュラック画)

海からひきあげた壺から現れたジン(「漁夫の話」より，ルネ・ブル画)

献辞

オー侯爵夫人にしてブルゴーニュ公妃女官であらせられるマダムへ

わたしがコンスタンティノープルに滞在しておりましたころ、今は亡きご尊父ギュラーグ氏(1)より限りない善意を頂戴いたしました。あれから数年がすぎましたが、ご尊父のご厚意はわたしの心に深く刻みつけられており、片時も忘れることはありません。ご尊父がご存命であればフランスにとっては利益となり、わたしにとっては幸運となるのですが、その場合には、恩人でもあり、確かな審美眼をそなえてひとびとを感化しておられたご尊父に本書を献呈するつもりでおりました。

ご尊父の審美眼についてはあまねく記憶されております。単なる思いつきにも瞠目すべき意味があり、ささいなことばであってもつねに正鵠を射ておりました。そして誰もがご尊父を賞賛してやみませんでした。ご尊父は豊かな機知と堅実な人がらを身につけておられました。わたしは、ご尊父が上のかたとさまざまな話をされる場面に立ちあったことがあります。ご尊父は、職務にかかわる諸事に没頭し、こみいった折衝をてぎわよくまとめあげておられました。とは言うもののご尊父の快活な人となりは、職務上の重責によっていささかも変化することがありませんでした。ご尊父は友人を魅了し、折衝の相手となった蛮地のひとびとからも好意を寄せられたのです。

しかしながら、かけがえのない人物を喪った今となっては、本書を献呈できるかたはマダムをおいてほかにはありません。ご尊父の代わりとなれるのは、マダムしかおられないからです。

かつてわたしは、フランス語に翻訳した七つのアラブの物語をマダムに献呈いたしました。マダムがその翻訳に与えてくださったのと同じお力添えをどうか今回もお示しください。マダムは、わたしがあれから一度も印刷物を献呈しなかったことをいぶかっておられるでしょう。遅れた理由を申しあげますと、印刷にとりかかる前に、先の物語が同じような物語集の一部であることがわかったからです。その物語集は長大で何冊かにわかれており、『千一夜』という題名がついています。このため、印刷を延期することになり、その物語集を探さなくてはなりませんでした。シリアからもたらされた本をフランス語に訳して本書である第一巻が完成したのですが、わたしのもとに届いたのは全部で四巻にすぎません。

本書にふくまれている物語は、マダムがこれまでに読まれた物語よりもはるかに興趣に富んでおります。はじめて目にする話ばかりですし、数もきわめて多く、当地に伝わる多くの物語をみごとにまとめあげた名も知れぬアラブの作家の巧みな語り口に心を躍らせることになるでしょう。作り話にはちがいありませんが、どの話も楽しく、それぞれが異なった味わいを持っております。

わたしが献呈するこのささやかな書物をどうかお受けとりください。本書は、生涯変わることのないわたしの深い感謝と尊敬のあかしとなりましょう。

恭順なるしもべ　ガラン

告知文

本書におさめられている物語がすぐれて美しいものであることについては、あらためて述べる必要はありますまい。読めばすぐにわかることだからです。目をとおしさえすれば、これほどによく書かれた物語は、いかなる言語のものであれ今までに読んだことがないと気づかれるでしょう。

ここで紹介する物語はその数も多く、きわめてたくみに語られています。色とりどりの話が集められ、それらの話をつなぎあわせていく話術もみごとそのものです。これらの話は、一篇の長大な物語集を構成しているように見うけられます。

長大な物語集と言ったのには理由があります。原典であるアラブの物語集には『千一夜』という題名がつけられており、全部で三十六の部分から構成されているのですが、ここで翻訳紹介するのはそのうちの第一部にすぎません。これほどの大作品を書いた著者の名はわかりませんが、おそらくはひとりの手になるものではないでしょう。たったひとりでこれほどたくさんの想像力に富んだ話を作ることはできないからです。

ここで紹介する物語は不思議なできごとについて語っています。そして、そのような不思議なできごとゆえに、こういった類の物語が楽しくて変化に富んだものになっているのであれば、これらの物語は今までに世にでたどの物語よりも楽しいものであると言えるでしょう。というのも、これらの物語は驚異と魅力に満ちており、こういった作品にかけては世界のどの地域よりもアラブのひとびとがすぐれているからです。

また、多神教やイスラム教[2]などの異教に関する描写を通して東方の風俗習慣に接するという楽しみもあるでしょう。本書で紹介する物語では、東方に関するさまざまな書籍や旅行記よりもこれらのことが詳しく語られています。

これらの物語にはペルシア人、タルタル人[3]、インド人をはじめとする東方のひとびとが登場し、君主から最下層の民にいたるあらゆるひとびとが描かれています。ですからわざわざ東方にでかけてさまざまなひとびとにであう困難をおかさずとも、彼らのおこないを見たり話を聞いたりする楽しみを味わうことができるのです。

ここでは彼らの本来の姿を伝えることにし、その話しかたや考えかたからそれることがないように気をくばりました。また、礼儀上ゆるされない場合をのぞき、忠実に訳してあります。アラビア語を解する人、あるいはアラビア語原典を訳文とつきあわせてみようという人であれば、翻訳者が当世フランスのしきたりとことばにそいながら、フランス人読者の前にアラブの姿を紹介したことを理解していただけるでしょう。そしてこの物語集から美徳や悪徳をめぐる心得をひきだそうとするひとびとは、ほかの物語からは決して得られない実りを手にすることができるでしょう。それらの物語は世の習俗を正すというよりは、これを台無しにしているからです。

目次

※ガラン版原本の初版では、枠物語に物語名はついていないが、本書では追加した。
なお、原本の初版には、告知文の次に夜ごとの物語索引がついているが、本書では読者の便宜のため、物語名による目次をつける。

・本書は、アントワーヌ・ガラン（Antoine Galland, 一六四六〜一七一五）翻訳による、『千一夜　アラブの物語』（*Les mille et une nuit. Contes arabes.* 1704-1717, Paris）全十二巻の日本語訳である。翻訳にあたっては、初版の第一刷を底本とした。

・人名や地名などの固有名詞については、基本的にガランの読みを尊重して当該のフランス語転写を日本語読みになおした。ただ明らかな誤記はその旨記した上で訂正し、日本語として定着しているものについてはそちらを採用した。

ガラン版

千一夜物語

1

枠物語——シャフリヤール王とシャフゼナーン王

古代ペルシアの王朝であるササン朝はインドにまで領土をひろげ、周辺に浮かぶ大小の島々を支配し、ガンジスを越えて中国へといたる地域を統治いたしました。この王朝の年代記が伝えるところによりますと、大王たちの中に人なみすぐれて世に秀でた王がおられました。王は知恵と深慮のゆえに民からは慕われ、武勇と精強な軍隊ゆえに隣国からは怖れられておりました。王には二人の息子がありました。兄王子の名はシャフリヤール。父王の後継ぎたるにふさわしくあらゆる美点をそなえておりました。弟王子の名はシャフゼナーン(4)。弟王子も兄にいささかも劣らぬ美点の持ち主でありました。ながく栄光に満ちた御世がすぎて王がみまかりますと、シャフリヤールが玉座に登りました。シャフゼナーンは帝国のおきてによって何も相続することができず、ひっそりと暮らすことになりました。しかし兄王の幸福をねたむ心はさらさらなく、兄を楽しませることにのみ意をつくしておりました。

シャフゼナーンはたくまずして兄の心をときほぐし、シャフリヤールも弟のことをたいそう気にかけておりましたから、弟の心づかいをうれしく思っておりました。そしてかぎりない友愛のあかしとして弟と王国をわけあうこととし、シャフゼナーンに大タルタルの王国をゆずったのでありました。シャフゼナーンは時をおかずして大タルタルの王となると、首都サマルカンドで暮らすようになったのです。

二人の王が別れてから十年がすぎました。シャフリヤール王はどうしても弟に会いたくなり、使いをだして弟王を呼びよせることにしました。王は宰相を使者にたてるとその地位にふさわしい随員をつけ、大急ぎで弟のもとへと送りだしました。

使者がサマルカンドに近づくと、知らせを聞いたシャフゼナーンは宮廷の高官たちをともなって使者のもとにおもむきました。高官たちは王の宰相に礼をつくすため、きらびやかな衣装に身をつつんでおります。シャフゼナーン王は歓喜のうちに使者を出迎え、まずは兄王の消息を尋ねました。宰相が弟王の問いに答えて使いの目的を伝えますと、シャフゼナーン王はおおいに心を動かされました。

「賢明なる宰相よ、兄上は身にあまる名誉をわたしにお授けくださいました。これほどうれしいことはありません。兄上がわたしに会いたがっているように、わたしも兄上に会いたくてたまりません。時がすぎても兄上の愛情はいささかも衰えず、それはわたしとて同じこと。わが王国は平安のうちにあります。十日のうちに、宰相とともに兄上のもとに参る手はずをととのえましょう。短いあいだですから入城されるにはおよびません。この場で足をとめ、天幕を張ってしばしお留まりください。宰相ご一行のために冷えた飲み物をたっぷりと持ってこさせましょう」

ただちに手配がすみ、シャフゼナーン王がサマルカンドに戻ったかと思うと、宰相一行のもとにはおびただしい量の冷水や冷果とともに、豪勢なごちそうや高価な贈り物が運ばれてきました。

このあいだにもシャフゼナーン王は出立の準備をすすめました。急を要することがらを解決し、自分がいないあいだに王国の大事をてがける顧問団を任命し、万全の信頼をよせている賢明な大臣をその長としました。

十日がたち、手回りの品々や随員の準備もととのいましたので、シャフゼナーン王は妻たる妃に別れを告げると夕刻にサマルカンドを後にし、お付きのひとびとをひきつれて宰相の天幕の近くに設営された王の天幕へと入りました。そして宰相を相手に夜更けまで語り明かしたのでした。

しかしシャフゼナーン王は最愛の妻をもう一度抱擁したいと思い、ひとりで王宮に戻るとまっすぐ王妃の部屋へと向かいました。王妃はまさか王が戻ってくるとは思っていなかったので、召使のなかでも一番身分の卑しいしもべを寝床にひきいれておりました。二人が横になってから長い時間がすぎており、両名ともにぐっすりと眠っていたのです。

シャフゼナーン王は心から愛する妻を驚かせようと思い、心を浮きたたせながら音もたてずに部屋に入っていきました。しかしなんということでしょう、夜の闇の中でも諸侯や妻妾の部屋を明るく照らす大燭台の光の中に浮かびあがったのは、妻の腕の中にいる男の姿だったのです。シャフゼナーン王はこおりついたように動きをとめ、わが目を疑いました。

「なんということだろう！　城を後にしたばかりでサマルカンドの城壁からは一歩も出ていないというのに、このように腹だたしいことがあってよいのか。不実な妻よ、そなたの罪は決してゆるされない。わたしは王として、国内でなされた重罪には罰を与えなくてはならない。そしてはずかしめられた夫として、そなたには死んでもらわなくてはならない」

不幸な王は一時の激情に身をまかせて三日月刀を抜きはなつと寝台に近づき、二人の罪びとを一刀のもとに斬り殺して眠りの世界から死の世界へと送ってしまいました。そしてひとりずつ窓から外へと放りだし、王城をかこんでいる堀の中に投げいれてしまいました。
報復がすむと、王は来たときと同じように町を離れ、天幕へと戻っていきました。王は戻るとすぐさま、自分がやったことは誰にも話さずに天幕をたたんで出発するように命令しました。ただちに準備がととのい、昼前には太鼓を鳴らし楽器を奏でてみなの気分を盛りあげながらの出立となりましたが、王の顔だけはくもっておりました。シャフゼナーン王は妃の不貞にうちのめされており、旅を続けながらも片時たりとも心晴れることがなかったのです。

やがてインドの首都に近づきますと、シャフゼナーン王の目に兄王の姿が見えてきました。シャフリヤール王とその廷臣がせいぞろいしているのです。二人の王は再会の喜びに震えました。二人はともに下馬するとたがいを抱擁し、愛情に満ちたことばをやりとりすると再び馬にまたがって都に入り、なみいるひとびとの歓呼を受けたのでした。

シャフリヤール王は、かねて用意の宮殿へと弟王をいざないました。この宮殿の庭は王宮まで通じており、このうえもなく壮麗に造られておりました。宴会や宮廷の気晴らしのための宮殿だったからです。そして新たな調度品のおかげでますます華麗に飾られていました。

シャフリヤール王は弟王が湯浴みして衣服を着替えられるようにと、すぐに弟のもとを去ったのですがしばらくすると戻ってきました。二人が長椅子に腰をおろすと、廷臣たちはお辞儀をしながら退出していきました。長い年月をへてようやく再会できた二人の王は、血をわけた兄弟の情というよりも友情で結ばれており、積もった話にわれを忘れるのでした。晩餐の時間となり、二人の王はともに食事をとりました。その後はふたたび話に花を咲かせたのですが、やがてシャフリヤール王は夜が更けたのに気づき、弟王を休息させるために退出していきました。

不運なシャフゼナーン王は、寝床に入りました。兄のおかげでひとときは気が晴れたのですが、前にも増して気分が落ちこむのでした。必要な休息をとるどころではなく、胸に浮かぶものといっては身の毛もよだつようなあのおそろしいできごとだけなのです。不実な妃のおこないがありありと思いだされ、我を忘れてしまうほどでした。シャフゼナーン王は一睡もせずに朝を迎え、悲痛な思いにふけるのでした。シャフゼナーン王の表情はあまりに悲しげでしたから、兄王がこれに気づかぬはずはありません。シャフリヤール王はいぶかしく思ってひとりごちました。

「タルタル王はどうしたのだろう？　どうしてあのように悲しそうな顔をしているのだろう？　自分が催した歓迎の宴のせいだろうか？　いや、そうではない。わたしは愛する弟を心からもてなした。わたしのせいではない。とすると国を遠く離れてふさぎこんでいるのだろうか、それとも妃を置いてきたので心楽しまないのだろうか。このせいでふさいでいるのだとすれば、すぐにでもかねて用意の贈り物をしよう。そうすればいつでも好きなときにここを発ってサマルカンドに戻ることができるだろう」

翌日、シャフリヤール王は弟王に選りすぐりの贈り物をとどけました。インドの品々の中でもとびきり高価でめずらしい宝物です。それだけではなく、毎日、新しい楽しみを見つけてはなんとかして弟王の気を晴らそうとしましたが、どれほど盛大な宴を催してもシャフゼナーン王を楽しませることはできず、かえってその悲しみを増すことになったのです。

ある日のこと、シャフリヤール王は都から二日離れた場所で大がかりな狩をすることになりました。その場所にはたくさんの鹿がいるのです。シャフゼナーン王は、狩のお供からはずしてくださいと兄に頼みました。体調がすぐれないからと言うのです。兄は弟に無理じいはしたくなかったのでシャフゼナーン王の願いを聞きとどけ、廷臣一同をひきつれて狩に出かけていきました。

兄王が出発すると弟王はひとりになり、居室に閉じこもると窓辺に腰かけて庭園を見おろしました。目の前には美しいながめが広がり、翼をやすめる鳥たちのさえずりがあたりに満ちています。シャフゼナーン王にあわれを感じる心があれば、いくばくかのなぐさめを得ることもできたでしょう。ですが王の心は不実な妃をめぐる不幸なできごとのせいですっかり閉ざされており、シャフゼナーン王は庭に目をやるでもなく、天をあおいでわが身の不幸を嘆くわけでもありませんでした。

所在なさに身をまかせていたシャフゼナーン王でしたが、はっと気をひかれるものがありました。突然、王宮にある秘密の扉が開いたかと思うと、二十人の女たちが出てきたのです。一同のまん中には、堂々とした雰囲気ですぐにそれとわかる王妃の姿がありました。王妃は弟王もみなと同じように狩にでかけたと思っており、女たちとともに弟王がいる窓の下までやってきました。

シャフゼナーン王は、好奇心からことの次第を見とどけようと思い、相手からは見えない場所に身を置きました。すると王妃についてきた女たちは、掟など意にも介さずに顔の覆いを取り去り、長着を脱ぎ捨てて下着姿になってしまいました。ところが驚くべきことに、シャフゼナーン王の目には女ばかりの一団と見えた中には黒人の男十人が混じっており、それぞれが愛人を伴っているのです。王妃はひとりでしたが、それも長いあいだではありませんでした。王妃が手をうち鳴らして「マスウード、マスウード」と呼びますと、高い木の陰から黒人の男が姿をあらわし、女主人のもとに駆けよっていくのです。

礼儀をわきまえる者として、女たちと黒人の男たちのあいだで何がおこったかは、語らないでおきましょう。それにこのように細かいことを語る必要もありますまい。ここではシャフゼナーン王が、兄王も自分と同じくらいみじめな立場にいるのだと納得したことを語っておけばじゅうぶんでしょう。こうして愛のたわむれは夜更けまで続きました。男も女も庭園の中央にある広い水盤で行水し、それがすむとふたたび衣服を身に着けて王宮にある秘密の扉から出ていきました。庭園の塀の外からあらわれたマスウードは、同じ場所から姿を消しました。

すべてを見とどけたシャフゼナーン王は、物思いにふけりながらひとりごとを言いました。「自分はほかに例がないほど不幸だと思っていたが、そんなことはなかった。世の夫というものは必ずこういう運命にあるのだ。諸国を治める大王たる兄といえども、この運命を免れることはできないのか。とすると、悲しみにうちひしがれるのはやめよう。もうすんだことだ。これからは誰にでもおとずれる不運に心乱されるようなことはするまい」

シャフゼナーン王は、たちまちのうちに晴れ晴れとした気分になりました。窓の下でくり広げられた情景を目のあたりにするまでは夕食をとる気などなかったのですが、王の命によって食事が運ばれてくるとサマルカンドを出立してからはじめて食が進み、食事をするあいだに奏でられる歌や器楽の調べも心地よく感じられるのでした。

シャフゼナーン王はその後もいたって晴れやかな気分ですごし、兄王が帰城する日となりました。シャフゼナーン王は兄のもとに行き、機嫌よく挨拶しました。シャフリヤール王は弟の変わりように気づかず、狩に同行しなかったことを軽く咎《とが》めました。そして返事も待たずに自分が射とめたたくさんの鹿や獲物のことを話し、いかに楽しかったかを語って聞かせました。シャフゼナーン王は熱心に聞きいっておりましたが兄王の話が終ると口を開き、今や憂いもすっかり消えて心も軽くなっておりましたから、楽しいことどもを次々と兄に話したのです。

兄は、弟は相変わらずだろうと思っておりましたから、いかにも楽しそうにしているのを見てたいそう喜びました。

「弟よ、わたしがいないあいだにそなたをこれほどまでにも元気づけられた天に感謝しよう。まったくもって喜ばしい。ひとつ、どうしても尋ねたいことがあるのだが、どうかいやがらずに答えてほしい」

「どうしていやがりなどしましょうか」と弟王が答えました。「何なりとお尋ねください。どのようなお尋ねをなさるのか楽しみでなりません」

「わが宮廷に着いてからというもの、そなたは暗い顔でふさぎこんでいた。わたしは手をつくしてそなたの憂いをとこうとしたのだが、すべては無駄だった。自分の国を遠く離れたから鬱々として楽しまないのだろう、あるいは愛情にかかわることなのだろう、たぐいまれな美貌ゆえにそなたと結ばれたサマルカンドの王妃がその原因なのだろうと思ってもみた。正しいみたてかどうかは見当もつかないが、そなたをわずらわせたくはなかったので、これについては問わないでおいたのだ。しかるに、わたしが講じた手は効果がなかったというのに、狩から戻ってみればそなたはこの世の誰よりも晴れ晴れとした顔になり、暗い影はあとかたもなくなっている。いったい、何の理由であれほど悲しんでいたのだね？　それにどうして今はこれほど楽しそうなのだ？」

これを聞いた弟王は夢見る人のようなようすで、しばしことばを探しておりましたが、やがてこう答えました。

「兄上は、大王にしてわが主人でもあるおかた。お願いですからその問いに答えることはひかえさせてください」

「いや、わが弟よ。どうか答えてほしい。どうあっても聞きたいのだ。わたしの頼みを断らないでくれ」

シャフゼナーン王はもはや兄王の頼みをはねつけることができなくなりました。「わかりました、兄上。それではおことばにしたがってお答えいたします」

こうしてシャフゼナーン王は、サマルカンド王妃の裏切りについて語り、話が終るとこうつけ加えました。「兄上、これこそがわが憂いの種だったのです。わたしがふさぎこんでいたわけがおわかりでしょう」

「弟よ」と兄は声をあげました。その声には弟王の境遇に対する同情が満ちています。「そのようにひどいことがあったのか！　これを聞くまでは心休まることがなかった。まったく、このような不届き者は罰せられるのが当然だ。そなたの行為をとやかく言う者などいようはずもない。まことに正しい裁きであった。わが身に置きかえるならば、そなたほど節度をもってふるまえたかどうかは心もとない。ひとりの女の命をとるだけではすまなかったかもしれない。怒りをしずめるには千をこえる命をとったかもしれない。そなたが嘆くのはもっともだ。これほどむごくこれほど耐え難いしうちをされて黙っているわけにはいかないではないか。おお神よ！　なんと奇しき一件なのでしょう！　だがこのような目にあうのはそなたくらいのものだろう。ともあれ神は褒むべきかな、神はそなたに慰めを与えられた。そなたの悲嘆にはじゅうぶんな理由があったとわかったのだから、何事をも包み隠さずにすべてを話してくれるだろうな」

シャフゼナーン王にしてみれば、最初の質問よりもこの質問に答える方が難事でした。兄王の一身上の事情にかかわってくるからです。ですが大王の命にはしたがわなくてはなりません。

「わかりました。ぜひにと言われるのでしたらお話しいたします。わたしの話を聞いて、わたしより辛い思いをされなければよいのですが。どうかわたしを責めたりなさいませんよう。兄上の命令にしたがって、永遠の秘密にしておきたかったことを話すのですから」

「そなたのことばを聞いてますます知りたくなった」とシャフリヤール王が言いました。「その秘密を話してくれ。どのような話なのだ？」

弟王はどうすることもできず、自分が見たことすべて、つまり、黒人が変装していたことや、王妃とお付きの女たちが不埒《ふらち》なおこないにおよんだことを話しました。もちろんマスウードのことも話したのです。

「これらのけしからぬことどもを見てしまった後で、そもそも女というものはぐらつきやすく、色恋ざたとなるとおさえがきかぬものであると納得いたしました。そのように考えますと、女の不貞にやきもきするなどというのは、男として情けないことのように思えます。わたしはいろいろと考えをめぐらせましたが、やりすごす以外に策はないと思うことにしたのです。いささかの努力は必要ですが、これで気持ちのくぎりがつきました。兄上もわたしのようになさいませ」

この忠告はもっともでしたが、兄王はこれを容れるどころか怒りをあらわにしました。

「なんと！　インドの王妃ともあろうものが、そのような不義を！　とんでもないことだ。弟よ、自分の目で見るまでは、とてもそなたの話を信じることはできぬ。そなたの目があざむかれているのかもしれない。重大なことなのだから自分で確かめよう」

「兄上」とシャフゼナーン王が言いました。

「ご自分でご覧になりたいのでしたら、さほど難しいことではありません。もう一度、狩をなさいませ。わたしと一緒にお付きの者を連れて城を出たら天幕ですごし、夜になったら二人でわたしの部屋に戻るのです。朝になれば、わたしが目にしたのと同じ光景をごらんになれるでしょう」

兄王は弟王に同意して狩に出ることを申しつたえ、同じ日のうちに定められた場所に天幕を張らせました。

翌日、二人の王はお付きの者ともども宮殿を後にしました。二人は用意された天幕に入ると、夜までそこにとどまりました。それからシャフリヤール王は宰相を呼ぶと、自分の計画については何も話さずに、王が不在の間は宰相がその代わりを務めること、どのようなことがあっても何人も天幕を離れてはいけないことを申し渡しました。この後すぐにシャフゼナーン王とシャフリヤール王は馬にまたがってひそかに天幕を抜けだし、町へと戻っていきました。そしてシャフゼナーン王が滞在している宮殿に入ったのです。

その日はそのまま眠りにつき、翌朝早くから窓ぎわに身を隠しました。シャフゼナーン王が黒人たちのふるまいを見ていた場所です。しばしのあいだ、二人はさわやかな朝の空気を楽しみました。日はさほど高くはのぼっておりませんでしたから、兄弟は話をやりとりしながら秘密の扉をちらちらと見やっておりました。とうとう扉が開きました。その後のことをてみじかに申しますと、まず王妃と侍女たち、変装した黒人の男十人が姿をあらわし、王妃はマスウードを呼びました。これを見ていたシャフリヤール王は、みずからがこうむった恥辱と不名誉をいやというほど思い知らされたのです。

「ああ神よ！　なんというおそろしいことでしょう！　君主の妻ともあろう者がこのような恥ずべきふるまいにおよぶとは！　このようなことを見てしまったからには、もはやわが身の幸福を誇ることなどできません」

そしてシャフリヤール王はシャフゼナーン王をかき抱きながら、こう言いました。

「弟よ、今となってはともに浮世を捨てようではないか。誓いのことばに信実はない。こちらで美言を口にしながら、あちらでは裏切るのだ。もろともに栄光の座から降りて国を離れよう。どこか別の王国に行き、ひっそりと暮らそうではないか。そうすればこの不幸を秘することもできよう」

シャフゼナーン王は兄王とは違う考えを持っていましたが、兄王の怒りのほどを見ておりましたから異をとなえたりはしませんでした。

「兄上のおっしゃるとおりにいたしましょう。どこへなりともお供いたします。ですがわたしたちよりも不幸な者を見つけたら、そのときには帰国すると約束していただけますか？」

「約束しよう。だがそのような者がいるとは思えぬ」

「わたしはそうは思いません」と弟王は答えました。「それほど時間をかけずとも見つけることができるでしょう」

こうして二人はひそかに宮殿を抜けだし、来たときとは別の道をたどって行きました。兄弟は昼のあいだは先を進み、最初の夜は木々の下でやすみました。そして夜明けとともに起きあがって旅を続けるうちに、海辺に広がる美しい草原にたどりついたのです。見ると、ところどころにこんもりと茂った大樹があります。二人は一本の木の下に腰をおろしてくつろぎ、冷水でのどをうるおすと、不身持ちな妻たちについて語りあうのでした。

語らいをはじめてさほど時間もたっていないときでした。すぐそばにある海の方角から恐ろしい叫び声が聞こえ、二人は震えあがりました。と、海面がまっぷたつに裂けたかと思うと、巨大な黒い柱のようなものが水中からそそり立ちました。先端はと見ると雲の中に消えんばかりの高さです。二人は肝をつぶさんばかりに震えおののき、あわてふためきながら大樹のてっぺんまでよじ登りました。身を隠すには格好の場所だと思ったのです。

てっぺんまでよじ登ったか登らないうちに、叫び声が聞こえて海面がふたつに裂けたその場所から、真っ黒な柱が水を巻き上げながら浜辺ぞいにこちらにむかってくるのが見えました。最初は何がおこったのか見当もつかなかったのですが、やがてはっきりと見えてきました。

二人の前にあらわれたのは、人間の不倶戴天《ふぐたいてん》の敵である邪悪なジン(5)だったのです。ジンは黒く醜悪な姿をしており、身の丈は雲をつくよう。頭の上にはガラスでできた大きな櫃《ひつ》を載せており、その櫃の四か所には鋼鉄の錠がかかっていました。ジンは草原に足を踏みいれると、二人の王が身を隠している大樹の根もとに櫃をおろしました。王たちは恐怖のあまりに息も絶え絶えのありさまです。

ジンは櫃のかたわらに腰をおろすと、腰帯につけていた四つの鍵を使って錠をあけました。すると、櫃の中からきらびやかな衣服をまとったひとりの貴婦人がでてきました。体の線は完璧にととのっており、たとえようもなく美しい顔をしています。怪物は彼女を自分のそばに座らせると、さもいとしそうにながめました。

「美しさゆえに称えられる女人の中でも抜きんでて美しい人よ、わがいとしき人、婚礼の日にあなたをさらってから時もおかずにいとしんできた。あなたのそばで少しばかり眠らせてもらおう。どうにもこうにも眠くなり、しばしの休息をとろうと思ってこの場所に来たのだ」

ジンはこう言うと横になって大きな頭を女の膝にのせ、海にむかって両足を長々と伸ばしたかと思うと眠りはじめました。大きないびきが浜辺に響きわたっています。

女がふと目をあげますと、大樹のてっぺんにいる二人の王の姿が見えました。そこで彼女は、音をたてずに木から降りてくるようにと手で合図を送りました。見つかってしまった兄弟はおおいにあわて、どうか見逃してほしいという意味の合図を送ったのですが、女はジンの頭を膝からそっとどけると立ちあがり、小さな声ながらもきっぱりとこう言ったのです。「降りてください。どうあってもここまで来ていただきます」

二人の王はもう一度、ジンを見て肝をつぶしていることを身ぶり手ぶりで伝えようとしました。ですが女は先ほどと同じ調子で「いいえ、どうあっても降りていただきます」とくりかえすのです。「すぐに降りていただけないのならジンを起こし、あなたがたの命をとるように言いますよ」

二人の王はこのことばに総毛立ち、ジンを起こさぬようにと細心の注意をはらいながら木から降りてきました。兄弟が地面に立つと女は二人の手をとり、樹下の少し離れた場所へといざなうと奔放きわまりないおこないにおよぶようにと迫ってきたのです。兄弟は女の頼みを一度はことわったのですが、相手は聞きいれません。またもや脅しをかけられて二人は同意してしまいました。

思いどおりのことをかなえた女は、兄弟が宝石の入った指輪をしていることに気づき、指輪を欲しがりました。女は指輪を手にいれると、身のまわりのものをいれた箱を持ってきました。そしてその中から、さまざまな指輪をとおした紐をとりだして二人に見せました。

「ごらんなさい、この指輪が何を意味するかおわかりになりますか?」

二人は「いいえ、わかりません。あなたの口からお聞きしたいものです」と答えました。

「これは、わたしの頼みを聞いてくださった殿方の指輪なのです。全部で九十八あります。そのかたたちから記念としていただいたのです。あなたがたの指輪もいただきましょう。そうすればちょうど百になるのです。これで百人の殿方とおつきあいができました。あの醜怪なジンはわたしのことをずっと見張っていて、片時もそばを離れないのです。あれはわたしをガラスの櫃に閉じこめて海の底に隠しているのですが、あざむく方法を見つけました。おわかりでしょう、女が何かをしようと心に決めたら、夫がいようが愛人がいようが、必ず自分の思いをとげるのです。男は女を抑えつけないほうがいいのです。そうすれば女は身持ちがよくなります」

こうして女は話を終え、二人から受けとった指輪を同じ紐にとおしました。それから先ほどと同じように腰をおろすと、ぐっすりと寝いっているジンの頭を膝の上に載せ、立ち去るようにと合図をしたのです。

二人の王はもと来た道まで戻りました。女とジンの姿が見えなくなると、シャフリヤール王がシャフゼナーン王に言いました。

「さても弟よ、われらの身にふりかかったこの一件をどう考えればよいだろう？　ジンの愛人にしても操を守っているわけではない。まこと、女の奸智に勝てるものはないとは思わぬか？」

「兄上、そのとおりです」と弟王は答えました。

「あのジンは、われら以上におのれの不幸を嘆く境遇にある。今回の旅の目的を果たしたのだから、国に戻ろう。もう一度、妻を娶ることもできる。どのように信念をとおすかについては考えがあるが、今は話さないでおこう。いずれはそなたの耳に入り、同じことをするだろう」

こうしてシャフリヤール王と弟王は同意し、二人の王は道を進みました。そして三日めの夜には、もとの天幕に到着しました。

シャフリヤール王が戻ったという知らせが広まると、朝の挨拶をするために廷臣たちが天幕の前に集まってきました。王は彼らを天幕に迎えいれ、常ならぬ上々の機嫌で挨拶を受けると全員に下賜の品を与えました。それがすむとこれ以上遠くへは行かぬことを申しつたえて騎乗するように命じ、宮殿めざして道を戻っていったのです。

シャフリヤール王は宮殿に入るとその足で王妃の部屋にむかいました。そして目の前で王妃を縛りあげると宰相の手にゆだね、彼女をくびり殺すように命じました。宰相は王妃の罪状を問うこともなく命令にしたがったのです。しかし怒れるシャフリヤール王はそれだけでは満足せず、王妃の侍女たちの首を自らの手で斬ってしまいました。

こうして厳しい処罰が終りました。シャフリヤール王は貞淑な女などいないと確信しておりましたから、二度とそむかれることのないようにと、一夜かぎりの妻を迎えては翌朝には彼女をくびり殺すことにしたのです。シャフリヤール王は心を決め、シャフゼナーン王が出立するとすぐにこの残酷な掟にしたがうことにしました。シャフゼナーン王は持ちきれぬほどの贈り物を受けとると兄王に暇を乞い、自分の国へと戻っていきました。

シャフゼナーン王が出発するとシャフリヤール王は、将軍の娘を連れてくるよう宰相に命じました。宰相はそのとおりにしました。シャフリヤール王は彼女と同衾し、翌朝になると娘を宰相にひきわたして死を賜うように命じました。そして翌晩のために別の娘をさがしてくるようにと言いました。宰相としてはこのような命令にしたがいたくはなかったのですが、主である王には逆らえませんから、なすすべもなく言われたとおりにしたのです。宰相は将軍の部下の娘を連れてきましたが、この娘も翌朝には死を賜うことになりました。

その次は都城に暮らしていた民の娘が召されました。夜ごとに迎えられる新しい花嫁は翌朝には死出の旅路につくのでした。

今までに聞いたこともないような非道なおこないのうわさが広まると、町のひとびとは腰を抜かさんばかりに驚きました。だれもが泣き叫び、嘆き悲しみました。父親は娘を喪うことを思って絶望にうちひしがれながら涙を流し、母親は娘にも同じ運命が待っているのではないかと怖れて苦悩の声をあげるのでした。それまではだれもがシャフリヤール王を褒め慕っていたのですが、もはやひとびとの口からは呪いのことばしかでてきませんでした。

すでに申しあげたとおり宰相は心ならずもおそるべき不正義に手をそめていたのですが、この宰相には二人の娘がありました。姉の名はシェヘラザード、妹の名はディナールザード(6)です。妹のディナールザードはかずかずの美点に恵まれておりましたが、姉は男にも肩をならべるほどの胆力と洞察力にとんだ才知を持ちあわせておりました。彼女は学問に精進し、すぐれた記憶力をそなえていましたから、今までに読んだ書は一字一句たりとも忘れることがなかったのです。シェヘラザードは哲学、医学、歴史、文芸などに通じており、当代一の詩人たちにもまさる詩才を身につけていました。さらにくわえてずば抜けた美貌にも恵まれており、揺らぐことのない美徳があまたの美点をたばねていたのです。

宰相は才色兼備の娘を溺愛しておりました。ある日のこと、宰相が娘と話しているとシェヘラザードがこう尋ねました。

「お父さまに申しあげたいことがあります。どうか聞いてください」

「もちろんだとも。話してごらん。道理も分別もある話なのだろうね」

「道理についてなら」とシェヘラザードが答えました。「これ以上の道理はありません。だからこそお父さまに申しあげようと思ったのです。王さまが続けておられることのせいで、ひどく苦しんでいる町のひとびとを助けたいのです。あのように理不尽なかたちで娘を亡くしてしまう母親たちの恐怖をとりのぞきたいのです」

「娘よ、おまえの志は気高いが、おまえが治そうとしているのは不治の病だと思うのだ。一体、どのような方法を考えているのだね？」

「王さまは、お父さまにてつだわせて毎晩、新しい花嫁を迎えておられます。お父さまの愛情にかけてお願いいたします。わたしを王さまの寝室にとおしてください」

これを聞いた宰相は身の毛もよだつ思いでした。

「なんということを！」と宰相は我を忘れて声をあげました。

「頭がおかしくなったのか？　どうしてそのように恐ろしいことを願うのだ？　王さまは、妻と臥所《ふしど》を共にするのは一夜限りと決めておられるのだ。そして翌朝にはお相手の命を奪ってしまわれる。それなのにおまえは王さまのもとに連れていけと言うのか。自分の望みにしたがえばどのようなことになるかわかっているのか？」

「はい、お父さま」と、心正しい娘は答えました。

「そのことについてはよくわかっています。でも怖くはありません。命を落とすことになったとしても栄光につつまれるでしょう。うまくいったとしたらこの国のためになります」

「いやいや、だめだ」と宰相は言いました。「おまえの計画をてつだわせようとしても、わたしがおまえをそのような危険なめにあわせるとでも思ったのか。王さまがおまえの胸に三日月刀を突き刺せと命令なさったら、わたしはそのとおりにしなくてはならないのだ。父親にとってこれほどつらい務めがあるだろうか。おまえは死を怖れていないにしても、愛する娘の血でわが手を染める父親の苦悩を察してくれ」

「お父さま、もう一度お願いします。どうか言ったとおりにさせてください」

「そこまで言いはるのか！」と宰相は憤然として答えました。「どうして破滅にむかってまっしぐらに走るのだ？　危いくわだての行きつく果てを見抜けない者は不幸になると言うではないか。おまえを見ていると、あのロバの話のようになるのではないかと心配だ。そのロバは何の不足もなく暮らしていたのに、その暮らしをまっとうできなかったのだ」

「そのロバにはどのような災いがふりかかったのですか？」とシェヘラザードが尋ねました。

「よく聞きなさい、それはこういう話なのだ」

ロバと牡牛と農夫の寓話

たいそう金持ちの商人がいた。彼は田舎に数軒の家を持ち、あらゆる種類の家畜を飼っていた。彼は妻と子どもたちと一緒にその中の一軒に暮らしており、自分の手で土地を耕していた。商人は神のお恵みによって動物のことばがわかるのだが、このことをだれにも言ってはならないことになっていた。もし秘密をもらしてしまったら死ななくてはならない。というわけで商人は、動物たちの話を聞いて知ったことをだれにも言わずにすごしていた。

商人の家では一頭の牡牛と一頭のロバに同じ飼い葉桶をあてがっていた。ある日のこと、商人は二頭のすぐそばにいて、目の前で子どもたちが遊んでいるのをながめていた。すると牡牛がロバに話しかけているのが聞こえてきた。

「きみはのんびりできて幸せだ。仕事もほとんどやっていない。念入りに体をさすってもらって、洗ってもらって、ふるいにかけた大麦を食べさせてもらって、冷たくてきれいな水を飲ませてもらっている。仕事といえば、ご主人の商人を乗せることだけ。それもちょっと遠くにでかけるだけだ。これがなければ、だらだらしていられる。ぼくの場合は大違いだ。きみがたいせつにされているのと同じくらい、こきつかわれている。暗いうちから犂《すき》をくくりつけられて、一日中、土地を耕やかさなくてはならない。おかげでへとへとになり、どうにもならないときもある。おまけに犂の後ろにいる作男がひっきりなしにたたいてくる。犂をひくせいで首も傷だらけだ。朝から晩まで働かされて帰ってきても、からからになったソラマメしかもらえない。そのソラマメだって砂やら何やらにまみれている。それだけではない。みすぼらしい食事の後は、自分の糞にまみれて眠ることになる。きみをうらやむわけがわかっただろう?」

ロバは黙って牡牛の話を聞いていた。そして牡牛が言いたかったことを話し終えると、こう答えた。

「きみは人間から馬鹿呼ばわりされているが、そのとおりだ。きみはすなおすぎる。されるがままになっているだろう? きっぱりとしたところを見せないからだ。人間の言うことを聞いてやっているのに、どんな報いがあるのだ? ちっとも感謝してくれない人間たちの楽しみや休息のためにがんばりすぎているのだ。力と同じだけの勇気があれば今みたいなしうちはされないだろう。飼い葉桶につながれるときどうして抵抗しないのだ? どうして角で突いてやらないのだ? どうして前肢で地面をけって、怒っていることをつたえないのだ? どうしてうなり声をあげて怖がらせないのだ? たいせつにされるためのてだてがあるのに、それを使っていないのだ。食えないようなソラマメと藁《わら》をあてがわれたら食べてはだめだ。においをかぐだけにしておく。言ったとおりにすればあつかいが変わり、そのとおりにしてよかったと思うだろう」

牡牛はロバが言ったとおりにやってみる気になり、いいことを教えてくれたと言った。「わかった。抜け目のないきみが言うとおりにしよう。見ていてくれ」。そして二頭はおしゃべりをやめたが、商人は今までの話をすべて聞いていたのだった。

翌朝早く、作男がやって来た。作男は牡牛に犂をつけるといつもの作業に連れだした。牡牛はロバから聞いたことをおぼえていたから、この日はひどく強情になった。そして夕刻になって作男が飼い葉桶につなごうとすると、今までのようにおとなしく角をさしだすかわりにその場から動かず、やかましく鳴きながらあとずさりをした。それから角を低くして作男に襲いかかるようなしぐさをした。つまりはロバから聞かされた方法をすべてやったのだった。

翌日、牡牛を働かせようとして作男がやって来ると、昨日の晩に飼い葉桶にいれておいたソラマメと藁がそのまま残っていた。牡牛は地面に横たわって肢をだらりとのばし、いつもとはちがった息をしていた。作男は牡牛が病気になったと思った。作男はかわいそうに思い、このようすでは作業はできないだろうと考えて、その足で商人のもとに行った。

商人はロバが牡牛にいれ知恵したことを知っていたから、ロバをこらしめることにした。

「そういうことなら、牡牛の代わりにロバを犂につけてくれ。しっかり働かせろよ」

作男は商人の言いつけどおりにした。ロバは一日中、犂をひかされ、日ごろやりつけないことをやらされたためにへとへとに疲れてしまった。その上、棒でさんざんにたたかれたので、戻ってきたときには立っているのがやっとというありさまだった。

牡牛はそのあいだずっと気ままにすごしており、飼い葉桶の中の餌をきれいにたいらげてしまうと一日中、ゆっくり骨休めをした。牡牛は、ロバの言うとおりにしてよかったと思い、心の底からロバに感謝した。そしてロバが戻ってくると、ありがとうと言った。ロバはこき使われてへとへとになっていたから、牡牛の呼びかけには答えなかった。

「軽はずみなことをしたものだ」とロバはひとりごとを言った。「自分で招いた不幸だ。自分は何の不足もなく暮らしていた。万事、都合よく運んでいたのに。分相応な願いはすべてかなっていた。こんなことになったのは自分のせいだ。抜けだす方法を考えないと万事休すだ」

ロバはこうつぶやくと、精魂つきはてて飼い葉桶のそばにくたくたと倒れこんだ。


宰相はここまで語ると、シェヘラザードに話しかけました。

「娘よ、おまえはこのロバのようなことをやっているのだよ。不注意から身の破滅を招こうとしている。わたしの言うとおりにしてくれ。穏やかな毎日を捨てて死の淵に立つようなことはやめなさい」

「お父さま、今のお話を聞かせていただいてもわたしの気持ちは変わりません。王さまの寝所に侍《はべ》ることを許していただくまで、何度もお願いするつもりです」

宰相はシェヘラザードの決心がかたいのを見てとり、こう答えました。

「そこまで言いはるのなら、今の話にでてきた商人と同じことをやらねばならんだろう。その商人が自分の妻をどのようにあつかったか、今から話すことにしよう」


商人はロバがこき使われたことを聞き、ロバと牡牛のあいだで何がおこるかを知りたくなった。そこで夕飯がすむと、月明かりの中を歩いて二頭のそばに行き、腰をおろした。商人の妻も一緒だった。ロバが牡牛に話しかけているのが、商人の耳に聞こえてきた。

「やあ相棒、頼むから教えてくれ。明日、作男が餌を運んできたらどうするつもりだ？」

「どうするかって？　教わったとおりにする。知らんぷりをして、昨日みたいに角を下げる。病気のふりをして、息も絶え絶えのところを見せつける」

「気をつけろ。そんなことをしていると大変なことになる。実は今晩、戻ってきたときにご主人がとんでもないことを言っているのが聞こえたのだ」

「ご主人はなんと言ったのだ？」と牡牛が尋ねた。「聞かせてくれ」

「ご主人は作男に恐ろしいことを言った。『あの牡牛は何も食べないし、立つこともできない。明日の朝、殺してしまおう。肉は神を讃えるために貧者に配り、皮は自分たちで使えるだろうから、皮なめしのところに持っていってくれ。忘れずに肉屋に連れていくのだ』。これが聞かせたかった話だ。きみのことが心配でたまらない。きみは友人だからこの話を聞かせて、次の手を教えることにした。作男がソラマメと藁を運んできたら、起きあがって全部たいらげる。そうすればご主人はきみのぐあいが良くなったと思って、きみは死なずにすむ。このとおりにやらなかったとしたら望みはない」

この話には、ロバの思惑どおりの効きめがあった。牡牛はびっくり仰天して恐怖のあまりうなり声をあげた。二頭の話に聞き耳をたてていた商人が、腹をかかえて笑いだしたので妻は驚いた。

「何がそれほどおもしろいのか、一緒に笑いたいからわけを教えなさい」

「わたしが笑っているのを見るだけで満足してくれ」

「だめだめ。笑ったわけを教えなさい」

「それは言えないのだ。ロバが牡牛に言ったことを聞いて笑ったということで満足してくれないか。それ以上は秘密なのだ。おまえに話すことはできないのだよ」

「どうして話すことができないのです?」

「秘密をもらしてしまえば、命を失うことになる」

「わたしを虚仮《こけ》にする気? あんたの言い分はあやしい。笑ったわけを今すぐに教えてくれないのなら、ロバと牡牛が何を話していたか教えてくれないのなら、天の神さまにかけて言いますけれど、一緒に暮らすことはできません」

こう言うと妻は家に戻り、隅の方で一晩中わあわあと大声で泣き続けた。夫はひとりで寝台に入ったが、翌朝になっても妻はまだぶつぶつ言っていた。

「おとなげのないことをせんでくれ。むきになるようなことではないのだ。おまえにとっては知るほどのことでもないが、わたしとしてはどうあっても秘密を守らなくてはならんのだ。頼むからこのことはもう気にするな」

「いいえ、わたしはずっと気になっているのです。教えてくれるまで泣きやみません」

「まじめに聞いてくれ。おまえの軽はずみな願いをかなえれば、わたしの命はないのだよ」

「何が起ころうともすべては神さまの思し召し。絶対にあきらめません」

「わかった。おまえに道理を説いても無駄だ。そのように頑固をとおすうちに命を落としてしまうだろうから、子どもたちを呼んでおこう。死んでしまう前に会っておけばせめてものなぐさめになる」

商人は子どもたちを呼びよせ、妻の父母や親族にも使いを出した。全員が集まって商人からいきさつを聞かされると、誰もがことばをつくして妻を説得にかかり、意地をとおすのはよくないと言いたてた。

だが妻は聞く耳を持たず、夫の言いなりになるくらいなら死んだ方がましだと言いはった。両親も妻に話しかけ、夫が笑った理由を知ったところで何の意味もないとさとしたのだが、何を言われても妻は心を変えなかった。子どもたちは、母親が意固地になってものの道理を受けいれないのを見ると、大声で泣きだした。商人は頭がおかしくなりそうだった。商人は玄関にひとりで腰をおろし、愛する妻を救うためなら自分の命を犠牲にしてもかまわないと思いはじめていた。


「娘よ」と宰相はシェヘラザードに向かって話し続けました。


この商人は五十羽の雌鶏と一羽の雄鶏、一頭の番犬を飼っていたのだ。おまえに話したように、商人が玄関先に座って頭をかかえていると、犬が雄鶏のほうに駆けていくのが見えた。雄鶏は一羽の雌鶏に飛びのっているところだった。商人の耳に犬が雄鶏に話しているのが聞こえてきた。

「そんなことをやっていると天罰がくだるぞ。恥ずかしくないのか?」

雄鶏は爪先で立つとくるりとまわって犬を見た。

「なんだって!」と雄鶏は声を荒げた。「どうして今日はやってはいけないのだ?」

「知らないのか? ご主人は途方に暮れている。おくさんから秘密を明かせと言われているのだが、それをすると死ななくてはならない。おくさんのしつこい頼みをはねつけられるかどうかの瀬戸際なのだ。ご主人はおくさんを愛しているから、ずっと泣いているおくさんを見て困り果てている。この分だとご主人は死ぬことになる。だれもがあわてふためいているのに、悲嘆にくれているみんなをばかにするのか。雌鶏といちゃつくとは！」

犬から咎められた雄鶏はこう答えた。「ご主人は頭がどうかしている！　たったひとりの妻しかいないのに、うまくやっていけないのか。おれは五十羽もの雌鶏を好きなようにあつかっている。おちついて考えればうまく解決できるのだ」

「ご主人はどうすればいいのだ？」と犬が尋ねた。

「おくさんの部屋に行って二人だけになったら、適当な棒でおくさんをたたきのめす。こうすればおくさんも賢くなって、ご主人が話せないことを話せと言いはるようなことはなくなる」

商人は雄鶏の話を聞くとすぐに立ちあがって太い棒を手にもち、わあわあと泣いている妻のもとに行った。そして扉を閉めると、さんざんに棒でたたいたので妻は悲鳴をあげた。

「わかりました！　二度と無理を言ったりしません！」

このことばを聞いた商人は、妻がむやみに聞きたがったことを後悔しているとわかり、たたくのをやめた。商人が扉を開けると親族一同が部屋に入ってきて、妻がすっかりおとなしくなっているのを見て喜び、妻に道理を教えた商人を褒めたたえた。

「娘よ」と宰相が言った。「おまえはこの商人の妻と同じめにあうことになる」

「お父さま、わたしが気持ちを変えないことで気を悪くなさらないでください。商人の妻のお話を聞いても決心は揺らぎません。わたしの気持ちに逆らってはいけないとお父さまがわかってくださるような話をたくさん語ることができます。どうかおゆるしください。お父さまに申しあげますが、お父さまがわたしの決心を変えようとなさっても無駄です。父親としての愛情からわたしの願いをはねつけられるのでしたら、自分で王さまのもとに参ります」

宰相は、娘のゆるぎない決意の前に根負けしてしまいました。そして破滅的な決心を変えられなかったことで悲しみにくれながらもシャフリヤール王のもとにむかい、明晩の花嫁としてシェヘラザードを連れてくることを知らせました。

シャフリヤール王は宰相がさしだした人身御供にひどく驚きました。

「どうしたことだ？　どうして実の娘を連れてくる気になったのか」

「陛下、娘が自分から言いだしたのです。待ち受ける悲運を知りながらいささかも怖れることがなく、自分の命よりも一夜かぎりの花嫁となる名誉を選んだのです」

「わかっているのか？　明日、わたしがシェヘラザードをそなたの手にゆだねたら、そなたは娘の命を奪わねばならんのだ。しそんじたら、そのときはそなたの命を召しあげよう」

「陛下、ご命令に服するのは悲痛のきわみですが、定めの前で何を言っても無駄なこと。父親の心を捨て、陛下に忠誠を捧げます」

シャフリヤール王は宰相の申し出を受けいれ、時機をみはからって娘を連れてくるよう申しわたしました。

宰相がこのことばをシェヘラザードに伝えますと、彼女はこの世で一番うれしい知らせを受けとったかのように喜びました。シェヘラザードは自分の望みをわかってくれた父に礼を言い、宰相が深い悲しみにしずんでいるのを見ると、自分をシャフリヤール王に嫁がせたことは後悔の種となるどころか、生涯をとおした喜ばしい思い出となりますと言って父を慰めました。

シェヘラザードは王の御前にでるためのしたくをととのえ、家をあとにする前に妹のディナールザードと二人だけで話をしました。

「とてもたいせつなことであなたの助けがいるのです。お願いだからいやだとは言わないで。わたしはお父さまと一緒に王さまのもとに行き、花嫁になります。怖がらないでわたしの話を最後まで聞いてね。王さまの前にとおされたら、婚礼がとりおこなわれる部屋であなたが眠れるように王さまにお願いしてみます。そうすればあなたも一緒に晩をすごすことができる。わたしの思いどおりに王さまが願いをいれてくださったら、次の朝、夜が明ける一時間前にわたしを起こしてほしいのです。それからわたしにこう言って話しかけてください。「お姉さま、おやすみでないのでしたら夜が明けるまでのひととき、お姉さまがそらんじておられるおもしろいお話をお聞かせください」。わたしはすぐに物語を語りはじめます。こうすれば、悲嘆にくれているひとびとを救うことができると思うのです」。ディナールザードは喜んで姉を助けると答えました。

とうとうお床いりの時刻となりました。宰相はシェヘラザードを王宮に連れていくと、王の寝室にとおして退出していきました。シャフリヤール王は、顔を見せるようにとシェヘラザードに言いました。シェヘラザードはたいそう美しかったので王は心を動かされ、その目に涙が光っているのが見えたのでわけを問いました。

「王さま、わたしには心から愛する妹がおり、妹もわたしを慕っております。今宵は妹をこの部屋に呼び、ともにすごしたいと存じます。妹に会ってもう一度別れを告げたいのです。わたしたち姉妹の友愛を最後にあかすものとして、妹をここに招きいれることをおゆるしいただけませんでしょうか」

シャフリヤール王が願いを聞きいれてディナールザードを呼びにやらせると、ほどなくディナールザードが王の寝室にやってきました。王は、東方の習慣によって高い壇上にしつらえられた寝台でシェヘラザードと同衾し、ディナールザードはその下に置かれた寝台で一晩をすごしました。

夜が明ける一時間前、ディナールザードは起きあがると、手はずどおりに姉に話しかけました。

「お姉さま、もしおやすみでないのでしたらお願いがございます。夜が明けるまでのひととき、そらんじておられる楽しいお話をお聞かせくださいい。ああ、でも悲しいことに、このお願いをするのも今宵が最後になるのですね」

シェヘラザードは妹には答えず、シャフリヤール王に問いかけました。「王さま、妹の頼みを聞いてやってもよろしゅうございますか？」

「よろしい」とシャフリヤール王は答えました。そこでシェヘラザードは、妹に話を聞くようにと言うと、次のような物語を王に語りはじめました。

商人とジン

第一夜

莫大な財産と広い土地を持ち、豊かな富を手にしている商人がおりました。商人は大勢の使用人や仲買人や奴隷をかかえていました。取引のために旅にでることが多く、とてもたいせつな用事のために遠い所にでかけなくてはならなくなりました。商人は馬に乗るとうしろに荷物をくくりつけました。人けのない荒れ地の中を行くことになるので、荷物の中には固焼きパンとナツメヤシをいれておきました。そしてこれといった不都合もないままめあての場所に着き、用事がすむとまた馬に乗って故郷をめざしました。

四日めのこと。商人はさいなむような日ざしと、やけつくような砂にたえきれなくなり、野原の中に見えた木立で一息つこうとしました。めざす場所にたどりついてみると、そこにはクルミの大樹と清水のわきだす泉がありました。商人は馬を枝につなぐと泉のそばに腰をおろし、荷物をほどいてパンとナツメヤシを取りだしました。そしてナツメヤシを食べてしまうと、その核を右と左にほうり投げました。こうしてつつましい食事を終えると、よきイスラム教徒たるにふさわしく両手と顔と両足を洗い、お祈りをはじめました。お祈りのとちゅうでまだ膝をついているとき、巨大なジンが現れました。年をとって全身がまっ白になっています。ジンは三日月刀を持ち、商人のところまでやってくると恐ろしい声でこう言いました。

「立て。この三日月刀でおまえをぶった斬る。おまえはおれの息子を殺したのだ」

ジンはこう言うと、すさまじい叫び声を発しました。商人はジンの恐ろしい姿とことばに肝をつぶし、がたがたと震えながら答えました。

「どのような罪をおかしたので、命をとるなどとおっしゃるのでしょうか?」

「おまえがおれの息子を殺したように、おれもおまえの命をとる」

「とんでもない! どうやったらわたしなんぞにあなたさまの息子を殺せるのですか! 会ったことも見たこともないのに!」

「おまえはここに来て座っていただろう? 袋からナツメヤシを取りだして食べ、その核を右と左にほうり投げただろう?」

「そうです、おっしゃるとおりです」

「そういうことなら、おまえはまちがいなくおれの息子を殺したのだ。おまえがナツメヤシの核をほうり投げたとき、息子がそこをとおりかかった。核のひとつが息子の目にあたり、息子は死んでしまった。おまえを殺さねばならんのはこういうわけだ」

「そんな! どうかおゆるしください!」

「ゆるすことはできん。命ごいしても無駄だ。だれかを殺したものを殺すのは、まちがっているのか？」

「いえ、まちがってはおりません。ですが、わたしは断じてあなたさまの息子を殺しておりません。もし本当に殺してしまったのだとしても、知らずにやったこと。どうか命ばかりはお助けください」

「ならぬ、ならぬ」とジンは言いはりました。「どうあってもおまえの命を取る。おまえは息子を殺したのだからな」

ジンはこう言うと、商人の腕をつかんでその顔を砂に押しつけ、三日月刀を振りあげて今にも商人の首を斬ろうとしました。

商人は涙にくれながら自分は無実だとうったえました。そして妻や子どもたちのことを思い、これ以上はないというほど心からジンに命ごいをしました。ジンは三日月刀を振りあげたままでしたがはやる気持ちをおさえて、涙ながらに懇願する商人の話を聞きとどけました。ですが、商人の命を取ろうとする気持ちまでは変わりませんでした。

「口先で何を言っても無駄だ。おまえの涙が血に変わったとしても、おれはお前の命を取る。息子を殺されたのだからな」

「あわれんではくださらぬのですか！　あなたさまは、無実の人間を殺すおつもりなのですか！」

「そうとも。もう決めたことだ」……

シェヘラザードは、ここで夜が明けたことに気づきました。彼女はシャフリヤール王が朝早く起きてお祈りをすませ、朝議にむかうことを知っておりましたから、話を語るのをやめました。

「まあ、お姉さま」とディナールザードが言いました。「なんとおもしろいお話なのでしょう！」

「でもこの続きはもっとおもしろいのです」とシェヘラザードが答えました。「あなたもわかっているとおり、王さまがわたしをもう一日生かしてくださって、今晩もあなたにお話を聞かせるのをゆるしてくだされればのことだけれど」

シャフリヤール王はシェヘラザードが語る話にひきこまれておりましたから、心の中でこう言いました。

「明日まで待とう。その気になればいつでも死を命じることができるのだから、話を最後まで聞いてからにしよう」

シャフリヤール王は、その日のうちにシェヘラザードの命を奪うことはやめて起きあがると、お祈りをして朝議にむかいました。

さて、このあいだにも宰相は生きたここちもなく気をもんでおりました。やすらかに眠るどころではなく、ため息をつきながら悶々と時をすごし、みずから死刑を執行することになる娘のことばかり考えていました。宰相は身を切るような悲しみの中におりましたから、王が姿を見せることを怖れておりましたが、どういうわけか朝議の席にあらわれた王は、宰相が受けるはずだったおそろしい命令をだすことはありませんでした。

王はしきたりどおりに昼間は帝国のまつりごとをとりおこない、夜になるとシェヘラザードと臥所をともにしました。翌日も夜が明ける前にディナールザードが姉に呼びかけました。

「お姉さま、もしおやすみでないのでしたらお願いがございます。夜が明けるまでのひととき、昨晩の話の続きをお聞かせください」

シャフリヤール王はシェヘラザードが許しを求めるよりも早く答えました。

「ジンと商人の話を最後まで話すように。最後にどうなるか知りたいのだ」

シェヘラザードは話の続きを語りはじめました。

第二夜

……王さま、ジンが自分の首を斬ろうとしているのをさとった商人は悲鳴をあげました。

「お願いです、ひとことだけ言わせてください。少しだけ時間をくださいませんか。妻と子どもたちに別れを告げ、遺言状どおりに財産を分配したいのです。そうすればわたしの死後に裁判ざたにならずにすみます。そのあとでここに戻りますから、あなたさまがのぞむとおりになさってください」

「いやいや」とジンが言いました。「おまえの言うとおりに猶予をあたえたりすれば、そのまま戻ってはこないだろう」

商人が答えました。「わたしを信じてくださるのなら、天と地に誓って必ずここに戻ってきます」

「いかほどの猶予を願うのだ?」とジンが尋ねました。

「一年の猶予を」と商人。「つつがなく問題をかたづけ、心おきなく死を迎えるには一年が必要です。一年後の明日、必ずやこの木の下に戻ってきてわが身をさしだしましょう」

「神にかけて誓うか?」とジンが尋ねました。

「もちろんです。神にかけて誓います。どうか信じてください」

このことばをきくとジンは、商人を泉のそばに残して姿を消したのです。

ひとごこちのついた商人は馬に乗って先を急ぎました。これほどの危難を逃れたことを思っては喜びをかみしめ、ジンへの誓いを思っては悲嘆の淵に沈むのでした。我が家にたどりつくと、妻と子どもたちが大喜びで迎えてくれました。ですが商人は家族を抱擁するどころか大声で泣きだしましたので、家族は何かたいへんなできごとが起こったのだとわかりました。妻は、どうしてそれほど嘆き悲しんでいるのかと尋ねました。「再会できたのにどうしてそんなに悲しんでいるのです？　理由を聞かせてください」

「なんということだろう！　どうすればいいのだろう、あと一年しか生きられないのだ」と夫は答えました。そしてジンとのやりとりを家族に話し、一年後には戻って死の刃を受ける約束をしたと語ったのでした。

悲しい知らせを聞かされた家族はひどく嘆きました。妻は悲痛な叫び声をあげると、髪をかきむしり、顔をおおって泣きくずれました。子どもたちも涙にくれ、家中が悲嘆の声でいっぱいになりました。商人はどうすることもできず、ともに涙を流すのでした。ひとことで申しあげれば、これほどにも悲しい場面はほかになかったのです。

翌日、商人は身辺を整理しようと思い、まずは負債をなくすことに決めました。そして友人には贈り物をし、貧しいひとびとに施しをし、男女の奴隷を解放し、財産を子どもたちに分配し、小さな子どもたちには後見人をつけました。それから結婚時の契約どおりに妻の財産を返し、法が定めるすべてを妻に与えたのです。

やがて一年がすぎて旅立ちの時となりました。商人はしたくをととのえ、埋葬のための屍衣も用意したのです。妻子に別れを告げる段になると、これ以上はないというほどの愁嘆場《しゅうたんば》となりました。永別の思いに堪えられない家族は、商人に同行して一緒に死のうと言いだしました。ですが商人は、愛する人たちのもとを去るしかないことを承知しており、家族にこう言いました。

「子どもたち、わたしは神命にしたがっておまえたちのもとを去るのだよ。どうかわたしにならってほしい。この定めを気丈に受けとめ、人の運命とは死ぬことなのだと知っておくれ」

商人はこう言うと、泣き叫ぶ家族に未練を残して出発し、ジンと出会った場所に到着しました。戻ってくると約束したまさにその日のことです。商人は馬からおりると泉のそばに腰をおろし、悲しみにうちひしがれながらジンを待ちました。

暗澹《あんたん》たる気分でジンを待っていると、牝鹿を連れた身なりのよい老人が近づいてきました。二人が挨拶を交わすと、老人が言いました。「兄弟、どういうわけでこのようにさびしい場所に来られたのでしょう? 邪悪な精霊しかよりつかぬ場所です。あまりにも不用心ではないですか。みごとな木立を見れば誰かがいると思うかもしれませんが、この場所には誰もおりません。長居は無用です」

商人は老人の問いに答え、この場所に来なくてはならなくなった事情を説明しました。老人はひどく驚き、こう言いました。「なんと! 世にも不思議な話です。絶対に破ってはいけない約束をなさったのですね。そういうことでしたらあなたとジンが再会するさいには、わたしも立ちあわせていただきましょう」

老人はこう言うと、商人のそばに腰をおろして話を続けるのでした……

ここでシェヘラザードは「王さま、夜が明けます」と言って話をやめました。「ですがお話の山場はこれからでございます」。シャフリヤール王は話の結末を聞こうと心に決め、シェヘラザードの処刑を一日遅らせることにしたのです。

第三夜

翌晩、ディナールザードはそれまでと同じことを姉に願いました。「お姉さま、おやすみでないのでしたらそらんじておられる楽しいお話をお聞かせください」。シャフリヤール王も商人とジンの話の続きが聞きたいと言うので、シェヘラザードは物語を続けました。

……商人と牝鹿を連れた老人が語らっておりますと、二頭の黒犬を連れた別の老人がとおりかかりました。老人は二人のもとに近づいて挨拶をし、ここで何をなさっているのかと尋ねました。牝鹿を連れた老人は商人とジンをめぐる一部始終、商人の誓いのことを話して聞かせました。そして今日は約束の日にあたっているのだから、ここにいて商人の運命を見とどけるつもりだとつけくわえました。

第二の老人は自分も不思議な一件を見ておこうと決め、両人のそばに腰をおろしました。こうして語らいがはじまったかと思うとまもなく、第三の老人が現れると二人の老人に声をかけ、一緒にいる商人はどうしてこれほど悲痛な顔をしているのかと尋ねてきました。先に着いていた二人がいきさつを説明すると、まったく尋常ならざる話でしたので、第三の老人もジンと商人のあいだに何が起こるかを見とどけることに決めたのです。こうして第三の老人も座にくわわりました。

やがて野原の一点にみるみる気が集まり、つむじ風で巻きあげられた砂煙のようになりました。砂煙はやって来たかと思うとふっと見えなくなり、ジンが姿を現しました。ジンは挨拶のことばもなしに三日月刀をひっさげて商人に歩みよると、その腕をむんずとひっつかみました。

「立て！　おまえを殺しにきた。おまえはおれの息子を殺したのだ」

商人と三人の老人は、驚きあわてながら大声で泣き叫びました……

ここでシェヘラザードは夜が明けたことに気づいてお話をやめましたが、続きを聞きたくてうずうずしているシャフリヤール王は結末を知ろうと心に決め、王妃の処刑をもう一日だけ遅らせることにしたのです。

シャフリヤール王からシェヘラザードを処刑するようにという命令がおりなかったとき、宰相の喜びはいかばかりであったでしょう。宰相の家族も宮廷も、誰もがみな驚きを隠せませんでした。

第四夜

翌日、夜が明けようとするころになるとディナールザードは忘れずにシェヘラザードを起こしました。「お姉さま、おやすみでないのならお姉さまがそらんじている楽しいお話をお聞かせください」

王のおゆるしが出ましたのでシェヘラザードはお話の続きを語りはじめました。

……牝鹿を連れた老人は、ジンが商人をつかんで情け容赦なく斬り捨てようとしているのを見ると、怪物の足元に身をなげだしてその足に接吻し、こう言いました。

「ジンの大王さま、卑しき身ながら申しあげます。どうか怒りをお鎮めください。そしてわたしのことばに耳をお貸しください。わたしの生涯に何があったか、これなる牝鹿に何があったかを物語りたいと存じます。あなたさまが刃にかけようとなさっている商人の身に起こったできごとよりも、わたしの物語が驚異に満ち興をそそるものでありましたら、そこなる不運な人の罪を三分の一だけゆるしていただけませんか？」

ジンはしばし考えをめぐらせると口を開きました。「よかろう。そうしよう」

第一の老人と牝鹿の話

第一の老人は語りはじめました。

どうかわたしの話をお聞きください。ここにいる牝鹿はわたしのいとこでして、長じてのち、わが妻となったものでございます。一緒になったころ、彼女はようやく十二歳でした。ですから妻にしてみればわたしは身内であり夫であり、さらには父親がわりでもあったのです。わたしたちは三十年をともにしましたが、子宝を得ることができませんでした。ですが妻への友誼と愛情はいささかも変化しなかったのです。とはいうものの子を得たいという思いが強かったので女奴隷を買い、玉のような男子を得ることができました。妻はひどくやきもちをやいて母子を嫌いぬいていたのですが、顔にはださなかったので長らくそのことに気づきませんでした。

やがて息子が成長して十歳になったころ、わたしは旅に出なくてはならなくなりました。妻を信頼しきっておりましたから、でかける前に女奴隷と息子を妻にあずけたのです。そして家をあける一年のあいだ、二人のめんどうを見てくれるように頼みました。妻はこの機会をとらえてうっぷんを晴らすことにしました。妻は魔法に手をそめ、まがまがしいわざを身につけると恐ろしい計画を実行して息子を人里離れた場所に移してしまいました。

妻は魔法の力によって息子を子牛の姿に変えると、農夫に与えてしまったのです。そして自分が買った子牛だからよく肥え太らせるようにと言いつけました。妻の悪だくみはここで終らず母親である女奴隷を牝牛に変えると、これも農夫に渡してしまいました。帰宅したわたしは、女奴隷と息子のことを妻に尋ねました。妻は、女奴隷は死んでしまった、息子は見かけなくなって二か月がたちます、どうしているのかは知りませんと答えました。女奴隷が死んだと聞いてたいそう心を痛めましたが、息子は姿が見えないだけだからそのうち会えるだろうと思っていたのです。しかしながら八か月がすぎても息子は姿を見せず、何の消息もありませんでした。

そのうち、大祭[7]となりました。そこで犠牲に捧げるため、いちばん肥え太った牝牛を連れてくるようにと農夫に言いました。農夫は一頭の牝牛を連れてきました。その牝牛は、あの不運な女奴隷、つまり息子の母親だったのです。わたしが牝牛を縛ってこれを屠《ほふ》ろうとしますと、牝牛は世にも悲しげな声をあげるのです。見ると両目から涙が流れているではありませんか。あまりにも不思議なできごとに思えましたから、頭ではわかっていながらもあわれみの心にとらわれてしまい、一撃をふるうことができなくなってしまいました。そういうわけですので、別の牛を連れてくるようにと農夫に言ったのです。

いあわせた妻はわたしのためらいを見て怒りだし、おのれの悪だくみをだいなしにするわたしのひとことにひどく腹をたてました。「どうしたのです？　その牝牛を屠ってしまいなさい。それがいちばんの牝牛なのです。犠牲にできるのはその牝牛しかいません」

わたしは妻への気遣いから、牝牛に近づきました。そしてためらう心をなんとか抑えこんでこれを屠ろうとしたそのとき、牝牛が滂沱《ぼうだ》の涙を流しながら前にも増して悲痛な声をあげたので、またしても腕をふりおろすことができなかったのです。わたしは鎚を農夫に渡すと「おまえがやってくれ。悲鳴と涙のせいでどうにも手がくだせないのだ」と言いました。

農夫は、わたしほど牝牛にあわれみを感じていたわけではありませんでしたら、これを屠ってしまいました。ところが牝牛をさばいてみたところ、あれほど肥え太っておりましたのに骨ばかりだったのです。わたしはがっくりして、農夫に言いました。「これを持っていきなさい。全部おまえのものだ。おすそわけするなり、ほどこすなり、好きなようにすればよい。そして肥え太った子牛がいるのなら連れてきてくれないか」

農夫が牝牛をどうしたかは知らないのですが、農夫は牝牛をわたしの目の前から持ち去ると、ややあってたいそうよく肥えた子牛を連れてきました。子牛を見たわたしは、実の息子と気づくわけもなかったのですが、心の底からこみあげてくるものを抑えることができませんでした。子牛のほうでもわたしを見るなり、なんとかしてこちらに来ようともがき、とうとう綱をふりほどいてしまいました。そしてわたしの足元まで来ると、慈悲を請うように頭を地にすりつけ、無情なことはしないでくれと訴えるように見えるのです。子牛は自分が本物の息子であるとわかってもらえるように、できるかぎりのことをやっていたのでした。

牝牛の涙にも驚きましたが、このたびのなりゆきにはそれ以上に心を揺さぶられ、子牛へのあわれみがふつふつと湧いてきたのです。いえ、情けと言うよりはむしろ肉親の情にみちびかれたと言うべきでしょうか。そこで農夫にこう言ったのです。「この子牛をもとの場所に戻し、じゅうぶんに世話をしてくれ。そして別の子牛を連れてきてほしい」

妻はこのことばを耳にすると、またしても金切り声をあげました。

「何をしているのです！　犠牲にできるのはその子牛だけなのです！」

「いや、この子牛はやめておくことにした。犠牲にはしないで生かしておこう。どうかわたしにたてつかないでおくれ」。ところが、よからぬたくらみを抱く妻は黙っておらず、わたしの頼みをきこうとはしないのです。

妻は心の底からわが息子をうとましく思っておりましたから、その命を助けようとするわたしのふるまいには我慢できなかったのでした。妻はどうしてもその子牛を犠牲にするように言いはってゆずらず、わたしは子牛を縛ると刃をふりあげました……


ここでシェヘラザードは夜が明けたことに気づいてお話をやめました。「お姉さま、なんとおもしろいお話でしょう！」とディナールザードが言いました。シェヘラザードは「王さまがもう一日わたしを生かしておいてくださるのなら、明日はもっとおもしろいお話をすることができるでしょう」と答えました。

シャフリヤール王は、牝鹿を連れた老人の息子がどうなったかを知りたくなり、明晩、話の続きを語るようにと言いました。

第五夜

第五の夜が明けようとするころ、ディナールザードは忘れずにシェヘラザードに声をかけました。

「お姉さま、もしおやすみでないのなら、夜が明けるまでのひととき、昨晩聞かせてくださったお話の続きをしてください」

シェヘラザードはシャフリヤール王のゆるしを得ると、物語を語りはじめました。「牝鹿を連れた第一の老人は、ジンと二人の老人と商人に向かって話し続けました」

「……このようなわけですので、わたしが刃物を手に持ち、息子の喉もとに刃をつきたてようとしますと、子牛が涙でうるんだ目でこちらを見つめますので、これを屠る気力が萎えてしまいました。わたしは刃物をとり落としてしまい、別の子牛を屠ることにしようと妻に告げました。妻はなんとかしてわたしの決心を変えさせようとしたのですが、何を言われてもわたしの心は変わらず、来年の大祭には必ずこの子牛を犠牲にすると約束してその場をおさめたのです。

翌朝、あの農夫がやって来るとおりいって話がしたいと言うのです。「だんなさま、おためになることで、お耳にいれたい話がございます。うちの娘は、魔法のわざをいささか身につけているのですが、昨晩、だんなさまが助けた子牛を連れて家に戻ると、それを見た娘が嬉しそうに笑い声をあげたかと思うと、涙にむせんでいるのです。同時に笑って泣くとはどういうことかと尋ねたところ、娘はこう答えました。「父さんが連れ帰った子牛はだんなさまの息子さんなのです。息子さんがまだ生きているのを見てうれしさのあまり笑い声をあげたけれど、牝牛に変えられてしまったお母さんを殺してしまったでしょう？　そのことを思って涙を流しました。おくさまが魔法を使って、二人の姿を変えてしまったのです。おくさまはお二人を憎んでいました」。だんなさま、これが、娘から聞いた話なのです」

老人は話を続けました。……ジンの大王さま、これを聞いてどれほど驚いたことでしょう！　わたしは農夫を連れてすぐにでかけました。娘とじかに話そうと思ったのです。農夫の家に着くと、わたしはすぐに息子がいる牛小屋に行きました。子牛をかき抱いたところで返事をするわけではありませんでしたが、子牛が見せたそぶりはわたしの息子であることをじゅうぶんに示しておりました。

農夫の娘がやってきました。「息子をもとの姿に戻せるかね？」

「はい、できます」

「本当に戻してくれるのなら、持てる財産すべてをおまえのものにしよう」

娘はにっこりするとこう答えました。「ご主人さまなのですから、もちろんおのぞみどおりにいたしましょう。でも若さまをもとの姿に戻すには、ふたつの条件があります。ひとつめは、わたしを若さまのお嫁さんにしていただくこと。ふたつめは、若さまを子牛に変えた人をこらしめるおゆるしをいただくことです」

わたしは、最初のものについては喜んでそうしようと答えました。さらに、息子にゆずる財産は別として、格別の配慮をしようと約束し、おまえが思っている以上のお礼をするつもりだとつけくわえました。妻に関してはおまえの申し出を認めよう、よこしまなことをした人間には報いがあって当然だ、妻のことはおまえが好きなようにすればよい、ただし、命だけは助けてやってくれと言いました。

「だんなさま、よくわかりました。では、おくさまが若さまにかけたのと同じ術を、おくさまにもかけることにしましょう」

「それでよいが、その前に息子をもとに戻してくれ」

そこで娘は水をたたえた壺を手にしてわたしにはわからぬなにかをとなえると、子牛に話しかけました。「子牛よ、子牛、そなたが今あるがままのすがたのごとく、世界の主たる万能の神によって創られしものならば、この姿にとどまりなさい。魔法のわざによって子牛の姿にされてしまった人間ならば、創造主のゆるしによってもとの姿に戻りなさい」

娘がこう言いながら子牛に水をふりかけますと、子牛はたちどころにもとの姿に戻ったのです。

「息子よ、いとしい息子！」とわたしはおさえがたい喜びにつき動かされて大声をあげると、息子をかき抱きました。「おまえにかけられた邪悪なわざをうちくだき、おまえとおまえの母親のうらみを晴らすために、神さまがこの娘を遣《つか》わしてくださったのだよ。おまえを救ってくれたこの娘を、感謝のあかしとしてわたしの約束どおりに妻としてめとってくれよ」

息子はよろこんで承知しましたが、娘は結婚する前にわたしの妻を牝鹿に変えてしまいました。今、目にしておられる牝鹿こそがわたしの妻なのでございます。むくつけき姿となるよりは、牝鹿のほうがましというものでしょう。この姿でしたら、家族内で目にしてもおぞけをふるうようなことはありません。やがて息子はやもめとなって旅にでましたが、音沙汰がないままに何年かがすぎましたので、消息を訪ねてまわることにしたのです。家を留守にするあいだ、妻の世話をだれかに頼みたくはなかったので、ともに連れていくことにしました。これがわたしとこの牝鹿の身の上話でございます。なんとも不思議な物語だとは思われませんでしょうか？

「なるほど、確かに不思議な話ではある」とジンが言いました。「商人の罪の三分の一をゆるすことにしよう」

「王さま」とシェヘラザードは話を続けました。第一の老人が話を終えますと、二頭の黒犬を連れた第二の老人がジンの前に進みでてこう言いました。

「わたしは、自分と二頭の黒犬に起こりましたことを語りたいと存じます。わたしの話は、あなたさまが今しがた耳にした物語よりも興深く不思議に満ちたものでございます。つきましては、この話を語り終えましたならば、そこなる商人の罪の三分の一をゆるしてはいただけませんでしょうか？」

「よかろう」とジンが答えました。「おまえの話が牝鹿の話よりもおもしろいものであれば、その願いを聞きいれよう」

第二の老人はジンのゆるしを得ると、次のような話を語りはじめたのでございます……

ところが物語をはじめようとしていたシェヘラザードは、夜が明けたことに気づいて話すのをやめました。

「まあ、お姉さま」とディナールザードが言いました。「なんとおもしろいお話だったのでしょう！」

「妹よ」とシェヘラザードは答えました。「でも明日の晩にしようと思っているお話のほうが、ずっとおもしろいのです。あるじでもあり夫でもある王さまが、わたしを生かしておいてくださるのならお聞かせできるのだけれど」

シャフリヤール王は何も言いませんでした。王は起きあがるとお祈りをすませ、美しい妃を処刑するようにという命令をださぬままに朝議の場へとおもむきました。

第六夜

こうして第六の夜になり、王とその妃は床につきました。ディナールザードはいつもの時間に起きあがると、シェヘラザードに話しかけました。

「お姉さま、もしおやすみでないのでしたら、朝までのひととき、そらんじておられる物語をお聞かせください」

シャフリヤール王も口を開きました。

「第二の老人と二頭の黒犬の話を聞きたいものよ」

「かしこまりました、王さま」とシェヘラザードは答えました。「第二の老人はジンの前に進みでると、物語を語りはじめました」

第二の老人と二頭の黒犬の話

ジンの大王さま、わたしどもは三人の兄弟でして、これなる二頭の黒犬が二人の兄、わたしが末っ子なのでございます。父親が亡くなりますときに、兄弟ひとりひとりに金貨千枚を残してくれましたので、三名ともにこの元手を使って同じ道に踏みだすことにし、商人になりました。店を開いてしばらくたつと、長兄、つまりはこれなる黒犬の片方ですが、その長兄は旅に出て異国での商いをすることに決めました。こうして長兄は持てる資産のすべてを売りはらうと、心に決めた商いのために物品をそろえたのでございます。

長兄は旅だってゆき、一年のあいだ留守にいたしました。一年が終るころ、ほどこしを求めるようすの貧者がわたしの店にやって来ました。わたしが「神のおめぐみを」と言いますと、相手はこう返しました。「神のおめぐみを」。ところでわたしがわからないのかね？」相手の顔をまじまじと見るうちに、貧者の正体がわかりました。「兄さんじゃないですか！」わたしはそう叫ぶと、兄を抱擁しました。「どうしてこのような姿に？」わたしは兄を家に連れ戻ると、体のぐあいと旅の一部始終を尋ねたのです。

「それについてはきいてくれるな」と兄は答えました。「この身なりをみればわかるだろう？　家を出てからの一年間にわが身におこった不幸、落ちぶれてしまったいきさつを語れば、嘆きの種を増やすことになるのだ」

わたしはすぐに店を閉めて雑事をあとまわしにすると兄を入浴させ、手持ちの服のなかから一番上等のものを着せてやりました。それから帳簿を確認したところ、元手が二倍に、つまりは金貨が二千枚に増えていたのでございます。そこで半分を兄に渡すことにしました。

わたしが「兄さん、この金で今までの損失をうめあわせてください」と言いますと、兄は喜んで千枚の金貨を受けとると商いをたてなおし、わたしたちは前と同じようにともに商売にはげむことになりました。

しばらくすると、二番めの兄、やはりこれなる二頭の黒犬の片割れですが、その兄も資産を売ると言いだしました。わたしたち、つまり長兄とわたしはなんとかして次兄の心をひるがえそうとしたのですが、次兄の決心は変わらなかったのです。こうして次兄は資産を処分して得た金で、異国での商いに必要な品々をしいれました。そして隊商に加わると旅だっていきました。

次兄は一年後に戻ってきましたが、そのありさまは長兄と変わるところがありません。わたしは次兄にも服を着せ、今回も金貨千枚のもうけがありましたので、これをわけ与えたのでございます。次兄はこの金で店をたてなおし、商いを続けたのでした。

ある日のこと、二人の兄が自分たちと一緒に旅に出て商売をしないかと言いだしました。わたしはこの申し出を言下にことわりました。

「兄さんたちは旅に出て何を得たのですか？　わたしも同じようなめにあうかもしれません」

兄たちはなんとかしてわたしの心を変えて運だめしをさせようとしたのですが、わたしは二人の話にはのりませんでした。二人の兄は何度も同じ話をくりかえしました。わたしは、五年のあいだ兄たちのさそいをことわり続けていましたが、とうとう首をたてに振ってしまったのです。

しかしながら旅のしたくを整え、必要な商品をしいれる段になりますと、兄たちがすべてを使いはたしており、わたしの懐からでた金貨千枚は残っていないことがわかったのです。

わたしは兄たちを少しも咎《とが》めませんでした。それどころか自分の手元にあった金貨六千枚の半分を三人でわけることにしたのです。

「兄さんたち、この三千枚はなくなってしまうかもしれないから、残りの三千枚は安全な場所に残しておきましょう。これから手がける商いが、兄さんたちの経験よりもひどい結果になった場合には、手をつけずにおいた三千枚をもとに商売をやりなおしましょう」

わたしはこう言って二人の兄にそれぞれ千枚を手渡し、自分にも同じ額をとりのけました。そして残りの三千枚を家のすみに埋めました。

わたしたちは必要な商品をしいれ、三人で借りた船に荷物を積むと順風を待って出航しました。一か月の航海の後(8)……

ここでシェヘラザードは、「夜が明けます、お話を終らなくてはなりません」と言いました。

「お姉さま」とディナールザードが口を開きました。「なんとおもしろいお話なのでしょう。とても不思議なことがおこるのでしょうね」

「そのとおりです」とシェヘラザードが答えました「王さまが続きを語ることをゆるしてくださる

のなら、心おどる物語をお聞かせできるのだけれど」

シャフリヤール王は前夜と同じように起きあがりましたが何も言わず、娘を処刑するようにと宰相に申し渡すこともありませんでした。

第七夜

第七の夜が明けようとするころ、ディナールザードは忘れずにシェヘラザードを起こしました。

「お姉さま、おやすみでないのなら夜が明けるまでのひととき、昨日のお話の続きを聞かせてください」

「よろこんで話しましょう。二頭の黒犬を連れた老人は、ジンと二人の老人、そして商人に話を語りました。老人が語ったのは次のような話でした」

……こうして二か月の航海の後、運よくとある港に到着したので荷をおろし、数えきれないほどの商品をさばきました。わたしは大量の品を売りましたので、十倍の利益を得ることができました。そして故郷に運んで売るために、土地の物産を買いいれたのです。

帰郷のために船に乗ろうとすると、たいそう器量はよいのにひどく貧相な身なりをした女が海べにいるのを見かけました。女はわたしに近づくと手に接吻し、自分を妻にして一緒に連れていってほしいと必死で懇願するのです。無体な願いではありましたが、女は押しの一手でせまってきますので、目をそむけたくなるほどの貧窮ぶりを目にし、なるほどと思わせる言い分を聞くうちに、とうとう承知してしまいました。わたしは適当な衣服をあたえ、法の定めるやり方で女を妻にすると、ともに船に乗って出航したのです。航海を続けるうちに、妻となった人には数々の美点があることがわかり、日に日に愛しさが増すのでした。

二人の兄たちはわたしほどうまく商品をさばくことができなかったため、航海のあいだ、わたしの財産をうらやんでねたましい思いをつのらせておりました。そして遂にはわたしの命をねらうようになったのです。妻とともに床に入っていたある晩のこと、二人の兄はわたしたちを海中にほうりなげてしまいました。

ところが妻は妖精、つまりジンだったのです。当然ながらおぼれたりはしません。わたしは、妖精の助けがなければ死んでいたところですが、水中になげだされたと思うまもなく妖精がわたしをひきあげてとある島へと運んでいったのです。

夜が明けると、妖精が言いました。「だんなさま、お命を助けたのですから、受けたご恩はお返しできました。わたしは妖精です。帰郷なさるさいに海辺でお会いしたとき、強くひかれるものを感じたのです。あなたの胸のうちをためしたくて、あのような姿で近くに寄っていきました。心の寛《ひろ》いあなたは、わたしに好意をしめしてくださいました。恩返しができてこれほどうれしいことはありません。でもお兄さんたちはゆるせません。命をいただかなくてはなりません」

わたしはほれぼれとしながら妖精の話を聞き、彼女から受けた恩に心から感謝したのです。「どうか兄たちのことはゆるしてやってほしい。どのようなしうちを受けたにせよ、命をとろうと思うほどの情け知らずではないのだよ」

わたしが兄たちを助けてきたことを話すと、妖精の怒りに油をそそぐことになりました。

「今すぐ飛びたって恩知らずの裏切り者のあとを追いかけ、さっさと手をくだしましょう！　船を転覆させて二人を海の底に沈めてしまいましょう」

「いやいや、妻よ、神の名にかけてそのようなことはやらないでおくれ。どうか気を鎮めておくれ。実の兄なのだ。それに悪には善をもって報いよと言うではないか」

わたしはこう言って妖精をなだめました。わたしが話し終えると、妖精はあっというまにわたしを島から自宅の平屋根のうえに運んでいき、さっと姿を消してしまったのです。

わたしは屋根から降りると門を開けて、隠しておいた金貨三千枚を掘りだしました。それから店に行って戸を開け、歓迎の挨拶にやってきた近くの商人たちを迎えいれました。

家に戻ってみますと、二頭の黒犬がいるのに気づきました。犬は、おとなしくこちらにやってきます。わたしは意味がわからずにひどく驚きました。ややあって姿をあらわした妖精はこう告げたのです。「家の中に二頭の黒犬がいるのを見て驚かないでください。あなたのお兄さんたちです」

これを聞いてわたしは震えあがり、どうして兄たちがこんな姿になってしまったのかと尋ねました。

「わたしがやったのです。姉妹のひとりにてつだってもらいました。お兄さんたちが乗っていた船も沈めてしまったのです。積荷はなくなってしまったけれど、別のかたちで埋め合わせます。お兄さんたちには、十年間はこの姿でいてもらいましょう。恩知らずにはこのくらいの報いがあって当然です」。そしてどこに行けば自分の消息を知ることができるかを言い残すと、妖精は姿を消してしまったのです。

こうして十年がすぎましたので、わたしは妖精をさがしに出かけました。そしてこの場所でその商人と牝鹿を連れたご老人に会い、足をとめたのでございます。さて、わたしの物語はいかがでしたでしょう？　ジンの大王さま。先ほどの話よりも興深い話だとは思われませんでしょうか？

「確かにおもしろい話だった。ついては商人がおかした罪の三分の一をゆるすことにしよう」

第二の老人が話を終えますと、第三の老人が口を開きました。そして先の二人と同じことをジンに頼みました。つまり今から物語る話が先ほどの二人が話したものよりもおもしろければ、商人の罪の三分の一をゆるしてほしいというのです。今回もジンは願いを聞きいれましたので、第三の老人は話を語りはじめました……

ここで「夜が明けます」とシェヘラザードが言いました。「お話を終えなくてはなりません」
「お姉さまが話してくださったのは、なんとおもしろいお話なんでしょう」とディナールザードが言いました。シェヘラザードが「もっともっとおもしろいお話をたくさん知っているのです」と答えますと、シャフリヤール王は、第三の老人の話が第二の老人の話と同じくらいおもしろいかどうかを知りたくなり、シェヘラザードの処刑を翌日に延ばすことにしました。

第八夜

シェヘラザードを起こす時刻になると、ディナールザードは姉に声をかけました。「お姉さま、もしおやすみでないのなら、夜が明けるまでのひととき、そらんじておられる楽しいお話をお聞かせください」。シャフリヤール王も言いました。「第三の老人の話を語るように。先の老人と二頭の黒犬の話よりもおもしろいとは思えぬのだが」

「王さま」とシェヘラザードがお話をはじめました。

……第三の老人もジンに話を語りましたが、この話については知らないのでお聞かせすることができないのです。ですが、そのお話が二人の老人のものより興趣に富んでおり、ジンを心から驚かせたことは知っております。第三の老人の話が終りますとジンは、おまえの話に免じて商人の罪の三分の一をゆるそうと言ったのでございます。

「商人はおまえたち三人に感謝するのだ。商人が助かったのは、おまえたちの話のおかげだ。おまえたちの話がなければ、今ごろはこの世におるまい」。ジンはこう言い残すと、ありがたいことに一同の目の前から姿を消したのでした。

商人は、命の恩人である三人の老人に心からの感謝をささげました。老人たちは商人が助かったことを喜びあい、別れの挨拶がすみますと、全員がそれぞれの道を歩みだしたのです。商人は妻と子どもたちのもとに戻り、残された日々を家族とともども幸せに暮らしました。

しかしながら王さま、とシェヘラザードが言いました。今までにお聞かせした物語がどれほどおもしろくても、漁夫の物語にはおよびません。

ディナールザードには、姉がお話をやめようとしていることがわかったのですぐに続けました。「お姉さま、まだもう少し時間があります。王さまがおゆるしくださるのなら、漁夫の物語を聞かせてください。王さまもおのぞみでしょう」。シャフリヤール王が同意したので、シェヘラザードは次のような物語をはじめました。

漁夫の話

年老いた漁夫がおりました。ひどく貧しく、妻と三人の子を養うのがやっとというありさまでした。毎朝はやく漁にでかけるのですが、一日に網をうつのは四度きりとかたく決めておりました。ある朝はやく、まだ月の光が見えるうちに漁にでて海辺にやってきますと、衣服を脱いで網をうちました。浜辺にたぐりよせてみますと、ずっしりとしたてごたえがあるのです。大漁にちがいないと思い、うれしくなりました。しかしすぐに、網に入っているのが魚ではなくてロバの死骸であることに気づきましたので、さんざんな結果にひどく腹をたてました……

ここでシェヘラザードは夜が明けたことに気づいてお話をやめました。

「お姉さま」とディナールザードが言いました。「わくわくするようなお話です。どのような結末になるのでしょう」。シェヘラザードは「この漁夫の物語ほど心おどる話はほかにありません」と答えました。「王さまがわたしを生かしておいてくださるのなら、明日の晩にこの話の真価がわかるでしょう」

　シャフリヤール王は、この漁夫が何を得るのかを知りたくなり、その日のうちにシェヘラザードを処刑することはしませんでした。こうしてシャフリヤール王は起きあがり、残酷な命令をくだすことはありませんでした。

第九夜

　翌朝、いつもの時間にディナールザードが声をかけました。「お姉さま、もしおやすみでないのなら、漁夫の話をしてください。あのお話を聞くまでは死んでも死にきれません」。シェヘラザードは「喜んで続きを話してあげましょう」と答え、シャフリヤール王にゆるしを請いました。王がよろしいと言ったので、シェヘラザードは次のようなお話を語りはじめました。


……漁夫はひどいものをひきあげてひどく腹をたてておりましたが、ロバのせいで網にあいたいくつかの穴をつくろうと、二度めの網をうちました。ひきよせてみますと、今回もずっしりとてごたえがありますので、今度こそ大漁だと思って喜びました。ですが網の中にあったのは、砂利と泥がいっぱい入った籠だけでしたから、がっくりしてしまいました。

「わが運命よ！」と漁夫は悲しげな声で叫びました。「そんなに怒るなよ。手荒なことはしないでくれと頼んでいるみじめな人間をいたぶるな。家からここまで来るのは生きるためなのに、死ねと言うのか。生きていくにはこの稼業しかないのだ。できるかぎりのことをしているのに、家族を養うだけの魚もとれない。だがあんたに文句を言うのはおかどちがいだろう。あんたは正直な人間を苦しめ、ひとかどの人間を落ちぶれさせて楽しんでいる。やくざな連中をちやほやし、なんの美徳もないやつらを出世させているんだ」

文句を言い終えた漁夫は乱暴に籠をほうり投げ、網についた泥を洗いおとすと、三度めに網をうちました。ですが今回もかかったのは石と貝がらとがらくただけだったのです。漁夫の落胆ぶりはとうていことばでは表せません。本当に気がふれてしまったのではないかと思うありさまでした。しかしながら日が昇ってきますと、彼はよきイスラム教徒としてお祈りをし、こうつけくわえました。「神さま、わたしが一日に四度しか網をうたないことをご存知でしょう？　今日は三度まで網をうちましたが、とんだ骨折り損でした。あと一度しか網をうてません。どうかモーゼのときと同じように、海がわたしに好意を示すようにしてください」

漁夫は祈り終えると、四度めの網をうちました。そしてここぞと思うときにひきよせてみますと、今回もそれまでと同じようにしっかりとしたてごたえがありましたが、網にかかっていたのは魚ではなく、真鍮《しんちゅう》の壺だったのです。壺はずっしりと重く、何かが入っているようでした。ぴったりと閉められた蓋には鉛の封があり、封の上には刻印が見えます。漁夫は喜びました。「これを金物屋に売ろう。その金で小麦を一升買うとしよう」

漁夫は壺をすみずみまでよく調べるとこれを振ってみました。中のものが音をたてるかと思ったのですが、何も聞こえません。鉛の封の上に刻印があるということは、この壺にはとても貴重なものがぎっしりと入っているにちがいないのです。なかみを確かめようと思った漁夫はナイフを取りだすと、蓋を開けてしまいました。壺をさかさまにしてみましたが何もでてきませんので、漁夫はひどく驚きました。今度は目の前に壺を置き、注意深く見つめていますと、濃い煙が立ちのぼってきたので、漁夫は二、三歩ほど後ずさりしました。

煙は雲に届くほどの山となり、浜辺も海も一面の霧で覆われてしまいました。漁夫がびっくり仰天したことは、ここで申しあげるまでもありません。壺から出てくる煙はとぎれたかと思うと、今度はひとところに集まって形を作りはじめ、もっとも大きな巨人の二倍もあろうかというジンの姿となりました。雲つくような怪物が目の前に現れたのですから漁夫はなんとかして逃げだそうとしたのですが、恐怖のあまりに腰が抜けてしまって動けないのです。

「ソロモンさま!」とジンがわめきました。「偉大な預言者ソロモンさま、ごめんなさい、ごめんなさい! 二度と逆らったりしません。なんでも言うことをききます!」……

ここでシェヘラザードは夜が明けたことに気づいてお話をやめました。ディナールザードが「お姉さまがおっしゃったとおりです。このお話は、前のものよりもおもしろいですね」と言いました。シェヘラザードが答えました。「妹よ、もっともっとおもしろいお話があるのです。王さまがゆるしてくださるのなら、あなたにお聞かせできるでしょう」

シャフリヤール王は漁夫の話を最後まで聞きたくなり、シェヘラザードの処刑を翌日に延ばすことにしました。

第十夜

翌晩、いつもの時刻になるとディナールザードは姉に声をかけました。

「お姉さま、おやすみでないのなら夜が明けるまでのひととき、漁夫の話の続きをお聞かせください」。シャフリヤール王も、ジンとソロモン王の関係を知りたいと言ったので、シェヘラザードは次のようなお話を語りはじめました。

……漁夫はジンのことばを聞きますと、気力をとり戻してこう言いました。「おいおい、ごりっぱな精霊さま、何を言ってなさるのかね。ソロモンさまがお亡くなりになって千八百年もたつんですよ。もう大昔の話だよ。あんたの話を聞こう。なんだってこの壺に閉じこめられたんだ?」

ジンは昂然と漁夫を見て言いました。「もっと丁寧なことばを使え。ごりっぱな精霊さまだと?(9)」

「わかりましたよ」と漁夫が答えました。「ではもう少し丁寧なことばを使って、幸運のフクロウさまとお呼びしましょう」

「もっと礼儀にかなったことばを使うのだ。どうせ殺してしまうのだがな」

「なんだって! どうして殺すんです? 自由にしてあげたじゃないですか。もう忘れたとでも?」

「忘れてなどいない。それでも命をとることには変わらん。ひとつだけ願いをきいてやろう」

「それはどんなもので?」

「どんな方法で死にたいかを選ばせてやる」

「どうやってあなたさまを怒らせたのですか? これが恩に対する報いだとでも」

「もう決めたことなのだ。おまえにも事情がわかるように、おれの話をしてやろう。おれは神の意思にさからった精霊のひとりなのだ。ほかのジンは大預言者ソロモンさまの権威をみとめて彼にしたがった。だがサカルとおれだけは、卑しいまねなどしなかったのだ。

ソロモンさまが黙っているわけはない。大王さまはバラキアのせがれで大臣のアサフをよこしたのだ。アサフはまんまとおれを捕まえると、大王の玉座までひっぱっていった。ダヴィデの子ソロモンさまは、おれが生きかたをあらため、ソロモンさまの権威を認めてその言にしたがうようにとお命じになった。おれはきっぱりと断った。そしてこう言ってやった。まっぴらだ。忠誠を誓うくらいなら、たたかれる側にまわる。ソロモンさまはおれを罰するために、おれを真鍮の壺に閉じこめた。そして絶対に逃れられないように、鉛の封の上に神の御名つきで自分の印章を押したのだ。それから壺を配下のジンに託し、海に投げ捨てろと命じたのだ。まったくもって残念至極だが、そいつは言いつけを守った。

壺に閉じこめられていた最初の百年間はこう思っていた。百年以内におれを自由にしてくれるやつがあらわれたら、そいつが生きているうちはもちろん、孫や子の代まで金持ちにしてやろう。百年たったが、そんなやつはでてこなかった。次の百年間はこう誓った。おれを自由にしてくれたやつのために、大地にある宝の蔵をすべて開けてやろう。だが今度もうまくいかなかった。次の百年間はこう決めた。おれを自由にしてくれたやつを大王にしてやろう。おれは影のごとくつきしたがい、どんなものであれそいつの願いを日に三度までかなえてやろう。だが三度めの百年間もその前の二百年間と同じだった。おれはずっと壺の中だった。

おれはだんだん滅入ってきて、最後には怒りくるった。こんなに長いあいだ壺に閉じこめられていたのだ。おれは誓った。おれを自由にしてくれるやつがでてきたなら、そいつを殺してしまおう。情けなどかけない。願いもきかない。ただし殺されかただけは選ばせてやる。そして今日、おまえがおれを壺から出したから、死にかたを選ばせてやろうと言っているのだ」

これを聞いて漁夫は仰天しました。「なんという不運だ！　ここまでやって来たのは、恩知らずに恩をほどこしてしまうためだったのか！　道理をとおして、無体な誓いをくつがえしてください。この命を救えば、神のゆるしがあります。無慈悲にも命をとりあげてしまえば、あなたの毎日はだいなしになってしまいますよ！」

「いや、おまえは死ぬと決まったのだ。死にかただけは選べる」

ジンの決心がかたいのをみた漁夫は、悲嘆にくれました。命が惜しいというよりも、残される三人の子どもたちの苦労を考えると断腸の思いだったのです。漁夫はなおも命乞いをやめず、ジンにすがりました。

「してあげたことに免じて、命ばかりは助けてください」

「言っただろう？　それこそがおまえを殺さねばならん理由なのだ」

「そんな無茶な。善に悪で報いるのですか？「ふさわしくない相手に恩をかけても報われない」という諺《ことわざ》がありますが、あれは嘘だと思っていました。これほど世のことわりと約束ごとに反した諺はありません。だがこの災難にでくわした今となっては、まったくそのとおりなのだと合点がいきました」

「時間の無駄だ。なにを言ってもおれの決心は変わらん。さあ早くどんな死にかたがいいのか言ってみろ」

窮地に立てば知恵もわきます。漁夫は一計を案じました。

「逃れられぬ定めとあれば、神の御心にゆだねましょう。でも死にかたを選ぶ前に、ダヴィデの子、預言者ソロモンさまの印章に刻まれた至尊の御名にかけて、今からきくことに答えてください」

神の御名にかけての質問とあれば、ジンとて答えぬわけにはいきません。ジンは身震いすると、漁夫に言いました。

「わかった。思うことをきけ。だが早くしろよ」……

ここで夜が明けたことに気づいてシェヘラザードはお話をやめました。

「お姉さま」とディナールザードが言いました。「お話を聞くほどにわくわくしてきます。わたしたちがおつかえする王さまが、漁夫の物語を聞き終るまでお姉さまの処刑を延ばしてくだされぱいいのですが」

「王さまのおっしゃることは絶対なのです」とシェヘラザードが答えました。「なにごとであれ、王さまのおことば次第なのです」

シャフリヤール王は、ディナールザードと同じように物語を最後まで聞きたくなり、またしてもシェヘラザードの処刑を延ばすことにしました。

第十一夜

シャフリヤール王と妻たる王妃は、いつもどおりに夜をすごしました。夜明け前になると、ディナールザードがシェヘラザードに声をかけて二人を起こしました。「お姉さま、おやすみでないのなら漁夫の話の続きをお聞かせください」。シェヘラザードは「王さまのおゆるしがあれば、喜んでお話ししましょう」と答えました。

……真実を話すとジンが約束したので、漁夫はこう言いました。

「あなたは本当にこの壺の中に入っていたのですか？　神の御名にかけて誓えますか？」

「そうとも。おれはその壺の中にいた。神の御名にかけて誓おう」

「神かけて申しますが、そのようなことは信じられません。この壺にはあなたの片足だって入らないでしょう。全身をおさめることなどできません」

「誓って言うが、おまえが見ているのと同じようにしてこの壺の中にいたのだ。神の御名にかけて誓うと言ったのに信じないのか？」

「そのとおりです。この目で見るまでは信じられません」

漁夫がこう言うとジンの姿はかき消えるように見えなくなって煙と化し、先ほどと同じように海辺を覆いました。そして一か所に集まったかと思うと壺の中へと入っていったのです。煙はとぎれることなく流れるように動き、ジンの五体はきれいさっぱり壺の中におさまってしまいました。と、壺の中から声が聞こえてきます。

「疑り深いやつめ、どうだ、壺の中に入ってしまった。これでも信じないのか？」

漁夫はジンの問いかけには答えず、鉛の蓋を手にとるとさっさと壺の口を閉めてしまいました。

「ジンよ、請い願うのはそっちの番になったな。さあ、どんな方法で死にたいかな？　いや、もっといい方法がある。このまま海に放り投げてもとの場所に戻してしまおう。それから浜に家を建て、網をうちにやって来る漁師仲間にはこう言おう。性悪なジンをひきあげるなよ、そいつは自由にしてくれた人を殺そうと誓っているのだとね」

これを聞いたジンは怒りくるい、なんとかして壺からでようともがきましたが所詮は無駄なあがきでした。ダヴィデの子ソロモン王の印章があるからです。ジンは、漁夫と立場が逆転したことをさとり、怒りをおさめることにしました。

「漁夫どの」とジンはやさしげな声で言いました。「それはやめてくれ。さきにおれが言ったのはちょっとした冗談だ。深い意味はない」

「ほんの一瞬前、あんたは最大最強のジンだったがいまや虫ケラ以下だ。知恵をしぼっても出口はない。海に帰れ。あんたが言ったほど長く海にいたのだとしたら、最後の審判の日までそのままでいればいい。おれは神の御名にかけて命を助けてくれと頼んだのに、あんたはおれの頼みを足蹴にした。だからおれも同じことをしよう」

ジンはなんとかして漁夫の心を変えようとしました。

「出してくれ。自由にしてくれ。頼む。なんでも言うことを聞こう」

「あんたは裏切り者だ。馬鹿正直に信じたりすればあの世行きだ。あんたはギリシアの王さまがドゥバーン医師にやったのと同じことをするに違いない。よく聞け、それはこのような話なのだ」

ギリシアの王とドゥバーン医師の話

ペルシアが支配するズーマーン(10)の地に、ギリシアの遺民を治める王がおりました。王はレプラにおかされており、医師たちの努力もむなしくいっこうによくなりません。医師らが途方に暮れてしまったとき、ドゥバーンという名の名医が宮廷を訪れました。

この医師はギリシア語、ペルシア語、トルコ語、アラビア語、ラテン語、シリア語、ヘブライ語に通じており、万巻の書を読んで深い知識を身につけておりました。すぐれた哲学者であったのみならず、あらゆる種類の薬草と薬物の長所と短所をもわきまえていたのです。医師は、王の病気と侍医たちがさじを投げたことを知ると、上等の晴れ着を着て王のもとを訪れました。

「陛下に申しあげます。御殿医方は陛下のレプラをどうにもできなかったとか。わたしがその役目をおおせつかったならば、いかなる薬湯も膏薬も用いずに御不快をなおしてみせましょう」

王は医師の申し出を受けいれました。

「そのことばどおりの名医であるのなら、そなたとそなたの子孫が富み栄えるようにしよう。それだけではなく、そなたを第一の側近とする。薬湯を飲まずとも膏薬を塗らずとも、余のレプラをなおしてくれるのだな？」

「さようです、陛下」と医師が答えました。「神のご加護を得て、必ずや陛下のご病気は平癒いたします。明朝より治療にとりかかりましょう」

医師は宿にさがると打球槌[11]を作り、握り手の中をくりぬいて薬をいれました。さらに打球用の球も作り、翌朝になると槌と球を持参して王のもとに参内しました。医師は玉座の前で膝をつくと、床に接吻しました……

ここでシェヘラザードは夜が明けたことに気づいてシャフリヤール王にそのむねを伝えると、お話を語るのをやめました。

「お姉さまはなんとたくさんのお話をごぞんじなのでしょう」とディナールザードが言いました。

「明日はもっとたくさんのお話を聞かせてあげましょう」とシェヘラザードが答えました。「ご主人である王さまが、わたしの命を延ばしてくだされば」

シャフリヤール王はディナールザードと同じくらいにドゥバーン医師の話を聞きたくなっていたので、王妃の処刑を延ばすことにしたのです。

第十二夜

第十二夜が更けてきたころ、ディナールザードは起きあがって呼びかけました。「お姉さま、おやすみでないのならギリシアの王さまとドゥバーン医師のお話を続けてください」

「喜んで話しましょう」とシェヘラザードは答え、すぐに次のようなお話を語りました。

……「さて」と、漁夫は壺の中に閉じこめたジンに、話の続きを語りはじめました。

ドゥバーン医師はうやうやしくお辞儀をすると王に話しかけ、馬に乗って打球戯場までお出でくださいと頼みました。王がそのとおりにして打球戯場に到着しますと、医師が手製の槌を持って王のもとにやってきました。

「陛下、この槌を使って手も体も汗で濡れるまで球をお打ちください。わたしが槌の握りにしこんだ薬が手のぬくもりで熱せられますと、陛下の全身に薬がいきわたると存じます。汗をおかきになったらすみやかに打球戯をおやめください。薬の効果があらわれてまいります。王宮にお戻りになったら浴場に行き、全身をこすりながらよく洗われますように。その後で床におつきになれば、翌朝、お目ざめの時刻には陛下の病はいやされておりましょう」

王は槌を持って馬にまたがると、球を追いかけました。王が球を打つたびに、打球戯のお伴をしているおつきの者が球を戻してきます。王が何度も球を打つうちに長い時間がすぎ、手も体も汗まみれになってしまいました。すると医師が言ったとおり、槌の握りにしこんであった薬が効きはじめたのです。王は打球戯をやめて王宮に戻ると風呂に入り、医師に言われたとおりのことをしたのでした。首尾は上々でした。翌朝、目をさました王は驚喜しました。レプラがすっかり治っていたのです。玉のようなはだを見れば、病に苦しんだ人のものとも思えません。

王は衣服をまとうと謁見の間へと進み、玉座に腰をおろすと結果を心待ちにしていた廷臣一同の前に姿を見せました。王の病がすっかり癒えたことがわかると、誰もが口々に喜びの声をあげたのです。広間にあらわれたドゥバーン医師は、玉座の前で深々と額づきました。医師の姿をみとめた王は、彼を玉座の隣に座らせるといならぶひとびとに医師を紹介し、声高にそのてなみをほめたたえたのでした。王の上機嫌はさらに続きました。その日は廷臣一同に馳走をふるまわれ、自分の卓に医師を招くと二人きりで食事をしたのです……

ここでシェヘラザードは夜が明けたことに気づいてお話をやめました。「お姉さま」とディナールザードが言いました。「このお話の結末は想像もつきません。なんとわくわくするようなでだしなのでしょう」

シェヘラザードは「続きはもっともおもしろくなります。あなたもそのとおりだと思ってくれるでしょう。でも王さまのおゆるしがでて、明日の晩に最後まで話すことができればの話なのだけれど」と答えました。シャフリヤール王はシェヘラザードが話の続きを語ることをゆるし、今しがた耳にした物語にいたく満足しながら起床したのでした。

第十三夜

翌日の晩が更けてきたころ、ディナールザードはシェヘラザードに呼びかけました。「お姉さま、おやすみでないのならギリシアの王とドゥバーン医師の話を続けてください」

シェヘラザードは「あなたの心を今すぐにでも安んじてあげましょう。わがあるじである王さまのおゆるしがあれば、お話の続きをお聞かせしましょう」と答えました。

……「ギリシアの王は」と漁夫は語りました。

ギリシアの王は自分の卓にドゥバーン医師を招いただけでは満足しませんでした。夜が更けて宴もおひらきになろうとするころ、王はドゥバーン医師にとびきりの礼服をくだされました。高官たちが御前で着用している長衣と同じように豪華な服なのです。さらに金貨二千枚も賜りました。

翌日からというもの、この名医に対する王の厚情はとどまるところがありませんでした。王は返しきれぬ恩を受けたことをわきまえておりましたから、くる日もくる日も医師にあれこれとくだされものを賜るのです。しかしながら王の大宰相は貪欲で嫉妬深く、どのような悪事でもやってしまうような人間でした。宰相は、医師への寵愛を見るたびにねたましさで胸がいっぱいになりました。また、医師には多くの美点がありましたから、宰相の影も薄くなっていたのです。

宰相は王の覚えをとり戻そうと決めました。そこで王のもとに近づくと、あたりに人影がないのを見はからい、お耳にいれずばなるまいたいせつなお話がございますと告げたのです。王は、それは何ごとかと尋ねました。

「陛下、忠誠のほどもわからぬ人間に胸のうちをおさらしになるのは、なんとも危くはありませんか？　陛下はドゥバーン医師に格別な恩顧をさずけられ、おそば近くに召しておられますが、あの者は心悪しき背信の徒で陛下をあやめるために宮廷に入りこんだのです」

「どうしてそのようなことを知っているのだ？」と王が尋ねました。「誰にむかってのことばかわかっているのか。そのような話を安易に信じることはできない」

「陛下」と宰相は答えました。「今申しあげた話には確実な根拠がございます。さればこれ以上のお ひきたてては危険です。まどろんでおられるのなら、どうか目をお醒ましください。くりかえしますが、あの医師は今なお故国ギリシアを忘れてはおりません。あやつは陛下の民となるべくこの宮廷に参ったのではなく、今しがたお耳にいれたよこしまな計画を実行するために参上したのです」

「それは違う。余はかの医師に絶対の信頼をおいている。そなたが悪しき背信の徒とそしった人物こそは、才においても徳においても誰よりも勝っている。この世であの医師ほどに余が親愛の情を感じる人間はいない。彼が薬、いやむしろ奇跡によって余のレプラをいやしたことは、そなたも重々承知しているではないか。命をとるというのなら、どうして余を助けたのだ？　不治の病にかかっていた余を見ているだけでよいではないか。余の命はすでに尽きかけていたのだからな。

ゆえなき疑念を吹きこむな。そなたのことばに耳を傾けるかわりに、あの高徳の士には今日よりみまかるまでのあいだ、毎月金貨千枚を下賜することにしよう。余の富と国をわかちあったとしても、彼の恩に報いることはできない。彼の美徳がそなたの嫉妬心に火をつけたのだろうが、余の心が疑念におかされるとは思うな。そなたを見ていると、ある宰相がシンドバード王(12)に語った話を思いだす。その宰相は王子の命を救おうとしたのだ」……

ここでシェヘラザードは「夜が明けます。お話を終らなくてはなりません」と言いました。

「ギリシアの王のお話には心をうたれます」とディナールザードが言いました。「ゆるぎない信頼をもって、根も葉もない宰相の讒言《ざんげん》をしりぞけられたのですね」

「今は王の信実をたたえているけれど」とシェヘラザードが言いました。「明日は王の弱き心を咎《とが》めるでしょう。この物語を最後まで続けることを、王さまがゆるしてくだされば の話だけれど」

シャフリヤール王は、ギリシアの王の心がくじけるいきさつを知りたくなり、シェヘラザードの処刑を延ばすことにしました。

第十四夜

第十四の夜が終ろうとするころ、ディナールザードが呼びかけました。「お姉さま、おやすみでないのなら夜が明けるまでのひととき、漁夫の話の続きをお聞かせください。ギリシアの王がドゥバーン医師を讒言する宰相をしりぞけるところで終りました」

「そのとおりです」とシェヘラザードが言いました。「では続きをお聞かせしましょう」

……「王さま」とシェヘラザードはシャフリヤール王に話しかけました。「ギリシアの王がシンドバード王の話にふれたので、宰相はその話を知りたいと思って王に声をかけました」

……「陛下、おゆるしください」と宰相は言いました。「シンドバード王の息子を死なせまいとして、宰相が王に語った話をお聞かせねがえませんでしょうか」

ギリシアの王は機嫌をそこねることもなく、次のような話を語ったのです。

「その宰相は、王子の義母の讒言をまにうけて後悔することがないようにと、シンドバード王をいさめたのだ。宰相は次のような話を語った」

夫とオウムの話

美しい妻を持つ正直者の夫がいた。彼は妻を熱愛しており、四六時中、妻から目をはなさなかった。ある日のこと、夫はよんどころない用件で家を離れなくてはならなくなった。彼は市場に行くと、ありとあらゆる鳥を商っている一画で一羽のオウムを買いもとめた。このオウムはよくしゃべるだけでなく、目の前で起きたこと一切を物語ることもできた。夫はオウムを鳥かごにいれて家に戻り、自分が旅にでているあいだはかごを部屋に置くよう妻に頼むと、オウムの世話を彼女にゆだねて出立した。

旅から戻った夫は、自分が留守のあいだに何が起こったかをオウムに尋ねてみた。オウムの話を聞いた夫は、妻を厳しく叱った。彼女は女奴隷の誰かが夫に告げ口したのだと思ったが、彼女らは妻に忠義だてしていると誓った。全員が口をそろえるには、あのオウムが作り話をしたのだろうと言う。

妻は夫の疑念を晴らし、あわせてオウムに復讐する算段を考えた。

夫が別の用事で一日だけ家をあけると、妻は女奴隷のひとりに、夜になったらオウムの鳥かごの下で手まわしの粉挽き機をまわすようにと言った。二人めには、鳥かごの上から雨のように水をそそげと言った。三人めには、オウムの目の前で鏡を左右に動かしてロウソクの光を反射させろと言った。奴隷たちは、夜が更けるまでてぎわよく言いつけにしたがった。

翌日、夫が戻ってきた。彼は今回もオウムに留守中のいきさつを尋ねた。オウムはこう答えた。

「ご主人さま、昨晩の稲光と雷鳴と雨といったら、話にならないくらいひどかったのですよ」

夫は、昨晩は雨も降らず雷も鳴らなかったことを知っていたから、今回、真実を語らなかったオウムは、妻のことについても嘘を言っていたのだと思った。夫はかごからオウムをだすと地べたにたたきつけたので、オウムは死んでしまった。

後に夫は隣人から、妻について話していたオウムは嘘を言っていなかったと聞き、あわれな鳥を殺してしまったことを後悔したのだった。


ここで夜が明けたことに気づいてシェヘラザードはお話をやめました。

「お姉さまのお話はどれもみな不思議です」とディナールザードが言いました。「これほどおもしろいお話はほかにはありません」

「喜んでもっとお話ししましょう」とシェヘラザードが答えました。「王さまが時間をくださればの話だけれど」

シャフリヤール王はディナールザードと同じように、わくわくしながらシェヘラザードの話を聞いておりましたから、起床すると朝議の場へとおもむきました。今回も宰相にシェヘラザードの処刑を命じることはありませんでした。

第十五夜

ディナールザードは、この晩も時刻どおりに姉を起こしました。「お姉さま、おやすみでないのなら夜が明けるまでのひととき、そらんじておられる楽しいお話をお聞かせください」

「そうですね、お話をはじめましょう」とシェヘラザードが言いました。

「待て」シャフリヤール王がさえぎりました。「ドゥバーン医師をめぐるギリシアの王とその宰相の話を終らせるように。その後で漁夫とジンの話を続けよ」

「かしこまりました」とシェヘラザードは言い、次のようなお話を語りはじめました。


……「さて」と漁夫がジンに語りかけました。「こうしてギリシアの王はオウムの話を語り終えた。そして自分の宰相に向かってこう言ったのだ」

「宰相よ、そなたは自分が傷つけられたわけでもないのに、ドゥバーン医師への憎しみゆえに医師を殺せと余をそそのかした。だが余は慎重にことをすすめよう。オウムを殺して後悔した夫の二の舞はしたくない」

よこしまな宰相は、なんとしてでもドゥバーン医師をほうむってしまおうと決めていましたから、ここでひきさがるわけにはいきませんでした。

「陛下、オウムがどうなろうとたいしたことではありません。飼い主が長くその死をいたんだとも思えません。しかしながら無実の人をあやめるのではないかとおそれるあまり、あの医師を処刑しないというのはいかがなものでしょうか。陛下のお命をねらっているという告発だけでじゅうぶんではありませんか。陛下のお命を守るためなのですから、ただの疑惑ですますことはできません。罪ある者をみのがすくらいなら、無実の人を犠牲にするほうがましでしょう。さらに陛下、今回のことは作り話ではありません。ドゥバーン医師が陛下のお命をねらっていることは、まちがいありません。わたしがこのようなことを申すのは、ねたみごころからではなく、ひとえに陛下のお命をお守りしたいからです。それゆえにこそ、この大事をお耳に入れたのです。もしこれがいつわりでしたら、あの宰相のように処刑されるのが当然のむくいでしょう」

「その宰相はどういう理由で処刑されたのだ?」とギリシアの王が尋ねました。

「ではお話しいたします。どうかわたしの物語をお聞きください」

罰せられた宰相の話

たいそう狩を好む王子がおりました。父なる国王は王子を何度も狩に行かせてやりましたが、大宰相には王子の狩に同行して絶対に王子から目を離すなと厳しく言ってありました。

ある日のこと、勢子《せこ》が鹿を駆りたてました。王子は宰相が後ろにいるものとばかり思っておりましたから、獲物を追いかけました。長いあいだ一心に鹿の後を追ったものですから、とうとうひとりきりになってしまいました。王子は立ちどまり、道に迷ったことに気づきましたので、同じ道をひきかえして宰相をさがすことにしました。宰相は王子についてくることができなかったのです。ところが王子はわき道にそれてしまいました。

王子はどこの道ともわからずに宰相をさがしまわるうち、たいそうきれいな娘が道ばたでひどく泣いているのを見かけました。王子は馬をとめると、あなたは誰か、ひとりでどうしたのか、自分にできることはあるかと尋ねました。

「わたしはインド王の娘です。馬に乗って散策しているうちに眠くなってしまい、落馬してしまいました。馬はどこかに行ってしまい、どうなったのかもわかりません」

王子は娘を気の毒に思いましたので、自分の馬の尻に乗るように言いますと、娘は喜んでそのとおりにしました。一軒のあばら家のそばをとおりかかりますと、娘がちょっと用をすませるからおろしてほしいと頼んできました。王子は馬をとめると娘をおろし、自分も馬からおりました。それから馬の手綱をとってあばら家のほうにすすんだのですが、中から聞こえてきた娘の声に腰を抜かさんばかりに驚いてしまいました。娘はこう言っていたのです。

「子どもたち、喜んでおくれ。とっておきの男をつかまえてきた。すごく脂がのっているよ」

と、すぐに別の声がこたえました。

「そいつはどこ？　今、食べてもいいの？　腹ぺこなんだ」

それ以上を聞くまでもなく、王子は危険が迫っていることをさとりました。インド王の娘だと名乗った女は人食い鬼、つまり鬼女(13)と呼ばれる凶暴な精霊の女だったのです。鬼女は人里離れた場所におり、幾千もの奸計を弄して旅人をむさぼり食らうのです。震えあがった王子は大急ぎで馬にまたがりました。

ちょうどそのとき、あばら家からにせものの王女がでてきました。獲物に逃げられてしまったことに気づいた鬼女は大声をあげました。

「何をこわがっていらっしゃるのです？　あなたはどなたで、何をさがしておられるのでしょう？」

「迷ってしまって道を探しているのです」

「そういうことでしたら神さまにおすがりなさい。うまくとりはからってくださいます」

そこで王子は天をあおぎました……

ここでシェヘラザードは「夜が明けます。お話を終えなくてはなりません」と言って物語るのをやめました。

「若い王子さまはどうなるのでしょう」とディナールザードが言いました。「心配でたまりません」

「明日になれば安心できるでしょう」とシェヘラザードが答えました。「王さまがわたしを生かしておいてくだされればの話なのだけれど」

シャフリヤール王はこの話の結末を聞きたくなり、シェヘラザードをもう一日生かしておくことにしました。

第十六夜

ディナールザードは、若い王子の話を聞きたくてたまらなくなり、その晩はいつもより早くシェヘラザードを起こしました。

「お姉さま、おやすみでないのなら昨日のお話の続きを聞かせてください。あの若い王子さまのことが気になってしかたないのです。鬼女とその子どもたちに食べられてしまったのではないかと心配でたまりません」

シャフリヤール王が自分も同じことを考えていると告げると、シェヘラザードは「では王さまのお心を安んじましょう」と言いました。

……にせものの王女は、神におすがりなさいませと王子に言いました。王子は彼女が本気で言っているとは信じられず、自分を食べるつもりなのだと思いました。そこで王子は両手を天にむけると神に祈りました。

「万能なる主よ、わたしに目をお向けください。そして敵の手からお救いください」

王子が祈り終えると鬼女はあばら家に入っていきましたので、王子は大急ぎでその場から離れました。運よく道に戻ることができ、無事に父王の宮殿にたどりついたのです。王子は、大宰相の不注意のせいで危険なめにあったことを王に話しました。これを聞いた王は激怒し、その場で大宰相を縛り首にしてしまいました。

「陛下」とギリシア王の宰相は続けました。「ドゥバーン医師の件ですが、ご用心なさらないと、かの医師によせる陛下の信頼がおそろしい結果をまねきます。あの医師は、陛下のお命をちょうだいするべく、敵国がはなった密偵であるとの確かな証拠がございます。あの者は陛下のご不快をいやしたのだとの思し召しでしょうが、はたしてそうでしょうか？　あやつは陛下の御体をなおしたかもしれませんが、本当に病の根を絶ったのでしょうか。あの者の施薬は、時間とともに害をなすかもしれません」

ギリシアの王は理に昏《くら》いたちでしたので、宰相の悪だくみを見ぬくことができませんでした。また、考えをつらぬく心の強さもなかったのです。宰相とのやりとりは王の決心をぐらつかせました。

「宰相よ」と王は言いました。「そなたは正しい。あの医師はわが命をねらっているのであろう。手持ちの薬をかがせるだけで難なく目的を果たすことができよう。ふさわしき手立てを講じねばなるまい」

宰相は、王を籠絡《ろうらく》できたことに気づき、こう言いました。

「陛下のお心を安んじ御身を守るには、迅速かつ確実な方策が必要かと存じます。今すぐドゥバーン医師の身柄を確保なさいませ。そして医師が到着したら、その場で斬首するのです」

王は、「まさにそれこそが身を守る方法である」と言うと従者を呼び、医師をさがしだすように言いつけました。こうして何も知らぬドゥバーン医師は、急ぎやって来たのです。

ドゥバーン医師の姿をみとめた王は、「どうして呼んだかわかっておるか?」と尋ねました。

「いいえ、わかりませぬ。陛下のおことばを待ちましょう」

「そなたの命を召しあげ、わが身を安んじるためである」

死刑を宣告されたドゥバーン医師は、腰を抜かさんばかりに驚きました。

「陛下、どうしてわたしの命を召しあげられるのですか? どのような罪をおかしたのでしょう?」

「信頼に足る人物が注進におよんだのだ。そなたは密偵であり、わが命をねらうために王宮に入りこんだのであろう。だがそのもくろみを絶つため、そなたの命をとることにしよう」

ここで王はひかえていた首斬り役人に命じました。「その者の首をはねよ。そやつはわが命をつけねらう裏切り者だ」

冷酷な命令を聞いた医師は、王から受けてきた富と名誉があだとなって敵があらわれ、心の弱い王をからめとったことをさとりました。医師は王のレプラをなおしたことを悔やみましたが、もはやとりかえしはつきません。

「陛下、これがわたしの治療に対する返礼なのですか?」

王は医師の問いかけには無言のまま、もう一度、首斬り役人をうながしました。医師は最後のうったえを試みました。

「陛下、なにとぞわが命をながらえさせてください。そうすれば神が陛下のお命をながらえさせてくださいます。わたしを殺せば、神は陛下にも同じ運命をくだされます」……

ここで漁夫は話をやめ、壺の中のジンに語りかけました。

「ジンどのよ。ギリシアの王とドゥバーン医師の話はおれたちのことみたいだ」

漁夫は話を続けました。

……ギリシアの王は、神にすがりながら助命をうったえる医師の懇願には耳を貸さず、無情にもこう答えました。

「いや、なんとしてでもそなたの首をはねなくてはならん。さもなくば、余の治療に用いたようなたくみなわざを使って余の命を奪うであろう」

医師は涙にくれ、忘恩のしうちを受ける悲運を嘆きながら、死を覚悟しました。首斬り役人は、医師に目隠しをして両手を縛ると、三日月刀を抜きはなちました。

いあわせた廷臣らは憐憫の情にみたされました。彼らは、医師の無実は自分たちがうけあいますと言って恩赦を願いでましたが、王のかたくなな心をほぐすことはできず、誰もが口をつぐんでしまいました。

医師は目隠しをされてひざまずき、死の一撃を覚悟しましたが、もう一度王に懇願しました。

「陛下の御心がすでに決しているのであれば、せめて自宅に戻ることをおゆるしください。葬儀の手配をすませて家族に別れを告げ、喜捨をし、役だててくれる友人たちに蔵書を贈りたいのです。そして陛下に献上したい本がございます。とりわけて貴重な書籍でして、陛下の宝物庫にて保管するのがふさわしいと存じます」

「わかった。その本はどうしてそれほど貴重なのか？」

「その本には数えきれぬほどの不思議が記されているのです。きわめつけの不思議はこうでございます。陛下がわたしの首を斬られましたら、その本の第六葉を開き、左の紙の第三行をお読みください。さすればわが首は、陛下のご質問すべてに答えるでしょう」

王はそのような不思議ならぜひとも目にしたいと思って医師の処刑を翌日に延ばすと、重々しい警護のもとにドゥバーン医師を自宅に帰しました。

医師はこのあいだに諸事をととのえました。処刑後に前代未聞の椿事が起きるといううわさが広まり、翌日になると宰相も諸侯も警護隊の将校もつまりは宮廷に出仕するすべてのひとびとが謁見の間につめかけたのです。

大きな本を手にしたドゥバーン医師が連れてこられ、玉座の下まで進みました。医師の頼みで大皿が運ばれてきますと、医師は本を包んでいた覆いをその上に広げ、王に本をさし出しました。

「陛下、この本をお受けとりください。わたしの首が落ちましたら、大皿に広げた覆いの上に首を押しつけるようにお命じください。そうすればすぐに血がとまります。それから本を開けば、わたしの首が陛下のご質問に答えましょう。ですが陛下、最後のお願いです、どうか恩赦を賜りますように。神の御名にかけてわたしの懇願をお聞きいれください。わたしは無実なのです」

「願っても詮無きこと。それにそなたの死後に首が話すのを聞くためには、そなたには死んでもらわなくてはならぬ」

王はそう言うと医師の手から本を受けとり、責務を果たすようにと首斬り役人をうながしました。

一太刀のもとに首は大皿の上に落ちました。本の覆いの上に首を置きますと、たちどころに血はとまり、医師の生首はかっと目を見開いたのです。王も高官たちも驚きさわぎました。首がことばを発しました。

「陛下、本をお開きください」

王は本を開きましたが、のりづけされているかのごとくに最初の紙と次の紙がくっついているのです。王は、紙をめくりやすくしようと思い、指を口元に持っていくと軽くなめて唾でしめらせました。こうして六葉めまでめくっていきましたが、めあての文はどこにも見つかりません。

「ドゥバーンよ」と王は生首に呼びかけました。「何も書いていないではないか」

「ではさらにめくってください」と首が答えました。

王は指先をなめながら紙をめくっていきましたが、紙には毒が塗ってあったのです。毒の効果はてきめんでした。あっというまに王の五体はひきつり、目はかすみ、全身をひどく痙攣《けいれん》させると玉座からころげ落ちてしまいました。……

ここでシェヘラザードは夜が明けたことをシャフリヤール王に告げると、お話をやめました。

「お姉さま」とディナールザードが言いました。「このお話を終える時間がないとは、なんと悲しいことでしょう！　今日、お姉さまの命が消えてしまうと思うと、とても耐えられません」

「妹よ」とシェヘラザードが答えました。「王さまの御心は決まっているでしょう。でも王さまは、明日までわたしを生かしておいてくださるかもしれません」

シャフリヤール王はその日にシェヘラザードの処刑を命じるどころか、明日の晩を心待ちにしておりました。シャフリヤール王は、ギリシアの王の話がどのような結末になるのか、漁夫とジンの話がどのように続いていくのかを知りたくてうずうずしていたのです。

第十七夜

ディナールザードは、ギリシアの王の話を最後まで聞きたくてたまらなかったのですが、この晩はいつもよりも遅く、もう夜が明けようかという時刻にシェヘラザードを起こしました。
「お姉さま、ギリシアの王のお話を続けてくださいい。でもどうかお急ぎを。もうじき夜が明けてしまいます」

シェヘラザードは、昨晩の続きを話しはじめました。

……ドゥバーン医師、というよりは彼の首は、毒が効いて王が死にかけているのを見ると、こう叫びました。
「暴君よ、威にかまけて無実の人を斬首する君主の末路を味わうがよい。不正と暴虐は神の罰するところ」

首がこう言うと、たちまちのうちに王は死んでしまいました。そして首に残されていた力も尽きてしまったのでした……

「王さま」とシェヘラザードが言いました。「これがギリシアの王とドゥバーン医師の話の結末でございます。漁夫とジンの話に戻らなくてはなりませんが、じきに夜が明けますので今からお話をはじめることはできません」

シャフリヤール王は決められた時間を守ってきましたから、これ以上寝室にいることもできずに起きあがりました。ですが心の中では、漁夫とジンの話を最後まで聞こうと決めておりましたから、明日の晩に続きを語るようにとシェヘラザードに申しつけたのです。

第十八夜

ディナールザードは、昨晩、声をかけるのが遅くなったことをつぐなうため、夜が明けるかなり前に起きるとシェヘラザードに声をかけました。

「お姉さま、おやすみでないのなら漁夫とジンの話の続きをお聞かせください。わたしだけでなく、王さまも聞きたがっておられます」

「お二人ともご安心ください」とシェヘラザードは答え、シャフリヤール王に話しかけました。

……漁夫は、ギリシアの王とドゥバーン医師の話を語り終えると、壺の中のジンに語りかけました。

「ギリシアの王が医師を生かしておいたなら、神も王を生かしてくれただろう。だが王は医師のささやかな願いを足蹴にして、神の罰を受けた。まるであんたとおれの話みたいだ。ジンよ、おれの願いどおりに、おれを生かそうとしてくれていたのなら、あんたに同情もするだろう。だが、あんたはおれのおかげで自由になれたのに、おれを殺すといってきかなかった。だからおれとしても情けをかけるわけにはいかない。おれはあんたを壺の中にいれたままで、海に投げこむつもりだ。そしてこの世の終わりまであんたとはおさらばだ。これがおれの復讐だよ」

「漁夫のだんなさま」とジンが答えました。「どうかそんなむごいことはなさらないでください。恨みを晴らすのはよくありません。それに悪には善で報いろと言うではないですか。お願いですから、イママがアテカにやったようなことはしないでください」

「イママはアテカに何をしたのだ？」と漁夫が尋ねました。

「それはですね、知りたいのなら蓋を開けてください。このように狭苦しい場所でのんきに話などできません。ここから出してくれたら、いくらでも話してさしあげます」

「とんでもない。今すぐにでも海底にたたきこんでやる」

「あと少しだけ聞いてください」とジンが悲鳴をあげました。「あんたには指一本ふれません、それだけではなくものすごい金持ちになる方法も教えてあげます」

貧乏暮らしからぬけだせると聞き、漁夫の決心はぐらつきました。

「そのことばを保証するものがあるのなら、話を聞いてもいい。神の御名にかけて、約束をたがえないと誓えるか？　誓えるのなら蓋を開けよう。神の御名にかけて誓いながら反古《ほご》にしたりはしないだろう」

ジンが誓ったので漁夫は壺の蓋を開けました。と、たちまちのうちに煙がたちのぼり、先ほどと同じジンの形になりました。ジンはまっさきに壺を蹴とばして海にほうりこんでしまいましたので、漁夫は恐怖におののきました。

「ジンどの、なぜそのようなことをするのです？　誓いを忘れてはいないでしょうね？　いいですか、ドゥバーン医師はギリシアの王にこう言ったのです、自分を生かしてくだされば、神が命を延ばしてくれます」

ジンは、ちぢみあがっている漁夫を見て笑い、こう言いました。

「いやいや、漁夫のだんな、そう怖がるな。壺を蹴とばしたのは気晴らしだ。あんたを驚かせたかったのだ。約束は守る。網を持っておれについてこい」

ジンはこう言うと、漁夫の前に立って歩きだしました。漁夫は網を手にジンの後を追いましたが、いぶかる気持ちが消えたわけではありませんでした。二人は町を抜け、とある山のいただきにやってきました。その山をくだって広々とした野にでると、四つの丘にかこまれた大きな池のほとりに着きました。

池のほとりに立つと、ジンが漁夫にこう言いました。「さあ、網をうって魚をとれ」。池の中にはたくさんの魚が見えましたから、まちがいなく網にはかかるでしょう。漁夫は、魚の色を見てびっくりしました。白、赤、青、黄色の四色なのです。漁夫は網をうってそれぞれの色の魚を四尾とりました。今までに見たことがない魚ですから、うきうきした気分で魚をながめ、これのおかげで結構な金が手に入ると思ってすっかりうれしくなりました。

「町のスルタンにこの魚を献上するのだ。今まで持ったこともない大金をくれるだろう。毎日ここで網をうてばいい。だが言っておくことがある。網をうつのは一日に一度きりだ。これを破ると後悔することになる。よくおぼえておけ。おれの言うとおりにすればいいことがある」

ジンはこう言いのこすと、かかとで地面をひと蹴りしました。すると地面が割れてジンの姿をのみこんだかと思うと、もとどおりに閉じてしまいました。

漁夫はジンに言われたとおりにすることに決め、それきり網をうちませんでした。それから町への道をひきかえし、その日の漁に満足しながら今日のできごとについてあれこれと思いをめぐらせるのでした。そしてまっすぐに王宮をめざし、スルタンに魚を献上したのです……

「王さま」とシェヘラザードが言いました。「夜が明けます。お話を終えなくてはなりません」

「お姉さま」とディナールザードが言いました。「今回のお話はほんとうに不思議でした。これ以上におもしろいお話があるとは思えません」

「妹よ」とシェヘラザードが答えました。「王さまが明日までわたしを生かしておいてくださるのなら、漁夫のお話の続きはもっと不思議でもっとおもしろいとわかるでしょう」

シャフリヤール王は、漁夫の話の続きがそれほどおもしろいのか知りたくなり、残虐な法の執行をさらに一日延ばすことにしました。

第十九夜

十九日めの朝が近づくと、ディナールザードはシェヘラザードを起こして言いました。

「お姉さま、おやすみでないのなら夜が明けるまでのひととき、漁夫の話の続きをお聞かせください。最後まで聞きたくてたまりません」

シェヘラザードはシャフリヤール王のゆるしを得て、次のようなお話を語りはじめました。

……漁夫が献上した四色の魚を見たスルタンがどれほど驚いたかは、王さまのご想像におまかせしましょう。スルタンは四尾の魚を次々と手にとってしげしげとながめました。そして時間をかけてじっくりと見ると、宰相に言いました。

「この魚をギリシアの皇帝が贈ってきた腕ききの料理女にとどけてくれ。見た目どおりにさぞかし美味であるにちがいない」

宰相は魚を料理女のもとに持っていき、その手に渡しました。

「スルタンさまに届けられた魚四尾だ。料理するようにとのご命令だ」

宰相はそう言うと、スルタンのもとに戻りました。スルタンが、金貨四百枚を漁夫に渡すように言ったので、宰相はそのとおりにしました。

生まれてはじめてこれほどの大金を手にした漁夫は幸運が信じられずに夢ではないかと疑いましたが、家族のための品々を買いもとめるにおよんでようやく納得したのでした……

「ところで王さま」とシェヘラザードが言いました。「漁夫の話はこのとおりですが、スルタンの料理女に起こったことどもをお話ししなくてはなりません。料理女はたいへんなめにあうことになったのです」

……料理女は魚をさばくと油をはった鍋にいれて火にかけました。そして、片面がいいぐあいに揚がったころをみはからうと、魚をひっくりかえしました。すると、なんということでしょう！　料理女が魚をひっくりかえしたかと思うと、台所の壁が開いて、たいそう美しくすらりとした女が出てきたのです。女は花模様があるエジプト風の絹服をまとい、耳飾り、大粒真珠の首飾り、紅玉がはめこまれた金の腕輪をして、手にはミルトス《ギンバイカ》の枝を持っておりました。

女は鍋のところまでやって来ました。料理女は肝をつぶしてしまいました。壁からでてきた女は、手にした枝の先で一尾の魚をつつきながらこう言いました。

「魚よ、魚。ちゃんとお務めしているの?」魚が何も答えませんので、女が同じことばをくりかえしますと、四尾の魚がいっせいに頭をもたげ、はっきりと答えたのです。

「はい、はい。あなたが出ししぶるなら、わたしたちもそうしましょう、あなたが借りを払うなら、わたしたちもそうしましょう、あなたが逃げれば、わたしたちの勝ちでうれしい限り」

魚が答えると、その女は鍋をひっくり返しました。そして開いていた壁に入ったかと思うと、壁はもとどおりに閉じてしまったのです。

料理女はすっかり胆をつぶしていましたが、ようやくわれにかえると、炭火の上に散らばっている魚を取りに行きました。ですが魚は炭よりも黒く焦げてしまい、スルタンにさしあげることなどできません。料理女はどうしていいかわからず、おいおいと泣きだしました。

「たいへんなことになった。自分はどうなるのだろう? 見たとおりをスルタンさまに申しあげても信じてもらえないどころか、お腹だちになるだろう」

料理女がわあわあ泣いていると、宰相がやって来て料理ができたかどうかを尋ねました。料理女は今しがたのできごとを話したのですが、とうてい信じられないような話でしたから、宰相はひどく驚きました。ですが宰相は、スルタンの耳にいれる前にうまい方法を考えついたのです。すぐにあの漁夫を探しにやりますと、漁夫がやって来ました。宰相は漁夫にこう言いました。

「先ほどと同じような魚を用意してほしい。思いがけぬ事態がおこってスルタンさまの食膳に出せなくなったのだ」

漁夫は、遠い場所まで行かなくてはならないので今日は無理ですが明日の朝には持ってきますと答え、ジンから言われたことばは伏せておきました。

漁夫は夜のうちに出発してあの池まで来ると、網をうって前と同じ魚を一色ずつ四尾ひきあげ、言われていた時刻どおりに宰相のもとに届けました。宰相は魚を手にすると自分で台所に運び、料理女と二人きりになりました。料理女は、前日と同じように四尾の魚をさばいて火にかけました。片面が揚がったのでひっくりかえしたとき、台所の壁が開くと枝を手にした女があらわれて鍋に近づき、一尾の魚をつつきました。女が前日と同じことを問いかけますと、四尾の魚は頭をもたげて前日と同じ答えを返すのです……

ここでシェヘラザードは「王さま、夜が明けます。お話を終えなくてはなりません」と言いました。「今しがたの話はなんとも不思議なものですが、明日も生きていられるのでしたら、もっとおもしろいお話をお聞かせできるでしょう」

シャフリヤール王は、この話の続きはさらにおもしろくなると思い、明日の晩もシェヘラザードの話を聞くことにしました。

第二十夜

「お姉さま」といつもどおりディナールザードが呼びかけました。「おやすみでないのなら漁夫の話を続けてください」

シェヘラザードは口を開くと、次のようなお話をはじめました。

……四尾の魚が答えますと、若い女は手にした枝で鍋をひっくりかえし、出てきた壁の中に入ってしまったのです。今回は宰相も一部始終を見ていました。「なんと奇妙なことがあるものだ」と宰相は声をあげました。「これはスルタンのお耳にいれずばなるまい。この不思議な話をお知らせしよう」。宰相はスルタンのもとにいくと、見聞きしたことをそのまま伝えたのでした。

スルタンはたいそう驚き、自分の目でたしかめることに決めました。そしてすぐさま漁夫を呼びだすと、こう言いました。

「漁夫よ、もう一度、それぞれに色の異なったあの魚を四尾持ってきてほしいのだ」

「スルタンさま、三日のお時間をいただきたいのですが、それでもよろしければお望みのものをお持ちいたしましょう」

スルタンが同意したので、漁夫はその足であの池に向かいました。池に行くのは三回めですが、前の二回と同じように幸運にめぐまれ、最初の一投げで四色の魚をそろえることができました。すぐにスルタンに魚を献上しますと、スルタンは、これほど早く魚が手に入るとは思っていませんでしたから、たいそう喜んで金貨四百枚を漁夫にくだされました。魚を手にしたスルタンは、調理道具と一緒に魚を自分の部屋に運ぶように命じました。スルタンが宰相と二人きりで部屋にこもりますと、宰相が魚をさばいて鍋にいれ、これを火にかけました。魚の片面に火がとおったのでひっくり返したところ、部屋の壁が開きました。出てきたのは、女ではなくて奴隷の身なりをした大きな黒人だったのです。大男は、緑色をした大きな杖を手にしておりました。彼は鍋のところまで行くと、手にした杖で一尾の魚をつつき、すごみのある声でこう言いました。

「魚よ、魚。務めを果たしているか?」

すると魚たちは頭をもたげてこう答えました。

「はい、はい。あなたが出ししぶるなら、わたしたちもそうしましょう、あなたが借りを払うなら、わたしたちもそうしましょう、あなたが逃げれば、わたしたちの勝ちでうれしい限り」

魚が答えたかと思うと黒人が部屋のまん中で鍋をひっくりかえしたので、魚はまっ黒こげになってしまいました。そして黒人が、傲然と壁の穴に入ってしまうと、壁の穴は閉じてもとどおりになってしまいました。

「自分の目で見たからには」とスルタンが宰相に言いました。「うち捨ててはおけない。この魚には不思議ないわれがあるにちがいないのだ。どうあってもそれをつきとめよう」

スルタンは漁夫を召しだし、こう尋ねました。

「漁夫よ、そなたが持ってきた魚だが、どうにも解せぬことがある。あの魚はどこでとったのか?」

「四つの丘に囲まれた池でございます。あそこに見えるあの山の向こうです」

「宰相はその池を知っておるか?」

「いいえ、存じません。かれこれ六十年ほどもあの山向こうで狩をしていますが、池があるという話は聞いたことがありません」

スルタンは漁夫に、王宮からその池まではどのくらいあるのかと尋ねました。

「三時間ほどです」

これを聞いたスルタンは、日の入りまでにはまがありましたから、廷臣一同が馬をだして案内役の漁夫に同行するように命じました。一同が山のいただきにいたりますと、驚くべきことに眼下には広大な野が見えるのです。誰ひとりとして、今まで見たことのない景色でした。池に着いてみますと、漁夫が言ったとおり池は確かに四つの丘に囲まれておりました。池の水はどこまでも澄んでおり、漁夫が献上したものと同じような魚が泳いでいるのです。

スルタンは池のほとりで立ちどまり、泳ぐ魚をほれぼれとながめますと廷臣一同に向かって、町からほんの少ししか離れていないのに、御身らはこの池を見たことがないのかと尋ねました。一同はこの池については聞いたことがありませんと口をそろえました。

「ならば確かにこの池は知られていなかったのだろう。驚いているのは余も同じだ。どうしてこの池ができ、どうして四色の魚がいるのかをつきとめるまでは、二度と王宮には戻らない」

スルタンがこう言って野営を命じますと、池のほとりにはスルタンと随臣一同の天幕がたちどころにできあがりました。

夜になり、スルタンは自分の天幕に戻ると宰相にこう言いました。

「宰相よ、不思議でならんのだ。この池がここまで運ばれ、余の部屋に黒人があらわれ、魚が口をきいたのだ。これほど奇妙なことがあると思うか。このわけを知るまでは、どうにも気持ちがおさまらん。そこで、誰も連れずにここから抜けだすことに決めた。宰相は余の留守を秘密にしてくれ。この天幕にとどまり、明朝、挨拶に参上した一同を遠ざけてくれ。スルタンはご気分がすぐれないので面会はかなわぬと言えばよい。翌日も同じことを言ってくれ。余が戻るまでよしなに頼む」

宰相は、スルタンの決心を変えようとしました。危険な道中ですし、結局は骨折り損になるかもしれません。しかし宰相の申したても無駄でした。スルタンの決意は固く、どうあっても出立するつもりだったのです。スルタンは歩きやすい衣服をととのえ、三日月刀を帯びました。そして野営がしんと静まりかえっているのを見ると、誰も連れずに旅だっていきました。難なく最初の丘を越えますと、くだりはさらに楽な道中でした。平野に着いて日が昇るまで歩き続けますと、大きな建物が遠目に見えてきました。スルタンはおおいに喜び、あそこまで行けば知りたかったことの答えを得られるのではないかと期待しました。近づいてみると、壮麗で堅固な建物は宮殿か城砦のようです。ぴかぴかの黒大理石で造られており、鏡のように磨きこまれた鋼で覆われているのです。思いのほか早くめあてのものにであえたスルタンはすっかりうれしくなり、その城の前で足をとめると、しげしげとながめまわしました。

やがて門に着きました。二枚の扉のうち一枚が開いているのです。その気になればいつでも入っていけるのですが、スルタンは扉をたたくのが礼儀だろうと考えました。まずは静かにたたき、しばらく待ってみました。ですが人の気配はなく音を聞いた者はいないようです。そこで次は強くたたいてみました。やはり人影もなければ答える声もありません。さらに何度もたたいたのですが、人の気配がまったくないのです。スルタンはひどく驚きました。これほど豪壮な城なのに誰も住んでいないのでしょうか。スルタンはひとりごちました。

「誰もいないのであれば怖れることはない。そうでないのなら戦うまでのこと」

スルタンは城に入り、広間まで来ると大きな声で呼びかけました。

「誰かおられませんか？　旅の者だが、しばしこちらで休ませていただきたい」

スルタンは二度、三度とくりかえしました。大きな声で呼ばわっているのですが、誰も答えません。スルタンはますます不思議に思いながらもひろびろとした中庭へと足を進めました。誰かいないものかと隅々まで目を走らせたのですが、やはり誰もいません……

「王さま」と、ここでシェヘラザードが言いました。「夜が明けますのでお話しすることができません」

「まあ、お姉さま！」とディナールザードが言いました。「これからというところですのに」

「そのとおりです」とシェヘラザードが答えました。「でもしかたがありません。わが主である王さまがゆるしてくださるのなら、明日、続きを聞かせてあげましょう」

ディナールザードは、シャフリヤール王がこの城の中で何が起こったかを知りたい一心で、姉の命をながらえさせてくれますようにと祈りました。

第二十一夜

この日の夜が終るころ、ディナールザードはシェヘラザードを起こしました。

「お姉さま、おやすみでないのなら夜が明けるまでのひととき、昨日のお話にでてきたお城の中で何が起こったかを聞かせてくださいな」

シェヘラザードは昨日のお話に戻ると、シャフリヤール王に語りかけました。

……中庭では誰も見かけなかったのでスルタンは、絹の絨毯が敷かれた大広間まで進んでいきました。壇と長椅子はメッカ製の織物に覆われ、インドからもたらされた高価な緞帳《どんちょう》には金銀の縫いとりがありました。さらに進むと、贅美《ぜいび》をこらした居間がありました。中央には大きな水盤がしつらえられており、水盤の四隅には黄金の獅子が見えます。四頭の獅子の口から流れでる水しぶきは、まるでダイヤか真珠のようです。水盤の中央から勢いよく噴きあがる水は、アラベスク模様に彩られた丸天井に届かんばかりでした。

城の三方を囲む庭園のここかしこには花壇や水路や木立ちがあり、心はずむようなしかけがいたるところにほどこされています。それだけではありません。数えきれぬほどたくさんの鳥が園内を舞い遊び、さわやかな歌声で広大な園内を満たしているのです。ですがどの鳥も大空に向けて羽ばたこうとはしません。城と木には網がかけられており、外に飛びたつことができないようになっているのです。

スルタンは、贅をこらした数々の部屋をじっくりと見てまわりました。やがて歩くのにも疲れてきたので、屋根のない部屋で腰をおろしました。ここからは庭が一望でき、今まで見た場所やこれから見ようと思う場所をながめることができるのでした。スルタンがさまざまに思いをめぐらせていると、だしぬけに声が響いてきました。嗚咽まじりで身の不幸をせつせつと嘆いているのです。スルタンが耳をそばだてると、悲痛なことばがはっきりと聞こえました。

「運命は、至福の日々を楽しむ時を与えず、この身を不幸の淵に沈めてしまった
苦しめないでくれ、今すぐ死なせてこの嘆きを終らせてくれ
これほどの苦痛を受けながら、どうして生きているのだろう!」

スルタンはこの悲痛なうったえに心を動かされて立ちあがり、声が聞こえてきた方角をめざしました。とある広間まで進んで扉を開けますと、床よりこころもち高い場所にしつらえられた玉座に、豪華な衣装に身をつつんだ美青年が座っているではありませんか。青年のおもざしには憂愁のかげが刻まれています。スルタンが玉座に近づいて挨拶をすると、青年はふかぶかと頭をさげました。立ちあがることができないのです。青年はスルタンに話しかけました。

「お客人、わたしが立ちあがってお迎えし、貴方にふさわしい礼をつくすことができればそれに越

したことはないのですが、深いわけがあってそれもかないません。どうか非礼をおゆるしください」

「ご主人、過分のお気遣いをいただいて感謝のことばもありません。立てない理由については、どのようなものであれ気になさる必要はない。あなたの嘆き悲しむ声に心を動かされ、お力になればとここまでやって来たのです。お悩みをほぐすのは神の御心にかなうことなれば、わが力の限りを尽くしましょう。というわけで、悲嘆のわけを話してはくださらんか。まずは、この城のそばにある池と四色の魚のいわれを教えてほしいのです。この城はどうしてここにあるのですか？　ご主人はどちらから参られたのでしょう？　そしてどうして城中にひとりでおられるのでしょう？」

青年はスルタンの問いかけには答えずに泣くばかりです。

「運命とはなんときまぐれなものなのでしょう！」と青年はうめきました。「運命は、手ずからひきあげた人間を奈落へとつき落とすのです。幸運にみちびかれ、心静かに平安な日々を楽しんでいたひとびとはどうなってしまったのでしょう？」

スルタンは、青年の身も世もあらぬ嘆きぶりに心をつき動かされ、それほどまでにも悲しむそのわけを話してほしいと懇願しました。

「お客人」と青年は言いました。「どうして悲しまないでいられましょう、どうして涙を流さずにいられましょう！」

青年がそう言って長衣をたくしあげますと、そこに見えたものは、頭から腰は人ですが、残りの半分は黒大理石だったのです……

ここでシェヘラザードは夜が明けたことを告げてお話をやめました。シャフリヤール王はこの物語にすっかりひきこまれてしまい、シェヘラザードを愛するようになっていましたので、彼女の処刑を一か月先に延ばすことにしました。ですが王は自分の決意については何も語らず、いつもどおりに起床したのでした。

第二十二夜

ディナールザードはお話を聞きたくてたまらず、翌日の夜明けが近づくといつもよりも早く姉を起こしました。

「お姉さま、おやすみでないのなら、昨日、最後まで話してくださらなかったあのすばらしいお話の続きをお聞かせください」

「では続きを話しましょう。こういうお話なのです」

……言うまでもありませんが、青年の無残なありさまを目にしたスルタンはひどく驚きました。

「なんとも無残きわまりないお姿ではあるが、こうなったら是が非でもことのいきさつをお話しください。世にも不思議な物語であることはまちがいなく、あの池と魚にもいわれがあるはず。どうかお聞かせください。物語れば心も慰められましょう。不幸に苦しむ人は不幸を語ることで重荷を軽くできると言うではありませんか」

「わが嘆きの種を増やすことになるでしょうが」と青年が答えました。「お客人の願いを無碍《むげ》にはいたしません。先に申しあげておきますが、耳をそばだて、心をしずめ、目を大きく開かれますように。今からお聞かせする物語は、この世の不思議をはるかに超えております」

黒き島々を治める若き王の話

わたしの父は名をマフムードと呼び、この国の王でありました。あれなる四つの丘はもとは島でして、黒き島々の王国という名は四つの島にちなんでおります。そしてあの池は、父王が住まう都だったのです。今からお話しする物語をお聞きになれば、万事が一変したことをおわかりになりましょう。

父王は齢七十にしてみまかりましたので、わたしが跡を継いで妃をめとりました。妃として王族に迎えた従妹はわたしを慕ってくれました。わたしも妃を深く愛しておりましたから、夫婦の情愛は細やかで、五年というものは幸福な日々が続いたのです。ですが五年めが終るころ、わたしは王妃の愛が冷めたことに気づきました。

ある日の昼さがり、妃が浴場に行くと、わたしはうたた寝をする気分になりましたので、長椅子で横になりました。部屋に残っていた王妃の侍女ふたりが長椅子まで近づくと、ひとりはわたしの枕もと、いまひとりは足もとに腰をおろし、手にした扇をゆったりと動かして風を送りながら眠りをさまたげる虫を追っていました。二人とも、わたしがぐっすり寝いっているものと思ったのか低い声で話しだしたのですが、わたしは目を閉じていただけでしたので侍女の話を聞いてしまったのです。

ひとりの侍女がもうひとりに話しかけました。

「王妃さまは王さまを愛しておられないのでしょうかね。こんなにご立派な王さまなのに」

「そうなのです。どうしてあのようなことをなさるのか、わたしにはわかりません。毎晩、王さまをおひとりにして、どうやってお城を抜けだしておられるのでしょう。王さまはどうして気づかないのでしょうね」

「王さまにお知らせできればいいのですが、ひどい話なのです。王妃さまは毎晩、王さまのお飲み物に薬草の汁をいれるのです。そのせいで王さまはすぐに眠ってしまって一晩中、目が覚めないのですよ。だから王妃さまはどこにでも好きなところに行けるのです。朝帰りした王妃さまは王さまのそばで横になり、鼻先で何かを嗅がせて王さまを起こすのです」

この話を聞いたわたしがどれほど驚き、心をひき裂かれたかはご想像いただけるでしょう。ですがわたしは千々に乱れる心を抑えこむと、何も聞かなかったことにして目覚めたふりをしようと決めたのです。

やがて王妃が浴場から戻ってきました。わたしたちはともに食事をしましたが、床に入る前に王妃がいつもどおり一杯の水を持ってきました。わたしは水を飲むかわりに、開けはなたれた窓まで行くと、王妃の目を盗んでこっそりと流してしまいました。そして飲んだふりをよそおうと、空《から》の椀を王妃の手に戻したのです。

わたしたちはともに床に入りました。わたしが寝いったふりをしますと、王妃はそそくさと床から抜けだし、大きな声でこう言ったのです。

「眠ってるんだよ。二度と目が覚めなければいいのに」

そして王妃はてばやく身じたくをととのえると、部屋を出ていきました……

ここでシェヘラザードは夜が明けたことに気づいてお話をやめました。ディナールザードはわくわくしながら姉の物語を聞いており、シャフリヤール王は黒き島々の王をめぐる不思議な物語に夢中になっていましたから、翌日の夜に続きを聞きたい思いでいっぱいになりながら起床したのでした。

第二十三夜

夜が明ける一時間前、ディナールザードは目をさまして忘れずにシェヘラザードに声をかけました。

「お姉さま、おやすみでないのなら黒き四つの島々の若き王の物語を聞かせてください」

シェヘラザードは昨晩の続きを思い起こしながら話しはじめました。

……わたしは妻が部屋を出ていくとすぐに起きあがり、いそいで服を着ると三日月刀を手に妻のあとを追いましたので、妻の足音がすぐ前に聞こえるほどになりました。そこで、気づかれないように自分の足音を妻の足音に重ねて、ゆっくりと歩いていきました。妻はいくつかの門をとおりぬけました。何かの呪文をとなえると、どの門もひとりでに開くのです。最後に庭の門から出ていきましたが、わたしは花壇の中を抜けていく妻に見つからないよう、門のところで足をとめました。闇の中でじっと目をこらしておりますと、妻はこぢんまりとした木立ちに入っていきます。木立ちを抜ける小道の両側にはしっかりとした垣がありました。わたしは別の道をとおって木立ちをめざし、長く続く道にそった垣の裏手に行きました。見ると妻がひとりの男と連れ立って歩いているのです。聞き耳をたてると、声がはっきりと聞こえてきました。妻が愛人にささやいています。

「遅かったなどと言わないでください。遅くなった理由はよくご存知でしょう。これまでにお見せした愛のあかしがじゅうぶんでないとおっしゃるのなら、もっとびっくりするようなものを用意できます。命令なさるだけでいいのです。わたしの力はご存知でしょう？　あなたが望むのなら、日が昇るまでのあいだにこの町と王宮を、オオカミやフクロウやカラスがすむ荒野にしてみせましょう。頑丈な壁に使われた石すべてをコーカサスの向こうまで、人外の地まで運べといわれたら運んでみせましょう。あなたのひとことがあれば、ここは別の世界になるのです」

妻は愛人に話しかけながら小道を抜けて別の道に入り、わたしの目の前にやってきました。わたしは三日月刀を抜きはなっておりましたから、愛人が近づいてくるとその首筋に斬りつけて男を地面にころがしてしまいました。殺したと思ったので、妻が気づく前にすばやくその場から離れたのです。妻は身内ですから、手にかけるつもりは最初からありませんでした。

わたしは愛人に致命傷を負わせたのですが、妻は魔法を用いて彼の命をつなぎとめました。とは言っても、生きているのでもなく死んでいるのでもないというありさまなのです。庭園を抜けて王宮に戻ろうとすると、妻の悲痛な声が響いてきました。妻を悲嘆のどん底に突き落としたことがわかると、命をとらなくてよかったと思ったのです。

わたしは自分の部屋に戻ると床に入りました。そしてわたしにたてついた命知らずを成敗したことに満足しながら眠りについたのです。翌朝目覚めると、かたわらには妻が寝ておりました……

ここでシェヘラザードは夜が明けたことに気づいてお話をやめました。

「お姉さま」とディナールザードが言いました。「続きが気になってしかたありません」

「妹よ」とシェヘラザードが答えました。「もう少し早く起こしてくれればよかったのです」

「明日の晩はそうします」とディナールザードが言いました。「王さまもわたしと同じくらい続きを聞きたいと思っていらっしゃるでしょう。お姉さまをもう一日長く生かしてくださるにちがいありません」

第二十四夜

ディナールザードはことばをたがえず、とてもはやい時刻にシェヘラザードを起こしました。

「お姉さま、おやすみでないのでしたら黒き島々を治める王の物語を最後まで聞かせてください。あの王さまがどうして黒大理石になってしまったのか、そのわけを知りたくてたまらないのです」

「お聞かせしましょう」とシェヘラザードが答えました。「王さまがゆるしてくだされば」


……妻がほんとうに眠っていたかどうかはわかりませんが、わたしは音もたてずに起きあがると、自室に入って衣服をととのえました。それから朝議にのぞんで戻ってみますと、妻は喪服をまとっているのです。髪は乱れ、ここかしこで抜け落ちているありさまでした。妻はわたしの前に来るとこう言いました。

「陛下。このような姿を見てもどうか驚かないでください。一度に三つもおそろしい知らせを受けとって悲嘆のどん底につき落とされ、このような姿になってしまいました」

「王妃よ、それはどのような知らせなのか?」

「王妃たるわが母がみまかり、王たるわが父が戦で命を落とし、兄弟のひとりが深淵に墜落してしまったのです」

妻はいつわりの理由をならべたてて悲しみのわけを隠しましたが、不快だとは思いませんでした。わたしが、自分の愛人を手にかけたとは知らないのでしょう。

「王妃よ、そなたの嘆きを咎めたりはしない。わたしとしても義理をつくそう。これほどの悲運にみまわれたのだから、嘆かないほうが不自然ではないか。存分に悲しむがよい。その涙は善き心のあかしではあるが、時の流れと分別がそなたの悲しみをいやしてくれるよう祈っている」

妻は自室に戻りますと、身も世もない嘆きぶりで丸一年のあいだ泣き暮らしました。一年がすぎると、妻は王宮の中に自分の墓所を造りたいと願いました。命果てる日までその墓所ですごすと言うのです。わたしがゆるしたので、妻は円蓋をいただく壮麗な廟《びょう》を造りました。そしてここからも見えるその廟を「涙の宮」と名づけたのです。

墓所が完成すると、妻は愛人を連れてきました。わたしが手傷を負わせた晩以来、とある場所にかくまいながら、特別な飲み物を処方して命をつなぎとめていたのです。涙の宮に愛人を住まわせるようになってからは、毎日、愛人のもとに手ずから薬湯を運ぶのでした。

しかしながら魔法のわざをもってしても、不運な愛人をもとどおりの体にすることはかないませんでした。歩くことも立つこともできず、ことばさえ話せないのです。目の動きを見ないかぎり、死者も同然なのでした。妻の慰めは、愛人の目の前で胸をこがす愚かしい愛を語ることだけだったのです。とは言うものの妻は一日に二度、愛人のもとを訪れては長いときをすごしていました。わたしはことのなりゆきに気づいていたのですが、何も知らないふりをよそおっていたのです。

ある日のこと、わたしは好奇心のままに涙の宮を訪れ、妻のふるまいを見ることにしました。身を隠せる場所から妻のようすをうかがっていると、愛人へのことばが聞こえてきます。

「このようなお姿を見るとは、なんと悲しいのでしょう。あなたは苦悩にさいなまれているけれど、それはわたしとて同じこと。いとしい人、いつも話しかけているのに、あなたは答えない。いつまで黙っていらっしゃるのでしょう？　たったひとことでいいのです。この場所であなたと悲しみをわかちあっている時間こそ、わたしの人生で最高のひとときなのです。あなたから離れては生きていけません。全世界をくれるといわれても、あなたのそばにいる幸福にかえることはできません」

ため息やすすり泣きをまじえて語られた妻の話に、わたしはすっかり逆上してしまいました。われを忘れて妻のところに行くと、こう言ったのです。

「王妃よ、いつまで嘆き続けるのだ。夫婦の体面に泥を塗るようなことはもう終りにしよう。義理も徳もなくしてしまったのか」

「陛下、わたしへの気遣い、いえ、わたしへの情愛がまだ残っているのなら、お口だしなさらないでください。自分の好きにさせていただきます。どれほど時間がたとうとも、わたしの悲しみをいやすことはできません」

わたしのことばは、妻を道理にひき戻すどころか怒りに油を注いでしまったのです。わたしは何も言わずにその場を去りました。妻は愛人のもとを訪ねる毎日を送り、二年間というものただただ嘆き悲しんでいたのです。

わたしは、妻が涙の宮にいるときに、再度その場所に足を運びました。今回も身をひそめて妻が愛人に語ることばを聞いていたのです。

「最後にひとことお声をかけてくださってから、もう三年がたちました。こうして話しかけ、嘆き悲しんで愛のあかしをたてているのに、ひとことも答えてはくださらない。気づいていただけないのでしょうか？　それともわたしをさげすんでおられるのでしょうか？　お墓よお墓、おまえのせいで燃えるような愛がさめたのか？　いとおしんでくれた目の光が消えたのか？　わたしの喜びは潰えてしまったのか？　そんなことは信じない。世にも得がたき宝をおまえの手になど渡さない」

これを聞いたわたしは、堪忍袋の緒を切らしてしまいました。妻がこれほどにも大事にして献身的につかえている相手は、愛を受けるにふさわしい男ではないのです。そいつはインド生まれの黒人なのです。わたしは妻のことばにすっかり我を忘れ、墓にむかって叫んでしまいました。

「墓よ墓よ、あのいわましい怪物を飲みこんでしまえ、怪物もろとも姦婦も飲みこんでしまえ！」

わたしが言い終えるか終えないうちに、黒人のかたわらに座っていた妻が凄まじい形相で立ちあがりました。

「この人でなし！　こんなに苦しむのはおまえのせいだ！　知らなかったとでも思っているのか？今までずっと気づかないふりをしてきた。よくもわたしのいとしい人をこんなめにあわせたな。それだけでは足らずに、悲嘆にくれるわたしを愚弄しに来るとは、おまえには血も涙もないのか！」

わたしは怒りにまかせて応じました。

「おう、そうとも。怪物にふさわしく成敗したまでのこと。おまえも同じめにあわせてやればよかった。今となっては悔いるばかりだ。おまえはわたしの好意を踏みにじってきた」

わたしはこう叫ぶ口の下から三日月刀をふりかぶって妻に斬りつけようとしました。しかし妻は泰然とわたしを見るとあざけるように嗤《わら》いながら、「落ち着きなさい」と言いました。そしてなにやらわけのわからぬ呪文をとなえると、こうつけ加えたのです。

「わが魔法の力により命じる。今より半身は大理石、半身は人の姿となれ」

するとたちまちのうちにわたしは、お客人がごらんになっているような姿に変じ、生きながら死に、死にながら生きているのでございます……

ここでシェヘラザードは夜が明けたことに気づいてお話をやめました。ディナールザードが言いました。

「お姉さま。こうしてお話を楽しめるのもひとえに王さまのおかげです」

「妹よ」とシェヘラザードが言いました。「王さまが明日もわたしを生かしておいてくださるのなら、今までに耳にしたどのようなお話よりも、さらにおもしろいお話をお聞かせしましょう」

シャフリヤール王は、シェヘラザードの処刑を一か月遅らせる決心がつきかねていましたが、今日は刑を執行しないでおこうと思ったのでした。

第二十五夜

夜が明けようとするころ、ディナールザードが言いました。

「お姉さま、おやすみでないのなら黒き島々の王のお話を最後まで聞かせてください」

シェヘラザードは妹の声で目をさまし、願いどおりにお話を続けることにしました。シェヘラザードは次のようなお話を語りました。「半身が大理石、もう半身が人となった王は、スルタンにお話を語りました」

……おこがましくも王妃をなのるこの邪悪な魔女は、わたしの姿を変えると、別の呪文をとなえてわたしをこの広間まで運んできたのです。そしておおぜいの人が暮らしていたにぎやかな町も消してしまいました。家も広場も市場もすべてを壊しつくし、お客人がごらんになったような池と荒野にしてしまったのです。池を泳ぐ四色の魚は、異なる宗教を信じる四つの民なのです。白はイスラム教徒、赤は火をあがめるペルシアの民、青はキリスト教徒、そして黄色はユダヤの民。四つの丘は、わが王国名の由来となった四つの島。妻はわたしをさいなむために、これらのことどもを自分の口で語ったのでした。それだけではありません。妻は王国を破壊し、わたしの身体を変えただけでは満足しませんでした。毎日やって来ては、わたしのむきだしになった肩を牡牛の腱でつくった鞭で百度もたたいて血まみれにするのです。それがすむと、ヤギの毛で織った分厚い布でわたしをくるみ、その上からお客人が目にしておられる縫いとりのある上着をかけるのです。わたしのことを思ってではありません。ただただあざけるためなのです」

黒き島々を治める若い王は、語りながらも涙をおさえかねておりました。スルタンは悲惨な物語にうちのめされておりましたので、なぐさめのことばをかけることもできなかったのです。ややあって若き王は天をあおいで叫びました。

「万能の主よ、すべてを御心にゆだね、神命にしたがいます。あなたのはからいなればこそ、強き心でこの災厄を耐えしのびます。願わくば広大無辺の慈愛をお示しください」

スルタンは世にも不思議な物語にいたく感動し、不幸な王の仇を討とうと決めました。

「その不実な魔女はどこにいるのです？　そして卑しき愛人が生きながら押しこめられている場所は？」

「お客人、お話ししたとおり、妻の愛人は涙の宮にいます。円蓋の形をした墓の中です。涙の宮は門のそばでこの城とつながっております。魔女の居所についてはよくわかりません。ですが妻は、先ほど申しあげたようにわたしをさんざんに鞭うつと、日の出とともに愛人のもとを訪れるのです。ごらんのとおり、わたしはどのようなひどいしうちをされても、あらがうことができません。妻は命をつなぎとめる薬湯を愛人に運んでおりますが、あの男が口にできるのはその薬湯だけなのです。そして妻は、愛人が傷を負ってからというもの、ひとことも話してくれないとこぼしているのです」

「不幸なご城主よ、なんという痛ましい身の上でしょう！　お話をうかがって胸がつぶれる思いです。これほど不思議な運命にみまわれた人はおりますまい。あなたの物語を書きとめる人は、これまでに記されたどの話もおよばぬ話を後世に残すことになりましょう。ただし、ひとつだけ欠けているものがある。あなたの仇を討たなくてはいけません。そのために全力をつくしましょう」

スルタンは自分の身分や城にやって来た目的について話すと、若い王の仇を討つつもりであることをうちあけました。二人は復讐のだんどりについて話しあい、翌日にことを起こすと決めたのです。夜も更けたのでスルタンはいささかの休息をとりましたが、不幸な王はいつもどおりまんじりともせずに夜を明かしました。魔法にかけられてからというもの、一度も眠ったことがないのです。しかしながらその晩には、遠からずこの苦悩も終るのではないかという希望を感じていたのでした。

翌朝、スルタンは日の出よりもはやく目をさますと、かさばって邪魔な上着を脱いで物かげに押しこみ、計画を実行するために涙の宮へと足を進めました。涙の宮は、数えきれないほどのろうそくで煌々《こうこう》と照らされていました。黄金細工の小皿からはえもいわれぬよい香りが漂ってきます。どの皿にもみごとな細工がほどこされており、きちんと並べられているのでした。スルタンは、黒人が横たわっている寝台を見つけるや三日月刀を抜きはなち、一刀のもとに哀れな男を斬りすててしまいました。それから死体を城の中庭までひきずっていき、井戸に放りこんだのです。ここまでの立ち回りを終えると黒人の寝台まで戻り、三日月刀を脇に置いて寝台に横たわるとかねての計画どおり布団にくるまっておりました。

やがて魔女がやってきました。魔女は黒き島々を治める若き王の部屋に入ると、王の衣服をはぎとりました。それからすさまじい勢いで牡牛の腱で作った鞭をふるうと、むきだしの肩を百回たたきました。不幸な王は、宮殿中に響きわたる苦痛の声をあげながら、見るもあわれなようすで情けをかけてくれるように懇願しました。ですが残虐な魔女は聞く耳を持たず、百回を数えるまでは鞭をふるい続けたのでした。

「おまえはわたしの大事な人に情けをかけなかった。わたしの情けをのぞんでも無駄だよ」……

ここでシェヘラザードは夜が明けたことに気づいてお話を終らなくてはなりませんでした。

「まあ、お姉さま」とディナールザードが言いました。「なんとひどい魔女なのでしょう。でも今日のお話はここで終りなのですか？　当然の報いを受けるのですよね？」

「妹よ」とシェヘラザードが言いました。「明日になればお話を聞かせてあげられます。王さまがゆるしてくだされればの話なのだけれど」

シャフリヤール王は、シェヘラザードを処刑しようという気持ちをすっかりなくしていたのですが、心の中では自分にこう言い聞かせました。「王妃がこの不思議な話を終えるには二か月ほどかかるだろうが、それまでは命を召しあげないでおこう。自分の力をもってすれば、誓いはいつでも実行できるのだから」

第二十六夜

ディナールザードは、シェヘラザードを起こす時刻になると姉に話しかけました。

「お姉さま、おやすみでないのなら涙の宮で起こったことどもを話してください」

シャフリヤール王も、ディナールザードと同じくらいお話の続きを聞きたいと告げたので、シェヘラザードは魔法にかけられた王の話を続けました。

……魔女は王を百回たたき終えると、ヤギの毛で織った布で王をくるみ、縫いとりのある上衣を着せかけました。それがすむと涙の宮にむかい、いつものように涙にかきくれながら愛人がふせっているはずの寝台に近づいていきました。

「身も心もささげつくして愛しているのに、どうしてこんなに悲しいめにあわなくてはいけないのでしょう！　わたしが積もる恨みを思い知らそうと鞭打ったとき、あいつはこの人でなしとののしったけれど、人でなしはあいつのほうです。わたしのほうが残酷だとでも言うのでしょうか。裏切りもの！　わたしの思い人の命をねらっておきながら、わたしを殺すつもりはなかったなどと言うのです！」

魔女は寝台にいるのが黒人とばかり思っていましたから、スルタンに向かってくどくどと話し続けました。

「わが命にもひとしい人、どうして黙っているのです？　わたしが死ぬまで何も言ってくださらないのでしょうか？　もう一度、わたしを愛していると言ってください。後生だからひとこと何かおっしゃってください」

スルタンは深い眠りからさめたふりをよそおい、黒人のことばづかいをまねると重々しい口調で答えました。

「万能の神なくして全権力も権能もなし」

思いがけないことばを聞いた魔女は大きな声をあげ、歓喜にうち震えました。

「ああ、いとしいおかた、そら耳ではないのですね？　ほんとうにお声を聞いたのですね？　わたしに話しかけてくださったのですね？」

「あわれな女め」とスルタンはことばを続けました。「おまえのくりごとに答えろとでも？」

「わたしがなにかまちがいをしましたか？」

「おまえの夫が泣き叫んでいるだろう？　毎日毎日、おまえがひどいあつかいをしてるせいで叫び声がとまらず、昼も夜もゆっくり眠れないのだ。おまえが夫の魔法を解いていたら、おれの体はとっくになおっていて好きなように話せたはずだ。おれが口をきかないと文句を言っていたが、黙っていたのはそのためなのだ」

「そういうことだったのですね。おっしゃるとおりにいたします。夫をもとの体に戻しましょうか？」

「そうだ。はやく自由にしてやれ。そうすればおれも静かに暮らすことができる」

魔女はすぐさま涙の宮を出ていきました。そして一椀の水をくんで呪文をとなえると、水は火にかけられたかのようにぐつぐつと沸いてきました。魔女は王のもとまで行くと、椀の水をふりかけました。

「万物の主が今の姿を創られたのなら、あるいは怒りによってこのような姿に変えられたのなら、この姿のままにとどまれ。わが魔法のわざによって今の姿になったのであれば、もとの姿に戻りかつての形となれ」

魔女が最後まで言い終えたか終えないうちに、神の御力によって王の姿はもとどおりとなり、これ以上はないという喜びに満たされながら立ちあがることができたのです。王は神に感謝の祈りをささげました。魔女が王に言いました。

「この城から出ていけ。戻ってこようものなら命はない」

若い王はとりあえずはなにも言わずに城を出ることにし、離れた場所に身を隠しました。そしてスルタンがいさんでとりかかった計画の成功を心待ちにしておりました。そうこうするうちに魔女は涙の宮に戻っていきました。自分に話しかけたのは愛人だと信じきっているのです。

「いとしいかた。おっしゃるとおりにしてきました。布団から出てきてください。これほどにも長いあいだ待っていたのです」

スルタンはあいかわらず黒人のことばをまねしながらぞんざいに話しました。

「それだけではたいした効きめはない。少しよくなったぐらいだ。病は根からたちきらなくてはだめだ」

「いとしい黒い人、根をたつとはどういうことでしょう?」

「わからないのか? この町と住民のことだ。四つの島もだ。おまえが魔法をかけただろう? 毎晩、夜中になると魚どもがあの池から頭をもたげ、復讐するとわめくのだ。おれの病が治らないのはそのためだ。早く行ってすべてをもとに戻してこい。戻ってきたら手を握らせてやるから、起きあがらせてくれ」

このことばに魔女は有頂天になり、大声で叫びました。

「ああ、ああ、いとしい人、今すぐに全快なさいます。そのとおりにいたします」

魔女はいそいでその場を去り、池の縁に来ると手ですくいとった水をふりまきました……


ここでシェヘラザードは夜が明けたことに気づいてお話をやめました。「お姉さま」とディナールザードがシェヘラザードに言いました。「黒き四つの島々の王さまの魔法はとけたのですね。町もひとびとも、もとに戻るのですか？　でも魔女はどうなるのでしょう」

「もう少しの辛抱です」とシェヘラザードが答えました。「明日の晩になればわかるでしょう。王さまがゆるしてくだされればの話だけれど」

シャフリヤール王はこの物語を最後まで聞くと心に決めていましたから、起きあがると朝議の場へとむかいました。

第二十七夜

ディナールザードはいつもの時刻にシェヘラザードを起こしました。

「お姉さま、おやすみでないのならお約束どおり、王妃たる魔女がどうなったかを話してください」

シェヘラザードは約束を守って次のようなお話を語りました。


……魔女が魚と池に向かってなにごとかをとなえたかと思うと、たちまちのうちに町がもとどおりになりました。魚は男や女や子どもの姿に変わり、イスラム教徒、キリスト教徒、拝火教徒、ユダヤ教徒の姿があらわれ、自由民や奴隷に戻ったのです。家にも店にもひとびとがあふれ、なにもかもがかつての姿のままなのです。スルタンにしたがってきた一行は、自分たちが町で一番大きな広場で野営していたことに気づいてひどく驚きました。そこは、大勢のひとびとが暮らす大きな町だったのです。

ところで魔女はどうなったのでしょう。魔女は町をもとどおりにすると、あわただしく涙の宮に戻りました。ごほうびが待っているのですから。魔女は入ってくるなり大きな声で呼びかけました。

「ねえ、いとしいかた。あなたのお体はこれですっかりよくなりました。おっしゃったとおりにしてきたのです。さあ、起きあがってください。手を出してください」

「もっと近く」とスルタンが黒人の言いかたをまねて言いました。

魔女が近くに寄ってきました。

「もっと近くだ、もっと、もっと」

魔女はさらに近くに寄ってきました。

「もっと、もっと。もっと近くへ」

魔女はそのとおりにしました。と、スルタンはがばと起きあがったかと思うと魔女の腕をむんずとつかみました。あまりにもとっさのできごとでしたから、魔女は自分の腕をつかんだのが誰かもわからなかったのです。スルタンは三日月刀を振りかぶると、魔女をまっぷたつにしてしまいましたので、魔女の半身はこちらに、もう半身はあちらへと倒れました。魔女を成敗するとスルタンは死体をそのままにして涙の宮を離れ、黒き島々の王の姿をさがしました。若き王はいまかいまかとスルタンの帰還を待ちこがれていたのです。ややあって王の姿をみとめたスルタンが呼びかけました。

「ご城主、喜んでください」。スルタンはそう言いながら王をかき抱きました。「もはやおそれるものはない。あなたの敵は死んでしまいました」

若い王は、スルタンに感謝の礼をささげ、恩人の長寿富貴を神に願いました。スルタンが自分のためにどれほどの善意を示してくれたか、重々承知していたのです。

「今よりは、安んじてこの町で暮らせます。ただし、すぐ近くにあるわが都においでになれば最高の礼をもってお迎えし、おのが城にいるがごとくにくつろいでいただけるでしょう」

「大王さま」と若い王が答えました。「大王さまのご恩には報いても報いきれるものではありません。大王さまの都はすぐ近くにあるとお考えなのでしょうか?」

「いかにも。四時間か五時間をこえることはないでしょう」

「いえいえ、一年はかかります。大王さまは、今しがた言われたとおりの時間でここに来られたのでしょう。わたしの町は魔法にかかっていたからです。ですが魔法がとけた今となっては、すべてが一変してしまいました。とは言いますものの、大王さまのあとにしたがう気持ちに変わりはありません。たとえ地の果てであってもお伴いたします。大王さまはわたしの救い主。生涯をかけて感謝のあかしをたてたいと存じます。いささかの後悔もなくわが王国を離れ、大王さまにしたがいましょう」

スルタンは、自分の国がそれほど遠くにあると聞いてたいそう驚き、そのようなことがあるのかといぶかるのでした。しかし黒き島々の王が確かなことだと言いきるので、スルタンも信じるようになりました。

「そういうことならそれでよいではないか。国に戻る苦労は、若き王の心意気がいやしてくれましょう。そしてわたしはあなたを息子として迎えよう。はるばる同行してくれるのだから。わたしには子どもがいないが、今からはあなたをわが息子、そしてわが跡継ぎにしましょう」

スルタンと若き王はこう言いかわすと、ひしと抱きあいました。やがて若き王は旅のしたくにとりかかりました。三週間後に準備がととのうと、廷臣も民もひとしく別れを惜しんだのです。若き王の近親が新しき王となって国を治めることになりました。

こうしてスルタンと若き王は旅路につきました。百頭のラクダには、若き王の宝物庫から運びだした品々が積まれており、その後ろには、みごとな装備に身をつつんだ五十名の騎士が続くのでした。一行はつつがなく旅を続けました。スルタンはあらかじめ使者を送り、帰還が遅れること、途方もない冒険をしたことを伝えておりましたから、一行が町に近づくと、留守をあずかっていた重臣一同が参上して、スルタンが不在のあいだも王国は安泰であったことを告げたのです。町の住民も大挙して押しよせ、大歓声のもとにスルタン一行を迎えました。こうして数日のあいだは歓迎の宴が続いたのでした。

町に戻った翌日、スルタンは廷臣一同に今までのいきさつをくわしく話し、思いがけずも長期の不在となったと述べました。続いて黒き四つの島々の王が自分の養子となって故郷を離れたこと、今後はこの王宮で暮らすことを告げました。そしてスルタンは廷臣一同の忠誠に報いるため、位階に応じた恩賞をさずけたのでした。

漁夫はどうなったのでしょう。もとはといえば、若き王が救われたのは漁夫のおかげでしたから、スルタンは漁夫に広い土地をくだされました。漁夫とその家族は最後まで幸福に暮らしたのです。

こうしてシェヘラザードは漁夫とジンの話を語り終えました。ディナールザードは、とてもおもしろいお話だったと述べ、シャフリヤール王も同じことを口にしましたので、シェヘラザードはもっとおもしろいお話がございます、王さまがゆるしてくださるのなら、今日はもう夜が明けるので、明日の晩にお聞かせしましょうと言いました。シャフリヤール王の胸のうちでは、シェヘラザードの処刑は一か月先に延ばすことになっておりましたし、次の話が今までのものと同じくらいおもしろいのかどうかを知りたかったので、翌日も物語を聞くことに決めたのでした。

王子である三人の遊行僧とバグダードの五人の娘の話

第二十八夜

ディナールザードはいつもの時刻になると忘れずにシェヘラザードに呼びかけました。

「お姉さま、おやすみでないのなら夜が明けるまでのひととき、そらんじておられる楽しいお話をお聞かせください」

シェヘラザードはこれには答えず、すぐにシャフリヤール王にお話を語りはじめました。

ハールーン・アッラシード(14)の御世のことです。宮城《きゅうじょう》のあるバグダードにひとりの荷かつぎやがおりました。骨のおれる卑しい世すぎをしてはおりましたが、陽気で機転のきく男だったのです。ある朝いつもの場所で、大きく口を開いた籠をたずさえて買いもの客を待っていますと、たっぷりとしたモスリンのヴェールをつけた娘が優美な足どりで近づいてきました。

「荷かつぎやさん、籠を持ってついてきてください」

荷かつぎやは、鈴をころがすような声にうっとりとなり、すぐさま籠をかついで頭にのせると、

「これは朝から幸先《さいさき》がいい」と言いながら娘のあとにしたがいました。

娘はまず、とある家の扉の前で立ちどまりました。閉じた扉をたたきますと、長い白髭をたくわえたキリスト教徒がでてきました。娘はお金を手渡しましたが、何も言わないのです。老人は娘が何をもとめているかを察して奥にひっこみ、しばらくすると上等なワインが入った大きな酒壺を持って戻ってきました。

「この壺を籠にいれて運んでください」と娘が言いました。荷かつぎやが言われたとおりにすると、娘はなおもついてくるようにと言って先に進んでいきました。荷かつぎやは「これはありがたい、なんとすてきな日なのだろう」と言いながら娘のあとについていきました。

次に娘は果実と花をあきなう店の前で立ちどまり、何種類かのリンゴ、杏子、桃、マルメロ、レモン、シトロン、オレンジ、ミルテ、バジル、百合、ジャスミン、その他もろもろの花や良い香りのする草木を買いもとめました。娘は荷かつぎやに、これらすべてを籠の中にいれてついてくるように言いました。次に肉屋に立ち寄ると、とっておきの肉を二十五リーブル[15]量らせて買いもとめ、これも籠にいれるように言いました。次に別の店では酢漬けになったケイパー、エストラゴン、小さなキュウリ、パスピエール、香草類を、また別の店ではピスタチオ、クルミ、ハシバミ、松の実、アーモンドなどの木の実を、さらに別の店ではありとあらゆるアーモンド菓子を買いました。荷かつぎやは買いものを次々と籠にいれておりましたが、そろそろいっぱいになってきたので娘に声をかけました。

「お客さん、今日は買いだめすると前もって言ってくださっていれば、馬、いやむしろラクダをご

用意したのですがね。これ以上は持てません」

娘は荷かつぎやの軽口に笑い声をあげると、もう少しだけ籠をかついでくださいと言いました。

それから娘は薬種店に入り、あらゆる種類の香水、クローブ、ナツメグ、ショウガ、大きな竜涎香《りゅうぜんこう》の塊、インド産の香辛料をもとめたので荷かつぎやの籠はいっぱいになりましたが、娘はまだついてくるようにと言いました。

二人はなおも先へと進み、大きなお屋敷の前に着きました。正面にはりっぱな柱がならび、象牙の扉が見えます。扉の前で立ちどまると、娘がひかえめに扉をたたきました……


ここでシェヘラザードは夜が明けたことに気づいてお話をやめました。

「お姉さま」とディナールザードが言いました。「とても不思議なお話がはじまりそうです。王さまも続きを知りたいとお望みでしょう」

シャフリヤール王も同じことを思っていましたからシェヘラザードの命を召しあげることはせず、わくわくしながら次の晩を待ちました。シェヘラザードが話したお屋敷では、どんなことが起こるのでしょう。

第二十九夜

ディナールザードは夜が明ける前に起きると、シェヘラザードに声をかけました。

「お姉さま、昨晩はじめられたお話の続きを聞かせてください」

シェヘラザードは次のようなお話を語りはじめました。

……娘と荷かつぎやは門が開くのを待ちましたが、そのあいだにも荷かつぎやはあれこれと思いをめぐらせました。どうしてこのような貴婦人が暮らしの品々を買っているのだろう？　女奴隷ではあるまい、あの優美な物腰を見るに奴隷ではなく名のある家の人にちがいない。荷かつぎやは娘の身元を知りたくなり、問いかけようとしました。と、ちょうどそのとき、別の娘がやって来て扉を開けたのです。その娘はとびきりの美人でしたので、荷かつぎやは驚きのあまりにすっかり我を忘れ、物がいっぱい入った籠を落としそうになりました。これほどきれいな女の人を近くで見たことがなかったのです。

荷かつぎやと一緒にいた娘は、男のふぬけた顔とその理由に気づきました。娘は荷かつぎやの顔つきがすっかり変わってしまったことをおもしろがり、しげしげとその顔を見つめていましたので、扉が開いたことを忘れてしまったのです。そこで門番の美女が声をかけました。

「お入りなさい」と美しい門番が言いました。「どうしてそこで立ちどまっているのです？　その人が重い籠に押しつぶされそうです」

娘が荷かつぎやとともに邸内に入ると、門番の美女が扉を閉めました。三人は瀟洒《しょうしゃ》な玄関を抜け、広々とした中庭に入っていきました。庭をめぐる回廊は透かし彫りで飾られており、同じ階にあるいくつかの部屋をつないでいました。どの部屋もこれ以上はないというほどに華麗な造りになっているのです。中庭の奥には豪華な壇がありました。中央には琥珀で作られた高椅子がすえられています。高椅子をささえる四つの脚は黒檀でできており、特大の真珠とダイヤが飾られていました。高椅子にはられた深紅の繻子《しゅす》には、インド産の金糸でみごとな刺繍がほどこされています。中庭の中央にある水盤は白大理石で縁どられており、すみきった水を満々とたたえていました。金色の獅子の顔からは、豊かな水が流れだしているのです。

荷かつぎやはまだ籠を運んでいましたが、みごとな屋敷の造作やきちんとした部屋のようすにうっとりとしてしまいました。なかでも荷かつぎやの目をひいたのは、三人めの娘でした。二人めの娘よりもはるかに美しいのです。三人めの娘は、先ほど申しあげた高椅子に腰をおろしていました。彼女は二人の娘が近づいてくるのに気づくと高椅子から降りてこちらにやって来ました。

残る二人の態度からおしはかるに、三人めの娘がこの屋敷の主なのでしょう。そのとおりでした。その娘の名はゾベイダ[16]、門を開けた娘はサフィーエ、買いものに出かけた娘はアミーナでした。

ゾベイダが二人の娘に近づいて声をかけました。

「荷かつぎやさんが重い籠につぶされそうです。おろしてあげましょう」

アミーナとサフィーエが前と後ろから籠をささえました。ゾベイダもてつだい、三人がかりで籠を床に置いたのです。娘たちは籠のなかみをとりだし、すっかり空になってしまうとアミーナが荷かつぎやにたっぷりとお金を払いました……

このとき、夜が明けてきたので、シェヘラザードはお話をやめました。ディナールザードだけでなくシャフリヤール王も続きを聞きたくてしかたがありません。シャフリヤール王は翌晩に続きを聞くことにしました。

第三十夜

翌朝、目をさましたディナールザードは、はじまったばかりのお話の続きを聞きたくてたまらず、シェヘラザードに声をかけました。

「お姉さま、神さまの御名にかけてお願いいたします。おやすみでないのなら三人の美しい娘たちが、アミーナが買ってきたものをどうしたのか聞かせてください」

「今からお話ししましょう」とシェヘラザードが答えました。「よく聞いてください」

こうしてシェヘラザードは、次のようなお話を語りはじめました。

……荷かつぎやは上機嫌で籠をかつぐと出ていこうとしたのですが、どうにも胸がざわついて立ちどまってしまいました。目の前にはみめうるわしい娘が三人もいて、三人とも同じくらい美しいのです。アミーナがヴェールをはずすと、ほかの二人に勝るともおとらぬ美人であるとわかったのでした。どうにも解せないことには、この屋敷には男の気配がまったくありません。しかし、自分が運んだ品物、干した果物だとかさまざまな菓子や砂糖漬けは、酒宴をはって楽しもうというひとびとにこそふさわしいのです。

ゾベイダは、荷かつぎやはしばしの休息をとっているのだろうと思っていたのですが、いつまでたっても出ていくそぶりが見えません。

「どうしたのです？　お代金が足りませんか？」

ゾベイダはそう言うと、アミーナに話しかけました。

「もう少しだしておあげなさい。気持ちよくお別れしたいのです」

「そうではありません」と荷かつぎやが答えました。

「たっぷりはずんでいただきました。ぶしつけなもの言いだとわかっているのですが、驚いたことがあるのです。これほどきれいな女の人が三人もいるのに、男の姿が見あたりません。女だけの男抜きは、男だけの女抜きと同じくらいつまらないと思うのです」

荷かつぎやは、自分の言い分を裏づけるような軽口をたたきました。そして、「四人がそろえば食事は楽し」というバグダードのはやりことばをもちだすと、三人しかいないのだから四人めが必要ですと続けました。

娘たちは荷かつぎやの申しひらきに笑い興じました。ゾベイダが真顔で話しかけてきました。

「ずいぶん思いきったことを言うのですね。身内のことを話す義理はありませんが、わたしたちはこのとおり三人姉妹です。ひっそりと暮らしていますから、誰もわたしたちのことを知りません。ぶしつけな人たちには、絶対に知られたくないのです。筆のたつ人[17]がこう書いていました。「秘密を守って誰にも明かすな、明かしてしまえばどうにもできない、自分が守れぬ秘密なら、どうして他人が守れよう」」

「みなさまが」と荷かつぎやが答えました。「なみの人たちではないと、ひとめでわかりました。思ったとおりでしたね。めぐりあわせのせいで卑しい稼業についてはおりますが、学問や歴史の本を読んで賢くなろうとつとめているのです。もう少し話をさせてください。先日読んだ本にはこのようないましめが書いてありました。ひごろから心がけていることなのです。―口が軽いと評判の人に秘密をあかしてはならない、その人はあなたの信頼を裏切るだろう、しかし知恵のある人にならさしつかえない、その人は秘密を守るすべを心得ているだろう」。わたしに秘密をうちあけてもだいじょうぶです。鍵のない部屋か封印された扉と同じくらい、口が堅いのです」

ゾベイダは、荷かつぎやがなかなかの才人であることを見てとりましたが、この人は今から開こうとしている宴の席に連なりたいのだろうと思い、にっこりしながらこう話しかけました。

「わたしたちは今から宴を開くのです。見てのとおり準備にはたいそうなお金がかかりました。せっかくだからこのまま帰りたくはないと思っているのでしょう?」

サフィーエが姉の気持ちをくんでことばを続けました。

「荷かつぎやさん、世間ではこう言っています。「手みやげ持つはひとかどの客、手ぶらで来るは帰される客」」

荷かつぎやはねばってはみたものの、アミーナが助け船をだしてくれなかったら、ほうほうの態でお屋敷をあとにしていたでしょう。アミーナはゾベイダとサフィーエにこう言ったのです。

「この人もいれてあげましょう。きっと楽しませてくれます。機転のきく人だということはよくわかりました。重い籠をかついで気持ちよくついて来てくれたのです。この人がいなければ、あれほどてぎわよくたくさんの買いものはできませんでした。道すがら聞かせてくれた気のきいた話をくりかえしましょうか?　そうすればお二人にもわたしがこの人の肩をもつわけをわかっていただけるでしょう」

このことばに荷かつぎやは有頂天になり、アミーナの足もとにひざまずくと床に接吻しました。そして立ちあがるとアミーナに礼を言いました。

「麗しいおくがたさま、あなたのおかげで朝から幸先がよくなり、今のおことばで今日の運勢は吉とでました。感謝のことばもありません」

ここで荷かつぎやは三人の娘に話しかけました。

「このご恩を仇で返すようなことはしません。かならずお役にたちます。自分はみなさんのしもべだと心得ていますからね」

荷かつぎやはこう言うと受けとった代金を返そうとしましたが、ゾベイダはお金はとっておくようにと厳命しました。

「骨おりへの謝礼としていったん手ばなしたものを取り戻すわけにはいきません」……

ここで暁の光が射し、シェヘラザードはお話をやめました。熱心に聞きいっていたディナールザードはたいそうがっかりしましたが、ほっと安堵の息をもらしました。シャフリヤール王が、三人の美女と荷かつぎやのあいだにどんなことが起こったのかを知りたくなり、明日になったら話の続きを聞こうと決めたからです。王は起床するといつもどおり朝議の場へと向かいました。

（第一巻終了）

第三十一夜

翌日、ディナールザードはいつもの時間にシェヘラザードを起こすと声をかけました。

「お姉さま、おやすみでないのなら夜が明けるまでのひととき、あの不思議なお話の続きを聞かせてください」

シェヘラザードは口を開くと、シャフリヤール王に話しかけました。

「王さま、おゆるしを得て妹にお話を聞かせたいと思います」。そしてシェヘラザードは、三人の遊行僧をめぐる話を語りはじめました。

……ゾベイダは荷かつぎやがさしだしたお金を受けとろうとはせず、こう言いました。

「荷かつぎやさん、わたしたちと一緒にいたいのなら言っておくことがあります。秘密を守るだけではなく、ほかにも条件があるのです。はめをはずさずにお行儀よくしなくてはなりません」

ゾベイダが話しているうちにアミーナは、外着をからげて腰帯にはさみ、動きやすい身なりになると食膳の準備にとりかかりました。食卓にはさまざまな料理の皿を並べ、小卓には瓶詰めのワインと黄金の杯を置きました。娘たちは席につくと、荷かつぎやを自分たちの横に座らせました。荷かつぎやは絶世の美女三人と同じ食卓を囲むことになって、天にものぼる心地でした。

最初の一口を食べ終えると、小卓のそばにすわっていたアミーナがワインの瓶と杯をとりました。アミーナは杯を満たすと、アラブのしきたりにしたがって最初の一口を飲み干しました。続いて姉の杯にワインを注ぐと順番に杯を傾け、四度めに同じ杯を満たすと荷かつぎやにさしだしました。荷かつぎやは杯を受けるとアミーナの手に接吻し、次のような小唄を歌いました。

「薔薇園を抜ける風は名香にまさり、美女の酌なればこれ以上の美酒はなし」

娘たちはこの唄がたいそう気にいり、みなが口ずさみました。こうして誰もが心ゆくまで食事を楽しんだのでした。宴はいつ果てるともなく続き、何もかもがいたれりつくせりだったのです。こうして一日が終ろうとするころ、三人を代表してサフィーエが荷かつぎやに言いました。

「そろそろおひらきにしましょう」

しかし荷かつぎやは、これほど楽しい宴の席を立つ決心がつきません。

「このようなていたらくなのにどこに行けとおっしゃるのでしょう？　さしむかいで杯をかさね、すっかり正体をなくしてしまいました。家に戻る道もわかりません。一晩たてば酔いも醒めます。どこでもよいので寝かせてください。もとどおりになるには時間がかかります。すっかり抜けがらになってしまいました」

アミーナがまたしても助け船をだしてくれました。

「この人の話はもっともです。願いをきいてあげましょう。こんなに楽しませてくれたのです。わたしがお二人を思っているのと同じくらいわたしのことを大事に思ってくださるのなら、今宵はこの人を泊めてあげましょう」

「わかりました」とゾベイダが答えました。「あなたの願いを無碍《むげ》にはしません」。それから荷かつぎやにむかって言いました。

「荷かつぎやさん、もう一度、頼みをきいてあげましょう。でもそれには新しい条件があります。あなたの目の前でわたしたちが何をしても、それがわたしたちにかかわることであれ、ほかの人にかかわることであれ、口を閉じてわけを尋ねてはいけません。あなたにかかわりのないことを尋ねたりしたら、楽しくない話を耳にするでしょう。いいですか？　じゅうぶんに気をつけてください。わたしたちが何をしようとも勘ぐってはいけません」

「わかりました」と荷かつぎやは答えました。「約束は守ります。あとになって責められるようなまねはしません。無作法を咎《とが》められるようなこともしません。今回ばかりは舌は動かしません。目にうつったものも鏡のようにきれいさっぱり忘れてしまいます」

「念を押しておきます」とゾベイダが真顔で言いました。「あなたに言いつけたことは、前からの決まりなのです。立ちあがってあそこの扉の上に書いてある文字を読んでください」

荷かつぎやは扉のところまで行くと、大きな金文字で書いてあることばを読みました。

「かかわりなきことを話せば、楽しまざることを聞くだろう」

荷かつぎやは三人の娘のほうにむきなおりました。

「誓って申しあげます。おのれにかかわりがなく、みなさまがたのためにもならぬことはいっさいしゃべりません」

約束がかわされるとアミーナが夕食を運んできました。アミーナが何本かのろうそくに火を灯すと、練りこまれていた沈香《じんこう》や竜涎香がえもいわれぬよい香りをただよわせ、昼のように明るくなりました。アミーナが食卓につくと、一同は食べて飲んで歌と詩を楽しんだのです。

調子にのった三姉妹は荷かつぎやを酔わせようとして次々と杯をすすめました。健康を願って杯を干すようにと言うのです。娘たちと荷かつぎやは、気の利いたことばのやりとりにうち興じました。こうして誰もが天国にいるような気持ちになっていたそのとき、門の扉をたたく音が聞こえてきたのです……

ここでシェヘラザードは夜が明けたことに気づいてお話をやめなくてはなりませんでした。シャフリヤール王はどうしても続きを知りたいと思い、明日も話を聞くことにして起床したのです。

第三十二夜

次の日の夜が明けようとするころ、ディナールザードがシェヘラザードに話しかけました。

「神さまの御名においてお願いいたします。お姉さま、おやすみでないのなら三人の娘たちのお話を続けてください。門をたたいたのが誰なのか、気になってたまらないのです」

「今にわかります」とシェヘラザードが答えました。「これからお聞かせするお話には、わが主たる王さまも満足してくださるでしょう」

……音を聞きつけた娘たちは、門を開けようとして一斉に立ちあがりました。しかし門番を務めているサフィーエが誰よりもすばやく動くとわかっていたので、残る二人はサフィーエが戻ってくるのを座って待ちました。このような夜更けに、誰が訪ねてきたのでしょう。

サフィーエが戻ってきました。「格別の楽しい夜をすごそうと思うのなら、これを逃す手はありません。門前に三人の遊行僧が来ているのです。確かめたわけではありませんが、服を見た限りでは遊行僧でしょう。でも、おかしいのです。三人とも右目がつぶれていて、髪も髭も眉毛も剃っているのです。どの人もバグダードに着いたばかりで、今まで一度もこの町に来たことはないそうです。夜になっても泊まる場所がなく、たまたまとおりかかった家の扉をたたいて一夜の宿を乞うことにしたと言っていました。夜をすごせる場所だったらどのような部屋でもいい、厩《うまや》でもかまわないそうです。三人とも若くていい男ですし、分別もありそうです。でも三人そろっておかしな顔をして変わった服を着ているのですから、笑わずにはいられません」

ここまで話すとサフィーエがげらげらと笑いだしたので、残る姉妹と荷かつぎやも大声で笑ってしまいました。

「いれてあげましょう」とサフィーエが言いました。「こんなに楽しい晩なのですから、あの人たちをここに招けばもっとすてきな時をすごせます。楽しませてくれるでしょう。気遣いはいりません。一晩だけ泊めてほしい、夜が明けたらすぐに出ていくと言っていますからね」

ゾベイダとアミーナは、サフィーエの頼みをすぐには聞きいれませんでした。サフィーエにしてもそのわけはよくわかっていたのですが、どうあってもきいてほしいとゆずらず、とうとう残る二人を説きふせてしまいました。

「わかりました」とゾベイダが言いました。「いれてあげましょう。でも、自分にかかわりのないことを話してはいけないと伝えてください。そして扉の上に書かれていることを読んでもらうように」

サフィーエは喜んで駆けだすと、ややあって三人の遊行僧を連れて戻ってきました。

部屋にやって来た三人の遊行僧は、三姉妹に向かって深々と頭をさげました。娘たちは立ちあがって三人をていねいに迎えると、ようこそいらっしゃいました、このような機会をもてて光栄に思います。どうかこの家で旅の疲れを癒してくださいと答え、ともに腰をおろすようにとすすめました。

遊行僧たちは、贅美《ぜいび》をこらした部屋と娘たちの慇懃《いんぎん》な態度にいたく心を動かされ、この屋敷の女主人はひとかどの人物なのだろうと思いました。しかしながら腰をおろす前に、荷かつぎやの姿がたまたま目に入ってしまったのです。荷かつぎやは遊行僧のような衣服を身につけており、自分たちとはいささか異なった戒律にしたがっているように思えました。荷かつぎやは髭も眉毛も剃っていなかったからです。遊行僧のひとりが口を開きました。

「ご覧になってください。われらとはたもとをわかつアラブの遊行僧[18]です」

荷かつぎやはすっかりできあがってうつらうつらしていたのですが、遊行僧のことばを聞き咎めると、相手を見すえて言いかえしました。

「よけいなお世話だ。おのれにかかわりのないことに首を突っこむな。扉の上の文字を読まなかったのか？　流儀を押しつけず、ここでの作法にしたがえ」

「兄弟」と口を開いた遊行僧が答えました。「どうかお腹だちをお鎮めください。気の利かないことで申しわけない。兄弟がおっしゃるとおりにいたします」

ここで娘たちが割って入り、その場を丸くおさめました。遊行僧らが腰をおろすと娘たちが皿をすすめ、なかでもサフィーエは、酒杯がからになったと見るや酌をかかしませんでした……

ここでシェヘラザードは夜が明けたことに気づいてお話をやめました。シャフリヤール王は君主の務めを果たすために起床しましたが、明日も話の続きを聞こうと決めておりました。三人の遊行僧が、そろいもそろって同じほうの目を失っていたわけが気になってしかたなかったのです。

第三十三夜

夜が明ける一時間前、ディナールザードは起きあがるとシェヘラザードに声をかけました。「お姉さま、おやすみでないのなら娘たちと遊行僧らのあいだに起こったことをお聞かせください」

「喜んで」とシェヘラザードは答えると、すぐに昨日の話の続きを語りはじめました。

……こうして心ゆくまで飲みかつ食べた遊行僧らは、みなさんのために楽を奏でたい、楽器があればお貸しいただきたいと言いました。娘たちはこの申し出を喜び、サフィーエが席を立ったかと思うとまもなく楽器を手に戻ってきて、バグダードのフルート、ペルシアのフルート、小さな片面太鼓(19)を三人の遊行僧に渡しました。各人が好みの楽器を手にとると、三人がいっせいに曲を奏でました。娘たちはこの楽しげな曲の詞をそらんじておりましたから声をそろえて歌いだしたのですが、歌詞のせいで何度も歌がやんだかと思うと誰もが笑いころげてしまうのです。こうして歓をつくし宴もたけなわとなったころ、門をたたく音が聞こえました。サフィーエは歌をやめると誰が来たのかを見にいきました……

「ところで王さま」とシェヘラザードが話しかけました。「このような夜更けに門をたたく音がしたわけをお話しいたしましょう。カリフさまのハールーン・アッラシードには、お忍びで夜の街を歩きまわるならわしがありました。町にもめごとがなく、万事にとどこおりがないことを自分の目で確かめるためです」

……この晩、カリフさまはまだ明るいうちから町にでかけました。お伴をするのは大宰相のジャアファル[20]と宦官長のマスルール[21]です。商人の衣服を着た三人は、娘たちの屋敷がある街路を歩いておりました。と、カリフさまの耳に器楽の調べと歌、それに大きな笑い声が聞こえてきました。そこで宰相にこう命じたのです。

「大騒ぎしているあの屋敷の門をたたくように。中に入って大笑いのわけを知りたいのだ」

宰相はカリフさまをとめようとしました。

「女たちがふざけているのです。酒のせいで陽気になっているのでしょう。カリフさまがおでましになれば、からまれるかもしれません。それにまだ夜も浅い時刻ですからあの者たちにはかかわらないでおきましょう」

しかしカリフさまは聞きいれず、「かまわぬから門をたたけ」と言いました。

というわけで、カリフさまの命をうけた宰相のジャアファルが娘たちの屋敷の門をたたいたのでした。カリフさまは身元を伏せておきたかったのです。門を開けたのはサフィーエでした。サフィーエはろうそくを手にしていましたから、ジャアファルは出てきた娘が絶世の美女であることに気づきました。宰相は自分の役まわりをそつなくこなし、深々とおじぎをするとうやうやしく話しかけました。

「わたしどもはモスルから参った旅の商人でございます。十日ばかり前に高価な品々を持って都にのぼり、隊商宿で荷をほどきました。今日は、わたしどもを招いてくれた都の商人宅を訪ね、軽い食事のもてなしを受けたのでございます。酒がまわってきますと、主人たる商人は踊り子の一座を招じいれました。日が落ち、音楽と踊りで騒がしく浮かれておりましたころ、夜警団がやって来て門を開けるはめになってしまいました。お縄になってしまった者もいたのですが、わたしどもは運よく壁を乗りこえて逃げることができたのです」

　宰相のジャアファルは話を続けました。

「しかしながら旅人の身にくわえて酒の酔いもまわっておりましたので、いささか遠い場所にある宿にたどり着くまでに別の夜警団、いやひょっとすると同じ連中にまたでくわすのではないかと不安になりました。それに、たどり着いたところで宿の門は閉まっています。なにか起こらぬ限り明日の朝まで開かないでしょう。ここを通りかかると楽の調べが聞こえましたので、まだおやすみではないものと思って門をたたきました。明日の朝まで一宿の縁を結ばせてはもらえませんでしょうか。宴に連なることをおゆるし願えるのなら、楽しい席を中断させた失礼のお詫びに、非才をふりしぼってご厚意に報いましょう。おゆるし願えないとあれば、玄関先で一夜を明かさせていただきたいのです」

　ジャアファルが話しているあいだ、サフィーエは目の前の相手と連れの二人をじっくりと見ることができました。ジャアファルが言うには、連れも旅の商人らしいのです。彼らの顔だちを見るに、しもじもの者とは思えません。サフィーエは、自分は女主人ではないので、しばらく待っていただけるのなら返答をもって戻ってきましょうと答えました。

　サフィーエが二人に事の次第を話しますと、二人はしばしのあいだどうしたものかと思案しました。しかし三姉妹ともに情に厚いたちでしたし、その晩はすでに三人の遊行僧を迎えておりましたから、門にたたずむ三人も歓迎することにしたのです……

　シェヘラザードは話の続きを語ろうとしたのですが、夜が明けたことに気づいてお話をやめました。

シャフリヤール王は、話の中に新しく出てきたひとびとの身元にいたく興味をそそられ、どのように不思議なできごとが起こるのだろうと思いながら待つことにしたのです。

第三十四夜

ディナールザードもシャフリヤール王と同じように、三人姉妹の屋敷に入ったカリフさまがどうなったかを知りたくてたまりませんでしたから、夜明けよりもずっと前にシェヘラザードを起こしました。

「お姉さま、おやすみでないのなら遊行僧たちのお話を聞かせてください」

シャフリヤール王のゆるしがでたのでシェヘラザードは次のようなお話を語りました。

……サフィーエに連れられてやってきたカリフさま、大宰相、そして宦官長が、姉妹と遊行僧に向かって丁重に挨拶すると、姉妹も同じように挨拶を返しました。姉妹はこの人たちは商人だと思いこんでいたのです。女主人ゾベイダが、いかめしい顔つきになって口を開きました。

「ようこそいらっしゃいました。でもお楽しみいただく前に、お願いしたいことがあります。不調《ぶちょう》法《ほう》だとお咎めにならないでください」

「それはどのようなことでしょう？」と宰相が尋ねました。「このような佳人のお願いをどうして断ることができましょうか」

「目で見るだけにして、舌は使わないでください」とゾベイダが答えました。「あなたがたがごらんになるかもしれないいっさいについて、その理由をきいてはなりません。ご自身にかかわりのないことといっさいについて、何も話してはなりません。これを守っていただかないと楽しくないことを聞くことになります」

「おくさま」と宰相が答えました。「承知いたしました。あらさがしはやめ、ぶしつけな詮索もしないと約束いたします。自分にかかわりあることのみを気にとめ、ひとさまの事情には首をつっこまないでおきましょう」

一同が着座して話の輪がつながりますと、誰もが新参の客人のために杯を干したのです。

宰相ジャアファルが娘たちと歓談しているあいだ、カリフさまは美女ぞろいの三姉妹にみとれておりました。物腰は優美そのもの、笑顔を絶やさぬ受け答えも当意即妙です。そのいっぽう、そろいもそろって右目を失っている三人の遊行僧には、心の底から驚いてしまいました。カリフさまはそのわけを尋ねたくてうずうずしていたのですが、つい先ほどかわした約束のせいで二人の連れともども黙っていなくてはなりませんでした。贅美をこらした調度品やととのった室内を見るにつけ、この家は魔法にかけられているのではないかと思えてしまうのです。

次なる余興をめぐって一同がさんざめいていると、遊行僧らが立ちあがって独特の流儀で踊りはじめ、彼らの技芸に目をつけていた三姉妹を喜ばせました。カリフさま一行もみごとな舞踊に目をみはったのです。

遊行僧らの踊りが終ると、ゾベイダが立ちあがってアミーナの手をとりました。

「さあ、立って。みなさんも失礼だとは思わないでしょう。きがねしなくてもだいじょうぶです。いつもどおりのことをやりましょう」

アミーナは姉の真意をさとって立ちあがると、皿や食卓や酒瓶や杯などと一緒に遊行僧らが使っていた楽器をかたづけました。

サフィーエも黙って見ていたわけではなく、部屋のそうじにとりかかりました。ちらばっていたものをもとの場所に戻し、灯心を切って新しく沈香と竜涎香を投じました。それがすむと、三人の遊行僧はこちらの長椅子に、カリフさま一行はあちらの長椅子に座ってほしいと頼みました。荷かつぎやにはこう言いました。

「さあ、起きて。今からやることをてつだってほしいのです。あなたはこの家の人も同然なのだから、動いてくださいね」

荷かつぎやの酔いはいくぶんなりとも醒めていましたから、そそくさと起きあがると上着のすそを腰帯にはさみました。

「なんでもおっしゃってください」

「それでは頼みます」とサフィーエが答えました。「話しかけられるまではここにいてください。すぐに出番がきます」

ややあってアミーナが椅子を持ってやって来ました。アミーナは部屋のまん中に椅子を置くと小部屋の扉を開け、荷かつぎやを手まねきしました。

「ここまで来てください」

荷かつぎやはアミーナと一緒に小部屋に入り、首輪をつけた黒い雌犬二頭を連れて出てきました。その手には、首輪についた鎖を握っています。二頭ともにひどく鞭うたれた痕があるのです。荷かつぎやは犬と一緒に部屋のまん中にやって来ました。

遊行僧らとカリフさま一行のあいだに座っていたゾベイダは立ちあがると、厳粛な足どりで荷かつぎやのところに行きました。

「さあ」とゾベイダが大きなため息をつきながら言いました。「いつものお務めをはたしましょう」ゾベイダはそでを肘までたくしあげると、サフィーエから鞭を受けとりました。

「荷かつぎやさん」とゾベイダが言いました。「一頭をアミーナのところへ、もう一頭をわたしのところに連れてきてください」

荷かつぎやが言われたとおりにしてゾベイダに近づくと、連れていた雌犬が大きな声で鳴きはじめ、哀願するかのように頭をあげてゾベイダを見つめるのです。ですがゾベイダは、悲しげな犬のようすも、屋敷じゅうに響きわたる悲痛な声も気にとめず、息が切れるまで雌犬を鞭うったのでした。力を使いはたして鞭をふるえなくなるとゾベイダは鞭をうち捨て、荷かつぎやの手から鎖を受けとりました。そして雌犬の前脚を持ちあげると、悲哀に満ちたまなざしで犬を見つめました。人も犬もさめざめと涙を流しているのです。それからゾベイダは、雌犬の目から流れる涙を手巾でぬぐい、犬に接吻すると鎖を荷かつぎやに手渡しました。「この犬をもとの場所に連れていってもう一頭の犬を引いてきてください」

荷かつぎやは鞭うたれた雌犬を小部屋に戻し、もう一頭をつなぐ鎖をアミーナから受けとるとゾベイダのところまで引いていきました。ゾベイダは先ほどと同じように、犬を押さえているよう荷かつぎやに頼みました。そして鞭をとると大粒の涙を流しながら犬をさんざんにたたいたのです。ゾベイダが犬に接吻して荷かつぎやに託すと、アミーナが小部屋まで犬を連れ戻しました。それがアミーナのやくめだったのです。

三人の遊行僧とカリフさま一行は、このなりゆきにたいそう驚きました。どうしてゾベイダは、二頭の雌犬をあれほどひどく鞭うったあとで泣きながら犬の涙をぬぐい、さらに接吻などしたのでしょう？　イスラム教の教えによれば犬は不浄な生き物なのです。

遊行僧らもカリフさま一行もざわざわとなりました。なかでもカリフさまは、この不思議なできごとのわけを知りたくてたまらず、理由を尋ねてみるよう宰相に合図をしました。宰相は首を横にふり続けたのですが、カリフさまが何度も合図をおくってきますので、今は知りたい心を抑えるときですとみぶりで返しました。

二頭の雌犬を力の限り鞭うったゾベイダは、しばしのあいだ部屋のまん中にとどまって息をととのえていました。

「お姉さま」とサフィーエが声をかけました。「もとの場所にお戻りください。次はわたしの番なのです」

「そうですね」とゾベイダは答えて椅子に腰をおろしました。ゾベイダの右には、カリフさま、宰相のジャアファル、宦官長のマスルール、左には三人の遊行僧と荷かつぎやが座っています……

ここでシェヘラザードがシャフリヤール王に声をかけました。「王さま、ただいまは世にも不思議な話をお聞かせしましたが、この続きはさらに不思議なものになりましょう。王さまがこの話を最後までお聞きになりたいのでしたら、どうぞ明日の晩も物語ることをおゆるしください」。シャフリヤール王はこれをゆるし、夜明けとともに起床したのでした。

第三十五夜

翌日、ディナールザードは起きあがるとすぐにシェヘラザードに声をかけました。「お姉さま、おやすみでないのなら昨晩の楽しいお話の続きをお聞かせください」

シェヘラザードは昨晩どこまで語ったかを思いだすと、シャフリヤール王に向かって次のようなお話を語りました。

……ゾベイダが椅子に戻りますと、しばしの沈黙がおとずれました。やがて広間の中ほどに置かれた椅子に腰掛けていたサフィーエがアミーナに声をかけました。

「では頼みます」

アミーナはサフィーエの意図を理解して立ちあがると、二頭の雌犬がいたのとは別の小部屋に入っていきました。戻ってきたアミーナは黄色い繻子で覆われた箱を持っています。繻子には金と緑の絹糸でみごとな刺繍がほどこされていました。アミーナはサフィーエのもとに行って箱を開けると、リュート[22]をとりだして手渡しました。

サフィーエはリュートを受けとり、調子をととのえると曲にあわせて歌いはじめました。サフィーエは千里の恋の苦しみをせつせつと歌いあげましたので、カリフさまもほかのひとびとも聴きいってしまいました。やるせない想いを熱く激しく歌い終えたサフィーエは、アミーナに話しかけました。

「もう声が続きません。わたしに代わってみなさんに曲と歌をお聞かせしてください」

「喜んで」とアミーナが答えてサフィーエのそばに寄ると、サフィーエはリュートを手渡して場所をゆずりました。

アミーナはリュートをかき鳴らして調子をととのえると、先ほどと同じくらいの長さの曲にあわせてひきさかれた恋のうらみを歌いあげました。しかしアミーナのことばはさらに熱く、調べはさらに激しいものとなりましたから、曲が終るころには精魂つきはてるありさまでした。

ゾベイダは歌に満足したことを伝えました。

「みごとです！　どうしようもない悲しみがこもった歌でした」

アミーナはゾベイダの思いやりにこたえることができませんでした。心が乱れて息がつまりそうでしたから、どうにかして楽になろうと思い、一同の前にのどと胸をさらしました。雪のように白いはだのはずですが、アミーナの胸には傷あとがいっぱいだったのです。一同はあまりのことにことばをうしないました。しかしアミーナの息は少しも楽にはならず、彼女は気を失って倒れてしまいました……

「王さま」とシェヘラザードが言いました。「夜が明けます」。そしてシェヘラザードはお話をやめ、シャフリヤール王は起床しました。シャフリヤール王は、シェヘラザードの処刑を延ばす決心がつきかねていましたが命を召しあげる決心もつきかねていたのです。シャフリヤール王は話の続きが気になってたまらず、もう少しだけ聞くことにしました。

第三十六夜

ディナールザードはいつもどおりシェヘラザードに声をかけました。「お姉さま、おやすみでないのなら娘たちと遊行僧のお話を続けてください」

シェヘラザードは次のようなお話を語りはじめました。

……ゾベイダとサフィーエが妹のもとに駆けよっていくと、遊行僧のひとりが思わず口を開きました。

「このような場面を目にするのであれば、この屋敷に入るより外ですごしたほうがよかった」

このことばを聞きつけたカリフさまは、遊行僧一行に近づいて話しかけました。

「これはいったいどうしたことなのでしょう?」

いましがたひとりごとを言った遊行僧が答えました。

「わたしたちにもまるでわからないのです」

「みなさんはこの屋敷のかたではないのですか? 二頭の黒い雌犬のことも、倒れてしまった傷あとだらけの婦人の謎も解いてはくださらんのですか?」

「商人どの」と遊行僧らが答えました。「わたしたちがこの屋敷に入るのは今回がはじめてなのです。あなたがたよりほんの少しはやく門をくぐったにすぎないのですよ」

これを聞いたカリフさまはますます驚きました。

「あそこにいる人はわけをごぞんじかもしれません」とカリフさまが言いますと、遊行僧のひとりが荷かつぎやを手招きし、どうして黒い雌犬が鞭うたれたのか、どうしてアミーナの胸には傷あとがあるのかを知っているかと尋ねました。

「だんなさまがた」と荷かつぎやが答えました。「神さまにかけて誓いますが、あなたがたが知らないとなれば、わたしたちの誰ひとりとして知らないということになります。わたしはこの街に住んでおりますが、この屋敷に入ったのははじめてなのです。わたしがここにいるのを不思議に思われるように、わたしもあなたがたと一緒にいるのが不思議でたまりません。もっと不思議なのは、この家には男がいないということです」

カリフさま一行も遊行僧たちも、荷かつぎやはこの屋敷の人なのだから自分たちの知りたいことを教えてもらえると思っていたのです。

カリフさまはどうしてもわけを知りかったので、一同にこう言いました。

「われわれは男が七人、あちらはご婦人が三人きりです。ここは強くでて筋のとおる説明をしてもらいましょう。ご婦人がたがすすんで話してくれぬのなら、なんとしてでも聞きだしてみましょう」

大宰相のジャアファルはこの意見にくみせず、我をとおせばどのようなことになるか考えてくださいと言いました。大宰相はカリフさまの身元が遊行僧らにわからぬよう、商人のことばを使ったのです。

「ご同輩、われらの評判をたいせつにしてください。あのご婦人がたが、どのような条件でわれわれをこの屋敷にいれてくれたかをごぞんじのはず。われわれはその条件をのむと言ったのです。ことばをたがえるようなことがあれば、われわれはなんと言われるでしょう。思わぬ災難にであったりすれば、われわれの落ち度になります。約束を破れば後悔すると知っていればこそ、ご婦人がたはあのような条件を持ちだしたのです」

ここで宰相はカリフさまをわきにひきよせると、声をひそめてささやきました。

「カリフさま、もうじき夜が明けます。どうかあと少しだけご辛抱ください。朝になればあのご婦人がたをともない、玉座の前にまかりでましょう。そしてお望みどおりすべてのわけをお聞きになれましょう」

いかにも筋がとおった申しようでしたがカリフさまは首を横にふりながら、そんなに長くは待てない、今すぐ知りたいのだ、そなたは黙っているようにと言いました。

誰がカリフさまのことばを伝えるのでしょう？　カリフさまは遊行僧らが口火を切ってほしいと説得にかかったのですが、三人ともにこの申し出を断りました。こうして荷かつぎやにお鉢がまわってきました。荷かつぎやが問いかけようとしたとき、アミーナを介抱していたゾベイダが近づいてきました。アミーナが目をさましたのです。一同がひどくざわついていますのでゾベイダが尋ねました。

「みなさま、なにをそんなに熱くなっておられるのですか？」

荷かつぎやが口を開きました。

「こちらのみなさんがぜひにもわけを知りたいとおっしゃるのです。どうして二頭の犬を鞭うったあとで一緒に涙を流されたのですか？　それと倒れてしまったかたの胸の傷あとは、どうやってついたのでしょう？　自分たちに代わって尋ねてこいと言われたのです」

これを聞いたゾベイダはきびしい顔になり、カリフさま一行と遊行僧らのもとに行きました。

「わたしに問いかけるよう、荷かつぎやさんに言ったのですか？」

一同はそうですと答えましたが、宰相のジャアファルだけは何も言いませんでした。ゾベイダはこの答えを聞くと口を開きましたが、その声音には深い怒りがこもっています。

「わたしたちはたっての願いをいれてみなさまをこの屋敷にお迎えしました。このとおりの女所帯ですからみなさまの身に火の粉がふりかからぬよう、条件をのんでいただきました。みずからにかかわりなきことは話さない、さもなければ楽しくない話を聞くはめになると申しあげました。できる限りのおもてなしをしたのに、約束をお破りになりました。今回のことはわたしたちの無用心のせいですが、だからといってみなさまをゆるす理由にはなりません。あまりに不実なこなされようでした」

ゾベイダはこう言いながら、足を三回強く踏み鳴らし、手を三回うち鳴らして大声をあげました。「はやくここへ！」ゾベイダの声に応じて扉がいきおいよく開くと、見るからに強そうな七人の黒人奴隷が三日月刀を手にとびだしてきました。それぞれがひとりを捕らえて床に押し倒し、部屋のまん中までひきずっていくと首を斬ろうとするのです。

カリフさまは仰天してしまいました。宰相の言うとおりにすればよかったと思いましたが、今となってはあとの祭りです。こうしてカリフさま、ジャアファル、マスルール、荷かつぎや、遊行僧らは、無用な詮索のせいで不運にも命を失うはめになりそうでしたが、死の刃がふりおろされる寸前、ひとりの黒人奴隷が尋ねました。

「ご主人さま、首を落としてもよろしゅうございますか？」

「ちょっとだけ待ちなさい」とゾベイダが答えました。「尋ねたいことがあります」

「おくさま！」と荷かつぎやが悲鳴をあげました。「神さまの御名にかけて申しあげますが、とばっちりで殺されるのはいやです！　わたしは無実です。罪があるのはあの人たちですよ！」

荷かつぎやは泣きながら続けました。「みなで楽しくすごしていたではないですか。片目の遊行僧たちが災いを持ってきたのです。あのような不吉な人たちが町を廃墟にするのです。十把ひとからげにしないでください。望みをなくした人を腹いせに殺してしまうより、情けをかけるほうがりっぱではないですか？」

ゾベイダは怒ってはいたものの、荷かつぎやの泣きごとを聞くと心の中で吹きだしてしまいました。しかし荷かつぎやには何も言わず、ほかのひとびとにもう一度尋ねました。

「答えてください。あなたがたはいったい誰なのですか？　答えてくださらないとすぐにでもお命をいただきます。みなさんが正直者だとは思えません。生まれ故郷ではそれなりの身分や地位があったとも思えません。もしそうだったら、もっと気くばりができたはずです」

カリフさまは気の短いたちでしたから、非礼に腹を立てた婦人が自分の命運を握っているのを見て、ほかの誰よりも心を乱されました。しかしカリフさまの胸には希望の火が灯りました。女主人が自分たちの身元についていてきいてきたからです。カリフさまが身分をあかせば、命をとるなどとは言わないでしょう。カリフさまはそばにいた宰相に、今すぐ自分の身分を言うようにささやきました。しかし慎重で賢明な宰相は、カリフさまの名誉を守りたいと念じておりましたから、カリフさまみずからがまねいた苦境を世間にさらしたくはなかったのです。そこで宰相はこう答えました。

「身からでた錆《さび》なのです」

宰相はカリフさまの意をくんでさらにことばを続けようとしましたが、ここでゾベイダが口を開きました。ゾベイダは遊行僧に向かって、三人ともに片目であるところを見ると、あなたがたは兄弟なのですかと問いかけました。ひとりが代表して答えました。

「いいえ、わたしどもは血のつながった兄弟ではないのです。しかし三人ともに遊行僧でありますから、同じ道を歩んでおります」

「では」とゾベイダが別の遊行僧に尋ねました。「生まれたときから片目なのですか?」

「いいえ」とその遊行僧が答えました。「わたしは世にも奇異なできごとによって片目になりました。わたしの冒険を書き留めておきますれば、世の人のためともなりましょう。この身に災いがふりかかったのち、髭と眉を剃って遊行僧となり、このような衣服をまとったのでございます」

ゾベイダは残る二人にも同じことを尋ねましたが、二人とも同じ答えを返してきました。しかし三人めの遊行僧がこうつけ加えたのです。

「おくがたさま、わたしたちがしもじもの者ではないことをお伝えし、わたしたちの身の上に目を向けていただくため、お耳にいれたいことがございます。わたしたちはみな王の息子なのです。顔をあわせたのは今宵が最初ですが、たがいの来しかたを知るだけの時間がありました。はばからずに申せば、わたしたちの父たる三人の王はいささかなりとも名のある人物でございました」

これを聞いたゾベイダは表情をやわらげ、奴隷に言いました。

「少しだけ放してあげなさい。でもそこを動かないで。自分の身の上とこの家に来たわけを話す人をじゃまだてしてはいけません。好きな場所に行かせなさい。でもこれをこばむ者は容赦しないように」……

ここでシェヘラザードはお話を終え、シャフリヤール王は夜が明けて起きる時刻になったことに気づきました。シャフリヤール王は明日もシェヘラザードの話を聞くことにしました。片目の遊行僧三人が何者なのか、気になってしかたがなかったのです。

第三十七夜

ディナールザードは毎夜の物語を心の底から楽しんでいましたから、次の日の晩も夜が明ける前にシェヘラザードを起こしました。「お姉さま、おやすみでないのなら遊行僧たちの楽しいお話をお聞かせください」

シャフリヤール王がシェヘラザードにゆるしを与えますと、シェヘラザードは次のようなお話を語りました。

……三人の遊行僧、カリフさま、宰相のジャアファル、宦官長のマスルール、そして荷かつぎやは広間のまん中で絨毯の上に座っておりました。一同の前では三人の貴婦人が長椅子に腰をおろし、そのそばには女主人の言いつけを待つ奴隷がひかえているのです。

荷かつぎやは、絶体絶命の窮地をのがれるには自分の身の上を話さなくてはならぬことに気づいていましたから、まっさきに口を開きました。

「わたしの身の上とこのお屋敷にやって来たいきさつはよくごぞんじでしょうから、手みじかにお話しします。おくさまの妹さんが、けさがた声をかけてくださったのです。わたしは荷かつぎやですから客待ちをしておりました。それから妹さんについて酒屋に香草屋、オレンジ、レモン、シトロン、アーモンド、クルミ、ハシバミ、いろいろな木の実を売っている店、菓子屋に薬屋をまわりました。薬屋で頭に載せていた籠が満杯になってかつげなくなり、このお屋敷に来るとさきほどまではありがたくも客としてもてなしてくださいました。このご恩は一生忘れません。これがわたしの身の上話です」

荷かつぎやが話し終えると、ゾベイダは満足げな顔でこう言いました。

「あなたはゆるしてあげましょう。さあ、行きなさい。もうここに来てはいけません」

「待ってください」と荷かつぎやが泣きつきました。「お願いですから、ここにいさせてください。ほかのみなさんはわたしの話をお聞きになりました。わたしもみなさんの話を聞きたいのです」

荷かつぎやはこう言うと、身も凍る思いから解きはなたれた喜びにうきうきしながら、長椅子のはしに腰をおろしました。

荷かつぎやの次に、遊行僧のひとりが屋敷の女主人ゾベイダに話しかけました。身の上を物語るように申しわたしたのは、ゾベイダだったからです。

第一の遊行僧はみずからの身の上を話しはじめました。

王子である第一の遊行僧の話

わたしが右の眼を失い、遊行僧の衣服をまとうことになったいきさつをお話しいたしましょう。わたしは王の息子として生まれました。父なる王には隣国を治める弟があり、その人にも息子と娘がおりました。おじの息子はわたしと同じ年ごろだったのです。

王子としての修養をおさめますと気儘《きまま》にすごすことがゆるされましたので、毎年、隣国を訪問しては一、二か月ほどおじの宮廷に滞在し、そのあとで父のもとに戻ることにしておりました。こうして何度も行き来をするうちに、いとこにあたる隣国の王子とたいそう親しくなったのです。最後の訪問では今までにない歓迎ぶりでして、時間をかけて念いりに準備した宴の席をもうけてくれましたので、ゆったりと食事を楽しんだのです。

「兄上」といとこが言いました。「兄上が国に戻られてから、心をかたむけてきたことがあるのです。この一年間というもの、かねてよりの夢をかなえようとして大勢の人を使ってきました。ちょっとした家を造っていたのですが、ようやく完成して今すぐにでも住めるようになりました。兄上にもお見せしましょう。しかしながら前もって誓っていただきたいことがあるのです。このことは秘密にして誰にも口外せず、わたしへの信義をとおしてください。このふたつの約束をくれぐれも守ってほしいのです」

いとことはかたい友情で結ばれていましたから、わたしは一も二もなしに誓いをたて、いとこが望んだとおりの約束をかわしました。

「それでは」といとこが言いました。「ここにいてください。すぐに戻ってきます」

このことばどおり、いとこはすぐに帰ってきました。見ると、豪華な衣装に身をつつんだ世にもまれな美人が一緒なのです。いとこはその女の身元をあかしませんでしたし、わたしとしてもあえて尋ねなかったのです。わたしたちは女ともども卓につき、とりとめもない話に花を咲かせながら杯を干してはたがいの健康を願ったのでした。やがていとこがわたしにこう言いました。

「兄上、もうあまり時間がありません。ついてはこのご婦人をともない、円蓋の形をした新しい廟《びょう》があるところまで行ってください。場所はすぐにわかります。入り口が開いていますから中に入ってわたしを待っていてください。すぐに参ります」

わたしは誓いのことばどおり、何も詮索しませんでした。そして女にわが腕をさしだすと、いとこたる王子から聞いたとおりの方角をめざしました。煌々とした月明かりのおかげで、道を見失うこともなかったのです。わたしたちがめあての廟に到着すると思うまもなく、後からやってきたいとこの姿が現れました。手には水を満杯にした壷と小さな鍬《くわ》、それに漆喰《しっくい》をいれた小袋を持っているのです。

いとこは鍬をつかって廟の中にある空《から》の墓を掘りだしました。ひとつ、またひとつと石をとりのけては、隅に置いていくのです。すべての石をとりのけると、今度は地面を掘っていきました。やがて墓の下にあった揚げ蓋が見えてきました。いとこが蓋を開くと、そこにはらせん階段があってずっと下へと続いているのです。いとこが女に声をかけました。

「さあ、ここを降りれば話していた場所に行ける」

彼女はこのことばを聞くと、階段に近づいて降りていきました。いとこも続いて降りようとしましたが、わたしのほうをふり向くとこう言ったのです。

「兄上、いろいろと手助けしていただいて感謝のことばもありません。ここでお別れです」

わたしは驚いて声をあげました。「えっ、どういうことだ?」

「ここまででけっこうです。来た道を戻ってくださいませんか」……


ここで夜が明けたのでシェヘラザードはお話をやめました。シャフリヤール王は起床しましたが、王子と女の真意がひどく気になっていました。二人ともいそいそと地下に降りていったように思えたからです。シャフリヤール王は、続きを聞きたくてそわそわしながら翌晩を待ちました。

第三十八夜

翌日の夜が明ける前、ディナールザードはシェヘラザードに声をかけました。「お姉さま、おやすみでないのなら第一の遊行僧の物語の続きを聞かせてください」

シャフリヤール王もシェヘラザードに向かってその物語を続けてよいと言いましたので、シェヘラザードは次のようなお話を語りはじめました。「おくがたさま、と遊行僧はゾベイダに向かって話し続けました」

……いとこはそれ以上何も言いませんでしたので、わたしとしても別れを告げるよりしかたがありませんでした。おじの宮殿に戻りましたが、酒のせいで頭がぼんやりとしておりました。それでもどうにか自分の部屋に入って寝台にもぐりこんだのです。翌朝、目がさめると昨晩の一件について考えてみました。なんとも不思議な話でしたから、夢を見ていたのではないかと思ったのです。

どうにもわけがわからなかったので、いとこのもとに人を遣《や》ってようすを確かめてみました。戻ってきた者が言うには、昨晩、いとこは自室では寝ておらず、消息がわからずに誰もが心配しているのでした。これではっきりしました。墓場での不思議なできごとは本当だったのです。わたしはあまりのなりゆきにどぎまぎし、人目を避けてこっそりと公共の墓地に足をむけました。昨日、目にしたような墓がたくさん並んでいます。わたしはひとつ、またひとつと墓を見てまわりましたが、めあての墓を見つけることはできませんでした。こうして四日がむなしくすぎていったのです。

これらすべては、おじたる国王が不在のおりに起こりました。おじは狩にでかけて数日前から王宮にはいなかったのです。わたしはおじの帰還を待つ気分になれず、突然の出立をわびるよう大臣に頼むと父王のもとをめざしました。これほど長くおじの宮廷にとどまったことはありませんでした。大臣たちは王子の身になにがあったのかわからずに困惑していましたが、秘密を守ると誓ったからには彼らの心配をとりのぞくこともできず、見たことや聞いたことを話すわけにもいかなかったのです。

やがて住みなれた父王の都に到着しました。ところがいつもとはようすが違って、王宮の門に番兵がたむろしているのです。王宮に入ろうとすると、番兵がわたしをとりかこみました。わけを尋ねますと、隊長が答えました。

「若さま、軍からおふれがでました。今の国王はあなたの父上ではなくて宰相なのです。お父上はすでに亡くなっております。新王の名においてあなたを捕えます」

番兵はこう言うとわたしを捕えて暴君のもとへとひったてていきました。おくがたさま、どうかわたしの驚きと悲しみをお察しください。

謀反人の宰相は、かねてよりわたしに悪意をいだいておりました。年端もゆかぬころ、わたしは石弓を愛好しておりまして、ある日のこと、王宮のテラスから矢を放って近くにいた小鳥を射たことがありました。しかし矢は逸れ、不運にも自宅のテラスでくつろいでいた宰相の片目をつぶしてしまったのです。わたしはすぐに人を遣って詫びをいれました。それだけではなく、みずから出向いて謝罪したのですが、宰相は決して恨みを忘れず、おりあらば思い知らせてくれようと決めていたのです。そして権力の座についた今、残忍なやりかたで積もる恨みを晴らそうとしました。宰相はわたしの姿を見るやいなや、怒りにわれを忘れて近づいてきました。そしてわたしの右目に指をつっこむと、えぐりとってしまったのです。わたしが一眼を失ったのはこのようなわけなのでございます。

簒奪者の暴虐ぶりはここで終ったのではありません。おじはわたしを櫃に閉じこめて人里はなれた場所まで運んでいき、首をはねて遺骸は鷲や鷹のえさにせよと命じたのです。処刑人と人夫がわたしをいれた櫃を馬に乗せて辺鄙《へんぴ》な場所へと運び、簒奪者の残虐な命令を実行することになりました。しかしわたしが涙を流しながら命ごいをいたしますと、相手の心にあわれみが湧きあがったのです。

「お行きなさい」と処刑人が言いました。「一刻もはやくこの国から出るのです。二度とここに戻ってはいけません。そのようなことをすれば若さまもわたしも身の破滅です」

わたしは役人の温情に感謝し、ひとりになると、片目を失っただけですんだのだと思って自分を慰めたのでした。

このような身ではさほどの道のりを行くことはかないません。昼のあいだは人目を避けて身をひそめ、夜になると力が続く限り先を急ぎました。こうしてついにおじの国にたどりつき、都をめざしたのです。

わたしはおじに、悲劇にみまわれてまい戻ってきたことを話し、どうしてこのように無残な姿になってしまったかを伝えました。

「ああ、なんということだ！」とおじは声をあげました。「息子を失っただけではたりず、心から慕っていた兄の死まで知らされるとは！　それにそなたの痛々しい姿は見るにたえない」

おじは、八方手をつくして探したにもかかわらず王子の消息が杳《よう》としてわからず心配でたまらないと言うと、わっと泣きだしてしまいました。わたしはおじの悲嘆ぶりに心を奪われてしまい、あの秘密を胸にしまっておくことができなくなりました。そこでいとことの約束にそむいて、知る限りのことをおじにうちあけたのです。

おじは少しばかり穏やかな表情になるとわたしの話に耳をかたむけてこう言いました。

「わが甥よ、今の話でいささかなりとも希望が見えてきた。息子が墓を造らせたことは知っている。どのあたりかの見当もつく。そなたがすっかり忘れてしまわないうちに探せば見つかるだろう。だが息子は墓を造っていることを口外しなかったし、そなたにしても秘密を守る誓いをたてている。誰にも言わず、二人だけで探すことにしよう」

このときには口にしませんでしたが、おじにはもうひとつ、一件を秘密にしておきたい理由があったのです。それがどれほど重いものか、今から物語る話をお聞きになればおわかりになりましょう。

わたしたちは身分をかくすと、野外へと通じる庭園の門を出でました。やがて探していた場所に着きますと、ありがたいことにめあての墓を見つけることができたのです。わたしは喜びました。以前は長い時間をかけたのに、どうしても見つけられなかったからです。

墓の中に入ると、階段の上にある鉄の蓋が閉まっていることに気づきました。蓋をあけるのは一苦労でした。先に話した水と漆喰を使って、いとこが内側から目張りしていたからです。しかし最後には蓋をあけることができました。

おじが先にたち、わたしはそのあとについて五十段ほど階段を降りていきました。階段を降りきると控え室を思わせる部屋があったのですが、濃い煙とひどい臭いがたちこめており、豪華なランプから漏れる光もかすんで見えるのです。

わたしたちはこの部屋をとおりぬけて、もうひとつの広い部屋に入りました。太い柱が建っており、いくつかのランプで明るく照らされています。部屋の中ほどには貯水槽があり、その片側にはいろいろな食品がならんでいました。しかし驚いたことに部屋には誰もいないのです。正面にある壇は床面から数段も高くなっており、さらにその上は大きな寝台になっていて天蓋からはとばりが降りていました。おじが段をのぼってとばりをあけると、寝台には王子とあの女が横たわっておりました。なんと二人とも焼け焦げて炭となっているのです。まるで大火の中に投げこまれ、あとかたもなく消えてしまう寸前にとりだされたかのようでした。

わたしは凄まじい光景を前にして震えあがってしまいました。しかし何よりも仰天したのは、変わりはてた息子をまのあたりにしたおじのようすでした。おじは悲しむどころか、遺体の顔に唾をはくと怒りの形相もすさまじくこう言ったのです。

「現世での罰はこれだけだが、来世ではとこしえの罰を受けるだろう」

おじはこう言うだけでは満足せず、履きものを脱いで手に持つと遺体の頬を思いきりたたいたのです……

「王さま」とシェヘラザードが言いました。「夜が明けます。残念ながらこれ以上お聞かせすることはできません」

第一の遊行僧の物語はまだ終っておりませんし、とても不思議な話に思えましたから、シャフリヤール王はこの続きを明日も聞こうと思いながら起床したのです。

第三十九夜

翌日、ディナールザードはいつもよりもずっとはやい時刻に起きあがるとシェヘラザードに声をかけました。「お姉さま、おやすみでないのなら第一の遊行僧の話を聞かせてください。最後を知りたくてたまらないのです」

「わかりました」とシェヘラザードは答えました。「第一の遊行僧はゾベイダに次のようなお話を語りました」

……おくがたさま、おじが死んだ息子をたたくのを見たとき、わたしがどれほど驚いたか、ことばで言いつくすことはできません。

「おじ上、この無残な光景に身も心も震えあがってはおりますが、お尋ねしたいことがあります。わがいとこはどのような罪を犯したのでしょう？　死してのち、どうしてこのようなあつかいを受けるのでしょう?」

「わが甥よ」とおじが答えました。「息子と呼びたくもないが、あれは子どものころから自分の妹をたいそう愛していた。妹も兄を慕っていた。わたしは血をわけた二人が仲良くするのをとめたりはしなかった。まさかこのように破滅的な事態になろうとは思わなかったのだ。いったい誰が予想できただろう?

兄妹の仲は年とともに親密となっていったので、わたしは二人が行きつく果てを思っておののいた。二人をとめようとして息子を呼びつけてきびしく叱り、よこしまな情熱のせいで一族が永遠にこうむる汚名のことを考えろとせまった。娘にも同じことを申し伝えて外には出さぬようにしたので、妹は兄とことばを交わすこともできなくなった。だが不幸な娘は恋の毒におかされ、わたしが講じた策も慕情を募らせるだけだった。息子は妹の思いに応えようとした。墓を造るという名分に隠れて地下室を用意し、妹を連れこんで道にはずれた思いを遂げようとしたのだ。

息子はわたしの不在に乗じて、妹のもとに忍びこんだ。あまりにも恥知らずなおこないゆえ、わたしは誰にもこのことを言わなかった。息子はこの不行跡のあと、二人でここにこもった。そなたも見たように食料のたぐいを運びこみ、誰もが目をそむけるまがまがしい快楽を味わいつくそうとしたのだ。だが神はこのような悪行をおゆるしにはならず、二人の罪を罰せられたのだ」

こう言いおわるとおじは泣き伏してしまい、わたしももらい泣きをしたのでした。

ややあっておじはわたしに目を向けました。

「わが甥よ」と言うとおじはわたしをかき抱きました。「不品行な息子をなくしたが、さいわいなことに実の息子にまさる息子がここにいる。今からはそなたを息子としよう」

そしてわたしたちは不幸な最期をとげた王子と王女を偲び、新たな涙にむせんだのです。おじとわたしはふたたび階段を登り、陰惨な場所をあとにしました。揚げ蓋を閉めると墓場の土や石で覆い隠し、神の怒りを思って怖れおののいたのでした。

不在にしていたことを誰にも気づかれずに王宮に帰りついたかと思うまもなく、ラッパや銅鑼や太鼓、武器の音が騒々しく鳴りひびきました。たちまちのうちに砂煙がたちこめてあたりが暗くなり、大軍が町にやって来たという知らせを受けました。わが父を王位から追いおとし、国を奪ったあの宰相が大勢の兵士をひき連れ、おじの王位までわがものにしようと攻めよせてきたのです。

おじの近くにはいつもの護衛兵しかおりませんでしたから、多勢に無勢でとても支えきれるものではありません。敵が町をとり囲むと抵抗もなしに城門が開き、町はあっというまに敵の手に落ちてしまいました。敵兵は王宮になだれこみ、必死の防戦につとめるおじもついには命を奪われてしまったのです。わたしは力が続く限り戦いましたが、とてもたちうちできる敵の数ではありませんでしたから、難を逃れることに決めたのです。裏道を抜け、忠誠心の篤いおじの部下に助けられながら、運よく敵地から脱出することができました。

悲しみにくれ運命に追いたてられながら、わたしは生き残るためにただひとつ残された方法をとらなくてはなりませんでした。そして髭と眉毛を剃りおとし、遊行僧の衣服をまとったのです。誰に見咎められることもなく、わき道を抜けておじの国から出ることができました。人里を避けて道を進み、信徒の長にして栄光に満ちたカリフさま、威光あまねきハールーン・アッラシードさまがしろしめす帝国へと足をふみいれてようやく胸をなでおろしたのでございます。わが身の行く末を案じまするに、バグダードの都にのぼり、仁君のほまれたかきカリフさまのお慈悲にすがるにしくはありません。

「自分の身にふりかかった驚くべき運命をカリフさまのお耳にいれ、あわれみを乞うてみよう。必ずや不憫と思し召し、救いの手をさしのべてくださるにちがいない」。わたしは、そうひとりごちたのでございます。

そうしてさらに何か月もかけて先を急ぐほどに、本日、バグダードの城門にいたりました。空がたそがれるころに城内に入り、しばしのときをかけて心をおちつかせながら、さてどちらの方角に向かおうかと思案しておりますところに、わたしの側《そば》におりますこれなる遊行僧がやってきたのです。彼が挨拶してきましたので、わたしも挨拶を返しました。

「お見かけするにわたしと同じく旅のかたと察しましたが」と、ことばをかけますと、遊行僧はそのとおりですと答えました。彼がこの答えを口にするのと同時に、また別の遊行僧がこちらにやって来ました。その遊行僧はわたしたちに挨拶をし、自分も旅の空にあり、バグダードに着いたばかりだと言ったのです。こうしてわたしたちは三人となり、共にいようと約束しあったのでした。

すでに遅い時刻となっておりましたし、みよりのない他郷にあって夜をすごす場所もありません。しかしながらよき縁にみちびかれ、このお屋敷の門前へとたどりついたのです。思いきって扉をたたきますと、みなさまがたが善意の限りをつくしてもてなしてくださいました。このご恩にはどれほど感謝してもしきれるものではございません。おくがたさま、お申しつけのとおり、わたしが右目を失ったわけ、髭と眉毛を剃りおとしたわけ、そしてこのお屋敷におりますわけをお話しいたしました。

「とてもおもしろいお話でした」とゾベイダが言いました。「どこへなりと、お好きな場所に行ってくださってかまいません」。第一の遊行僧は礼をのべると、決して離れないと約束した二人の兄弟僧、そして残る三人の物語を聞くため、この場にとどまらせてほしいと懇願しました……

「王さま」とシェヘラザードが言いました。「夜が明けます。第二の遊行僧の物語をお聞かせすることができません。明日もお話を聞かれるのでしたら、第一の遊行僧と同じくらいおもしろいものになりましょう」。シャフリヤール王はこれに同意し、起床すると朝議へとおもむきました。

第四十夜

ディナールザードは、第二の遊行僧の物語も最初のものと同じくらいおもしろいにちがいないと思い、夜が明ける前にシェヘラザードに声をかけました。

「お姉さま、おやすみでないのなら、お約束の話を聞かせてください」

シェヘラザードはシャフリヤール王に向かって、次のような話を語りはじめました。


……第一の遊行僧の話を聞いたひとびと、なかでもカリフさまは不思議な物語にいたく心を動かされたようでした。白刃を手にした黒人奴隷がいるにもかかわらず、カリフさまは低い声で宰相のジャアファルに話しかけました。

「これまでに数多くの話を聞いてきたが、あの遊行僧の話のようなものを耳にするのははじめてだ」

カリフさまが話しているあいだに、第二の遊行僧がゾベイダに声をかけました。

王子である第二の遊行僧の話

おくがたさま、お申しつけどおり身の上を語らせていただきます。いかなる不思議な縁によって右の目を失ったか、今からお話しいたしましょう。

ようやくものごころがつこうかという年ごろになると、父なる国王がわたしの才気をみとめて、十全の勉学ができるようにはからってくれました。つまり、わたしは王子なのです。父王は国中から学問や芸術にぬきんでたひとびとを集めてわたしにつけてくれました。そのおかげで、読み書きをおぼえるとすぐにコーランを最初から最後までそらんじてしまいました。まことコーランには、われらが宗教の基礎と戒めと決まりごとのすべてが記してあるのです。

わたしはさらに深い理解をもとめて世に名高き学者たちによる注釈書に親しみました。預言者さまの身近にいた人たちが伝えたことばをまとめた書についても学びました。宗教についての知識だけでは満足できず、歴史の勉学にもはげみました。散文や詩、韻律についても奥義をきわめたのでございます。地理書や年代記にも通じ、完璧なアラビア語を身につけ、王子として定められた鍛錬もおろそかにはいたしませんでした。しかしながらなににもまして意をそそぎ、成果を得ることができたのはアラビア語の書道でありました。わたしの手跡は、誰もが褒めそやす名筆家をもしのぐほどでありました。

こうしてわたしは身にあまる名誉につつまれました。父王が治める領内のみならずインドの国まで名声が届いたのです。インドの大王はぜひともわたしに会いたいというので、山ほどの贈りものを持った使節をよこしました。使節が、わたしをインドにむかわせるよう父王に懇願いたしますと、父はたいそう喜びました。わたしの年ごろの王子にとって異国の宮廷を訪問するにまさる経験はなく、父王にとってもインド王と友情を結ぶまたとない機会だと思ったのです。めざす場所ははるかかなたでありますので、わたしはわずかばかりの従者を連れるとインド王の使節とともに生国をあとにしたのです。

国をたってひとつきがすぎたころ、かなたに砂塵がまきあがりました。と、砂煙の下には武装した五十騎の盗人がいるではありませんか。全速力でこちらにむかってきます……

ここでシェヘラザードは夜が明けたことに気づいて、シャフリヤール王にそのことを伝えました。シャフリヤール王は起床しましたが、五十騎の盗人とインド王の使節のあいだになにがあったかを知りたくてうずうずしていましたから、明日も話を聞くことにしたのです。

第四十一夜

翌日、ディナールザードはもうすぐ夜が明けようとするころに起床しました。

「お姉さま、おやすみでないのなら第二の遊行僧の話を続けてください」

シェヘラザードは次のようなお話を語りはじめました。「おくがたさま、と遊行僧はゾベイダに向かって話し続けました」

……わたしたちは十頭の馬にインド王への贈り物や荷物を積んでおりましたし、供の者もあまりおりませんでしたから、今さら申しあげるまでもなく盗人たちは怖れることなくこちらに近づいてきました。争ったところでかなうわけもありませんから、自分たちはインド王の使節である、しかるべき敬意をもってあつかってほしいと述べました。積荷も命も奪われないだろうと思っていたのですが、盗人らは鼻先で笑いながらこう答えたのです。

「どうしてインドの王に敬意をはらわなくてはならないのか？　おれたちはインド王の民ではないし、その領土にいるわけでもない」

彼らはそう言うとわたしたちをとりかこんで襲いかかってきたのです。わたしは力の限りに戦いましたが傷を負ってしまいました。インド王の使節も供の者たちも息絶えて地に倒れ伏しているのです。わたしは、やはり深傷《ふかで》を負っていた馬をはげましながら盗人の一団から逃げだすと、死にものぐるいで馬を駆けさせました。しかし馬は、疲れと出血にたえかねてどうとばかりに斃《たお》れるとそのまま死んでしまったのです。わたしはすぐに馬から離れましたが、追っ手の姿は見えません。盗人どもは略奪品にむらがっているのでしょう……

ここでシェヘラザードは、夜が明けたことに気づいてお話をやめました。

「お姉さま！」とディナールザードが言いました。「このお話を最後まで聞けないとは、なんと残念でしょう」

「もう少しはやく起こしてくれていたら」とシェヘラザードが答えました。「もう少しお話しできたと思います」

「明日の朝はもっと早く起きます」とディナールザードが言いました。「わたしが寝坊したせいで、王さまにお話をお聞かせできなかった罪ほろぼしをしなくてはなりません」

シャフリヤール王はなにも言わずに起床すると、いつもどおり朝議へと向かいました。

第四十二夜

翌晩、ディナールザードは昨日よりも早い時刻にシェヘラザードに声をかけました。

「お姉さま、おやすみでないのなら第二の遊行僧のお話を聞かせてください」

「わかりました」とシェヘラザードは答え、次のような話を語りはじめました。「おくがたさま、こうしてわたしは、と遊行僧は話し続けました」

……ひとりぼっちになりましたが、傷を負っているのに助けてくれる人もおらず、見知らぬ国にとり残されてしまいました。ふたたび盗人の一団に出会うことをおそれて大きな道には戻らないことにしました。それほど深い傷ではありませんでしたので布で縛ると、日が暮れるまで歩き続け、とある山にわけいりました。ふと見ると洞窟の入り口がありました。わたしは洞窟に入ると、道すがら集めてきたわずかばかりの果物を口にし、いささかなりとも心安らかに夜を明かすことができました。

翌日もその次の日も歩き続けましたが、どこで足をとめればいいものやらわかりません。歩き続けてひとつきがたったころ、大きな町に着きました。この町はとてもいい場所にありまして何本かの川にかこまれているため、いつまでたっても春のままなのです。

目の前に広がるここちよい景色のおかげでようやく穏やかな気分になり、わが身の不運をひとときなりとも忘れることができました。顔も手も足も日に焼けて黒ずみ、長旅のせいで履きものも破れてしまったのではだしで歩くよりありませんでしたし、身にはぼろをまとうだけというありさまでした。

町に入ってここがどこかを確かめようと思い、仕立屋の店に行きました。仕立屋はぼろをまとった若者を見て不思議に思い、そばの椅子をすすめてくれました。そしてわたしの身分と、どこからどうやってここに来たのかを尋ねました。わたしはつつみかくさずにすべてを話し、身元をいつわることもありませんでした。

仕立屋は耳をかたむけておりましたが、わたしが話し終えますと慰めのことばをかけるどころか、心配の種を増やすようなことを言いました。

「用心してください。今、お話しになったことは、決して誰にも言ってはいけません。この国の王さまは、若さまの父君とは不倶戴天《ふぐたいてん》の仇敵なのです。若さまがこの町にいるとわかれば、必ずや手出しをしてくるでしょう」

わたしのことを若さまと呼んだ仕立屋のことばはまったくの真実ではありますが、父王とこの国の王の不仲は、このたびの身の上話とは関係がありませんから物語を先にすすめましょう。

わたしは仕立屋の忠告に感謝し、あなたのことばどおりにします、今回の恩は忘れませんと言いました。仕立屋は、さだめしひもじい思いをされているでしょうと言って、食べ物を持ってきてくれました。さらに自分の家で暮らしてはどうかともちかけてくれましたので、世話になることにしたのです。

町に着いて数日がたちますと仕立屋は、つらい長旅にうちのめされていたわたしの疲れも癒えたと見てとりました。さらに、われらが宗教を奉ずる貴公子は、運命の転変にみまわれたさいにも、技量をいかして暮らしていけるように手に職をつけておくのがならわしとなっておりますから、誰かの世話にならずにひとりで暮らしていけるような技術を持っているかと尋ねてきました。わたしは、自分は人の法と神の法を学び、作詩術を身につけ、なかでも書道にかけては並ぶものがない腕を持っていると答えました。

「そのようなことでは」と仕立屋が答えました。「この国ではひとかけらのパンさえ手に入りません。ここではそういった学問は役にたたないのです。わたしの言うことをきいれてくださるのなら、すその短い服に着替えてください。お見かけしたところ、力もありそうだしりっぱな体をお持ちです。近くの森まで行って薪《たきぎ》を集めておいでなさい。市場で売ればちょっとした稼ぎになります。人の世話にならずともひとりで暮らしていけます。いずれは風向きも変わるでしょう。いい風が吹けば、身分を隠して暮らすような悪運をもたらした雲を吹き飛ばしてくれます。わたしが綱と斧を探してきましょう」

わたしは身元を知られるのが怖くもありましたし、日々の糧を得なくてはなりませんでしたから、仕立屋のすすめどおりに身をやつして骨折り仕事につくことにしました。翌日、仕立屋は綱と斧、すその短い服を持ってくると、薪を集めてよすぎをしている貧しいひとびとのもとまでわたしを連れていき、口ききをしてくれたのです。

わたしは彼らについて森に入り、最初の一日で頭のうえに載るだけの薪を持ち帰ったところ、金貨半枚もの値がつきました。森は町からそれほど離れてはいなかったのですが、木を伐るためにわざわざ森に行こうという人はほとんどおりませんでしたから、町ではそれなりの値がついていたのです。こういうわけですぐ小金ができましたので、仕立屋がわたしのために使った金を返すことができました。

こうして木を伐りながら一年がすぎました。ある日のこと、いつもよりもさらに深く森の奥へと入っていきますと、とてもここちのよい場所を見つけましたので、そこで薪を集めておりました。とある樹の根もとをさぐっておりますと、金属製の環に気づきました。やはり金属でできた揚げ蓋にくっついているのです。揚げ蓋の上の土をはらいのけて蓋を開けてみると階段が見えましたので、斧を手にしたまま下に降りていきました。

階段を降りきってしまうと、そこは豪壮なお屋敷になっているのです。煌々とした光に照らしだされたようすは、まるで地上にあるかのごとくでしたのですっかり驚いてしまいました。広間へと進み、たち並ぶ碧玉《へきぎょく》の柱はと見れば、基壇も柱頭も黄金でできているのです。しかしながら世にもまれな美女が、優美な身のこなしの中にも凜《りん》とした気品をたたえながらこちらに向かってくるのを見たとたん、わたしの目はその人に釘づけとなってしまいました……

ここでシェヘラザードは夜が明けたことに気づいてお話をやめました。

「お姉さま」とディナールザードが言いました。「なんとおもしろいお話なのでしょう。この続きもきっとわくわくするのでしょうね」

「そのとおりです」とシェヘラザードが答えました。「第二の遊行僧の話の続きは、今までにお聞かせしたすべての物語にもまして王さまのお耳にいれるにふさわしい物語です」

「そうなのか?」とシャフリヤール王は言いながら起床しました。「明日になればわかるだろう」

第四十三夜

ディナールザードはこの日もたいそう早く起きました。

「お姉さま」とディナールザードはシェヘラザードに声をかけました。「おやすみでないのなら、地下のお屋敷で貴婦人と王子のあいだになにがあったのかをお聞かせください」

「もちろんです」とシェヘラザードは答えました。「お聞かせしましょう。第二の遊行僧はお話を続けました」

……その貴婦人がこちらまでこなくてもすむようにと、わたしは急いで彼女のもとに行きました。頭を低くさげて尊敬のこもった挨拶をおくると、彼女が尋ねてきました。

「あなたはどなた？　人間ですか？　それともジンですか？」

「人間です、おくがたさま」とわたしは頭をあげながら答えました。「ジンとは何のかかわりもありません」

「いったいどうやって」と彼女は大きく息をのみながらことばを続けました。「ここまで来られたのですか？　わたしはここに二十五年間も暮らしているのです。人間に会うのはあなたがはじめてです」

わたしは、彼女のあまりの美しさにくらくらとなっておりましたし、しとやかで丁寧な物腰にすっかり骨抜きになってしまい、口をすべらせてしまいました。

「おくがたさまのご質問にお答えするよりさきに、申しあげておきたいことがございます。こうして思いもかけずにお目にかかれましたことを心から感謝しております。おくがたさまにお会いできたおかげで、悲嘆のさなかにありながら心を覆う雲も晴れ、おくがたさまにおかれましても、今にまさる楽しき時をおすごしになれるものと存じます」

それからわたしは、わが身にふりかかった不思議なできごとをもの語り、王の息子である自分がこのような身なりで彼女の前に現れたいきさつ、華麗に飾られてはいるがもの憂げな密室への入り口を見つけたことを話したのです。

「まあ、若さま!」と、今度も大きなため息まじりで彼女が言いました。「おことばのとおり、飾りたてられた部屋にいるのに愁いに沈むこともあるのです。この世でどこより楽しい場所であっても、わが心にさからったものであればどうしてうきうきとすごせましょう。

貴重な黒檀の木が豊かにおいしげる島、黒檀島の王エピティマルスのことは、お聞きおよびでしょう。わたしはエピティマルス王の娘です。父王はわたしをいとことめあわせました。ですが婚礼の初日、黒檀島の宮廷でも都でも祝宴がたけなわというそのとき、わたしが花婿のもとにとおされるより前にジンがわたしをさらってしまったのです。

わたしは気が遠くなってしまい、まったく何もわかりませんでした。気がついたときにはここにいたのです。長いあいだひとりぼっちで泣き暮らしておりましたが、ときがたつにつれてだんだんとジンを受けいれるようになりました。先ほど申しあげたとおり、ここに来て二十五年がたつのです。この場所では、暮らしの品はすべて手に入りますし、服や飾りものにしか興味のない貴婦人を喜ばせるすべてがそろっているのです。

ジンは十日に一度、ここでわたしとともに一夜をすごしますが、それ以上の長居をすることはありません。ジンにはほかの妻がおり、不義を知ればやきもちをやくだろうからと言いわけをするのです。そのかわり、わたしがジンに会いたくなれば、昼でも夜でも部屋の入り口にかけてある護符にさわればジンはすぐに現れるのです。

ジンがここに来たのは四日前ですから、あと六日はやって来ません。若さまさえよろしければ、五日のあいだわたしとともにすごすこともおできになります。若さまの身分とお人がらにふさわしいおもてなしをいたしましょう」

わたしは、身にすぎる好意がかえってきたのですっかりまいあがってしまい、貴婦人の申し出をことわるなど考えもおよびませんでした。貴婦人はわたしを浴場に案内してくれました。ゆったりとしたここちのよい浴場は、造りといい調度といい、どれをとってもこれ以上は想像もできないほど豪華なのです。湯浴みを終えますと、わたしがそれまで身につけていた衣服ではなくて、たいそうりっぱな衣装が用意されていました。彼女との逢瀬にふさわしい豪華な服なのです。

わたしたちが腰をおろした長椅子には、贅沢な敷物とインド渡りの金襴地でしたてられたクッションが置かれていました。しばらくすると彼女は、こった料理をよそった皿を卓のうえに並べました。わたしたちは食事を楽しみ、日が暮れるまでともにときをすごしたのです。そして夜になると、彼女はわたしを寝台へといざないました。

翌日も彼女はあらゆる手をつくしてわたしを楽しませようとし、夕食時になると年代もののワインを持ってきました。今まで口にしたことのない馥郁《ふくいく》たる味わいなのです。彼女もわたしにつきあって、ともに杯をかさねました。美酒に酔って頭がぼうっとなってきたころ、わたしは彼女に話しかけました。

「きれいなおかた、地下室での長居がすぎるのではありませんか？　一緒に外に出ましょう。ずっと見られなかった昼の光を楽しまなくてはなりません。この地下室を照らす偽ものの光など忘れてしまいましょう」

「若さま」と彼女が微笑みを浮かべながら答えました。「気になさらないでください。昼の光などどうでもよいのです。十日のうち九日を一緒にすごせるではないですか。十日めにジンと会えばいいだけなのです」

「いとしい人」とわたしは答えました。「ジンが怖くて遠慮しているのですね？　わたしはジンなど怖くありません。上に刻まれている呪文もろともあの護符をめちゃくちゃにしてしまいましょう。ジンが出るなら出ればよい。どれほど強くても一発おみまいしてやります。ジンというジンを退治すると誓いましょう。まずはこてだめしです」

彼女はなりゆきをさとり、護符はどうかそのままにしておいてくださいとすがってきました。

「そのようなことをすれば二人とも殺されます。ジンのことならわたしのほうがよく知っているのです」

わたしはすっかり酔っていましたから、彼女がとく道理がわからなかったのです。わたしは護符を足で踏みにじるとずたずたにしてしまいました……

ここでシェヘラザードは夜が明けたことに気づいてお話をやめ、シャフリヤール王は起床しました。しかし王は、護符をずたずたにしたせいで何かが起こるだろうと確信しておりましたので、お話の続きを聞くことにしました。

第四十四夜

ディナールザードは夜が明ける少し前に目をさまし、シェヘラザードに声をかけました。

「お姉さま、もしおやすみでないのなら、地下の宮殿で貴公子が護符を破いたあと何が起こったのかをお聞かせください」

「お話ししましょう」とシェヘラザードは答え、すぐに第二の遊行僧の物語を話しはじめました。

……護符が破られるやいなや、今にもくずれそうなほどに宮殿が揺れはじめ、雷鳴を思わせるおそろしい音が響いて稲光が走ったかと思うと、あたりはまっ暗になりました。大音響のせいでたちどころに酔いもさめ、分別が戻って自分がしでかしたことの愚かしさに気づいたのですがすでに遅すぎたのです。

「おくがたさま！」とわたしは叫びました。「どういうことでしょう？」

彼女はすっかりおびえながらも、自分の不幸など気にもとめずに叫びました。

「今すぐ逃げてください！　殺されてしまいます！」

わたしは彼女の言うとおりにしたのですが、あまりに恐ろしかったので手斧とバブーシュ[23]を置き忘れてしまいました。この場所に来るときに使った階段までたどりついたと思うと、魔法の宮殿がぱっくりと開き、ジンが姿を現したのです。ジンは怒りもあらわに貴婦人を問いつめました。

「なにがあった？　どうして呼んだのだ？」

「急に気分が悪くなったのです」と彼女が答えました。「ですからワインの瓶を持ってきたのです。

二、三杯ほど飲みましたら、足もとがふらついて護符に倒れこんだので破れてしまったのです。なんでもありません」
これを聞いたジンは怒りくるいました。

「この恥知らず！　嘘をつくな！　あの手斧とバブーシュは何だ？　どうしてここにあるのだ？」

「今まで気づきませんでした。あまりにあわただしくおいでになったので、どこかをおとおりになるさい、ご自分でも気づかぬうちに持ってこられたのでしょう」

ジンはこれには答えず、ののしりながら彼女をたたきはじめました。その音は、わたしの耳にもはっきりと聞こえてきます。血も涙もないあつかいを受けながら泣き叫ぶ彼女の声を聞いているだけの胆力などあるはずもなく、わたしは彼女が用意してくれた衣服を脱ぎすててもとの服に着替えました。昨日、浴場から出てきたさいに階段にかけておいたのです。

わたしは地上への階段を登り終え、悲しみにおしつぶされそうでした。この災厄をまねいたのはほかならぬこの自分なのでした。しかも地上の誰よりも美しい人を残虐非道なジンの手に残してきたのです。そして、この世の誰よりも罪深い恩知らずになってしまったのです。わたしは自分に言い聞かせました。

「あのかたは二十五年間も地下室に閉じこめられていたが、自由になりたいという願いを別にすればこれといった望みなど持っていなかった。自分の愚かしいおこないがあのかたの穏やかな毎日を終らせ、残虐なジンのなすがままにしてしまった」

わたしは揚げ蓋を閉めるともとのように土で覆い、薪を担いで町に戻りました。あまりにも気が動転していたので、どうやって薪をくったのかもおぼえていなかったのです。

仕立屋は、わたしを見て大喜びでした。

「若さまの姿が見えなくなって心配していたのです。うちあけてくれたご身分のことがどうにも気がかりで思案にくれていました。誰かが若さまの身元に気づいてしまったのかもしれないと思ったのです。ご無事だったことを神さまに感謝しましょう！」

わたしは彼の深い情けをありがたく思いましたが、自分の身に何がおこったかは話しませんでした。手斧とバブーシュをなくしたいきさつもうちあけなかったのです。わたしは自室にこもると、おのれがしでかした愚行を千回も責めました。

「自分を抑えてあの護符を破りさえしなかったら、あのかたと自分はこれ以上はないほどしあわせだったのに」

わたしが陰鬱な思いに沈んでいると、仕立屋が入ってきました。

「見知らぬ老人が若さまの手斧とバブーシュを持って訪ねてきました。道でひろったそうです。若さまと一緒に森に入ったおなかまからこの場所を聞いたそうです。会ってやってください。自分で返したいと言うのです」

このことばを聞いたわたしはさっと蒼ざめてぶるぶると震えだしました。仕立屋がどうしたのかと尋ねるまもなく、部屋に通じる石畳が開き、見知らぬ老人が案内も待たずにやってきたのです。その手に持っているのはわたしの手斧とバブーシュでした。黒檀島の美しき姫君をさらったあのジンにほかなりません。ジンはあのかたをさんざんにいたぶった後で、老人に姿を変えていたのです。

「おれはジンだ。おれの父は、ジンの王イブリースの王女から生まれたのだ。これはおまえの手斧だろう？　おまえのバブーシュだろう？」……

ここでシェヘラザードは夜が明けたことに気づいてお話をやめました。シャフリヤール王は、第二の遊行僧の物語にたいそう心ひかれておりましたので、続きを聞きたいと思いました。そこで明日もまた話を聞こうと心に決めて起きあがったのでした。

第四十五夜

翌日、ディナールザードはシェヘラザードに声をかけました。

「お姉さま、ジンが王子をどうしたのかお聞かせください」

「お聞かせしましょう」とシェヘラザードは答え、第二の遊行僧の物語を続けました。「第二の遊行僧はゾベイダにむかって話しました」

……ジンはわたしに答える猶予をあたえませんでしたし、わたしとしても答えるような余裕はありませんでした。恐ろしいジンを目の前にして生きたここちもしなかったのです。ジンはわたしの腰のあたりをひっつかむと、部屋の外にひきずっていきました。それから空中に浮かぶと、わたしをつかんだまま一気に天までまいあがり、あっというまに戻っていきました。地面についたジンが足で一蹴りすると大地が割れ、わたしはあの魔法の宮殿にいたのです。目の前には黒檀島の美しき姫君が見えました。ですがなんということでしょう！

その痛ましいありさまはわたしの目に突き刺さりました。彼女は無残にも衣服をはぎとられ、血まみれで床に横たわっていました。半死半生の態でしたが大粒の涙が頬をぬらしています。

「この売女め！」とジンはののしりました。「こいつがおまえの男だろう？」

彼女は苦悩にみちたまなざしをわたしにむけ、悲痛な声をしぼりだしました。

「そのかたは存じあげません。今までお会いしたことはありません」

「なんだと？」とジンが言いました。「おまえがこのような報いをうけているのは、こいつのせいではないか。それなのにこいつのことなど知らないと言うのか？」

「そのかたにお会いしたことはないのに」と彼女が言いました。「亡き者にするため、わたしに嘘を言わせようとなさるのですね？」

「なにを言うのだ」とジンはわめきながら、三日月刀をひきぬいて彼女に突きつけました。

「本当に会ったことがないのなら、この三日月刀でそいつの首をはねろ」

「そのようなことはできません。手をあげるだけの力も残っていないのです。でも、残っていたとしても、どうして知らない人の命をうばえましょう？　しかもそのかたは無実なのです」

「知らぬというそのことばがおまえの罪を語っている」とジンが言いました。それからジンはわたしのほうを向きました。

「おまえはこの女を知っているか？」

自分をこのようなめにあわせた男だというのに、彼女はこれほどのまことをとおしてくれました。ここでわたしが彼女と同じだけの信実を示さなければ、地上の誰よりも不実な恩知らずになってしまいます。

「どうしてそのかたを知っていましょう。今までお目にかかったこともありません」

「それが本当なら」とジンが答えました。「この三日月刀でその女の首をはねろ。そうすればおまえを自由にしてやろう。たしかに今の今までこの女を見たことがないのだろう」

「おっしゃるとおりにいたします」とわたしは答えました。そして三日月刀を手にすると……

ここでシェヘラザードは「王さま、夜が明けます」と言ってお話をやめました。「王さまのご好意をよいことに、これ以上お話を続けるわけにはまいりません」

「なんとも不思議な話だ」とシャフリヤール王がひとりごとを言いました。「王子がジンの指図にしたがうような人でなしなのかどうか、明日になればわかるだろう」

第四十六夜

夜が明けようとするころ、ディナールザードはシェヘラザードに声をかけました。

「お姉さま、もしおやすみでないのなら、昨晩のお話の続きをお聞かせください」

「お聞かせしましょう」とシェヘラザードは答えました。「第二の遊行僧がどうしたのか、すぐにわかるでしょう」


……おくがたさま、わたしが黒檀島の美しき姫君のそばに近づいたのは、残虐なジンの言いつけにしたがうためではありません。目でわが心を伝えたかったのです。彼女の目は、わたしへの愛ゆえに身を滅ぼすのだと語っておりました。わたしも彼女への愛ゆえに命を捨てなくてはなりますまい。姫君はわたしの心をさとってくれました。痛みと苦しみにもかかわらず、感謝のまなざしをわたしへと向けてくれたのです。そして、わたしはあなたゆえに死を選ぶのです、あなたもわたしゆえに死を選んでくださってうれしゅうございますと伝えてきたのです。わたしは後ずさりすると、三日月刀をからりとうち捨て、ジンに言いました。

「このかたを手にかけるなどという卑劣なことをすれば、わたしは永遠に万人から忌み嫌われるでしょう。知らない人を知っているということはできませんし、わたしが目にしているおかたは、すでに魂をゆだねる覚悟をしておられるのです。わたしのことは好きなようにすればよい。あなたの非道な指図にはしたがいません」

「そうか」とジンは答えました。「二人して刃むかうのか。よくも虚仮《こけ》にしてくれたな。だが今からおれの力を思いしらせてやろう」

ジンはこう言い捨てると、三日月刀をふるって彼女の片手を斬り落としました。ですが姫君は、断末魔にあってもう片方の手をふると、わたしに永遠の別れを告げてきたのです。彼女はすでに多くの血を流しておりましたし、あらたな傷のせいでさらに多くの血を失い、最後の一撃を受けてしまうともはや命をつなぐことができませんでした。このありさまを見ていたわたしは、気が遠くなって倒れてしまいました。

やがて気がついたわたしは、どうしてすぐに自分を殺さずにいたぶったのかと、ジンを問いつめました。

「さあ、斬ってください。死の刃を受ける覚悟はできております。最後の一撃こそが、あなたの好意と受けとりましょう」

しかしジンはわたしの申し出を受けませんでした。「不義を疑われた妻をおれたちがどうあつかうか、よくわかっただろう。あいつはここでおまえと会ったのだ。それ以上のことがあったと確信できるのなら、今すぐおまえを殺してしまおう。だが今は、おまえの姿を変えるにとどめよう。犬かロバか獅子か鳥か。どの姿になるか選ばせてやる」

わたしはこのことばを聞くと、ジンをなだめられるのではないかと望みをつなぎました。

「ジンどの、怒りをしずめてください。わが命を奪わぬと言われるのなら、ふところの深さを示してください。わたしを見逃してくださされば、一生ご恩は忘れません。底知れぬ嫉妬心を抱いていた隣人をゆるしたりっぱな男の話もございます」

ジンは二人の隣人のあいだに何があったのかと尋ね、その話を聞いてみようと言いました。わたしがジンに話した物語をここでくりかえしても、おくがたさまのご機嫌をそこねることはないと存じます。

ねたむ者とねたまれる者の話

たいそう大きな町に、隣りあって二人の男が暮らしておりました。ひとりの男はもうひとりを深くねたんでおりましたので、ねたまれていたほうの男は遠く離れた場所に住居を移すことにしました。隣りあって暮らしているということだけが、相手からねたまれる理由だとわかったからです。と申しますのも、ねたまれ男がねたみ男に歩みよろうとしたこともあったのですが、ねたみ男のねたみ心はいっこうに消えなかったからでした。

そこでねたまれ男は家とわずかな家財道具一式を売りはらうと、さほど遠からぬ場所にある都に移り住むことにしたのです。ねたまれ男は、町から半リューほど離れたところにささやかな地所を買いもとめると、広々とした外庭とかなりの大きさがある中庭のついた瀟洒な家をかまえました。中庭には深い貯水槽もありましたが、今は使われていませんでした。

正直者の男はひっこしをすませると、遊行僧の衣を身にまとって世間からは遠ざかりました。そして邸内にいくつかのお堂を建てましたので、時をへずして諸国遊行の僧らが集うことになりました。やがて高徳の士としての評判が世間に広まると、町の人や長老らの尊敬を集めるようになったのです。ひとことで申せば、誰もが彼をうやまって厚く遇したのでした。

自分のために祈ってもらおうというので、遠くからもひとびとがやって来ました。そして祈ってもらった人は誰もがみな、彼の祈りをとおしてどのような祝福を受けたかを口々に言いたてるのでした。こうしてねたまれ男の評判は故郷にまでも広まっていきましたので、これを耳にしたねたみ男はすっかり分別をなくしてしまい、家も稼業もほうりだすとねたまれ男に仇をなそうと心に決めて先を急ぎました。そして、かつての隣人がしきっている僧堂を訪ねましたところ、ねたまれ男はねたみ男を友として丁重にでむかえました。

ねたみ男は、自分がやって来たのはたいせつな用件のためだ、おりいった話だから二人だけで話したいと言いました。「そこでだ」とねたみ男は続けました。「誰にも聞かれないように、中庭まで行こう。夜になればほかの遊行僧は僧堂におひきとり願いたい」

ねたまれ男はこの申し出を受けいれてそのとおりにしました。

ねたみ男はねたまれ男と二人きりになると、お追従《ついしょう》を言いながら中庭をそぞろ歩きました。そして用件をきりだし、ねたまれ男が貯水槽のそばに来たと見るや、彼をつき落としてしまいました。あたりには誰もおらず、このまがまがしい所業を知る者はありません。ことがなったと見るやねたみ男は急いでその場を離れて僧堂の門をくぐり、誰にも見咎められずに自分の家に戻りました。ねたみ男はこのたびの遠出に満足し、ねたましい相手はもはやこの世にはいないと胸をなでおろしたのです。ねたみ男はまちがっておりました……

ここで夜が明けましたので、シェヘラザードはお話を続けることができませんでした。シャフリヤール王は、ねたみ男の悪行にすっかり腹をたてておりました。

「殊勝な遊行僧がひどいめにあわねばよいのだが」とシャフリヤール王は言いました。「明日には、天が彼を見捨てなかったと知りたいものだ」

第四十七夜

「お姉さま」と、目をさましたディナールザードが呼びかけました。「おやすみでないのなら、良き遊行僧が無事に貯水槽から脱けだせたかどうかをお聞かせくださいな」

「お聞かせしましょう」とシェヘラザードが答えました。「第二の遊行僧は物語を続けました」

……この古い貯水槽には妖精やジンがたくさんすみついていたのです。僧堂の長たる遊行僧にとってはまったく運のよいことに、彼らは落ちてきた遊行僧を受けとめると貯水槽の底までそっと運んでいきましたので、遊行僧はかすり傷ひとつ負わなかったのです。遊行僧は下へ下へと落ちていきながらも、不思議なりゆきに気づいていました。ふつうなら命を失っていたでしょう。落ちていくあいだは、何も見えず何の気配もなかったのですが、ややあって声が聞こえました。

「おれたちが助けたこの善人が誰か知っているか？」別の声が知らないと答えると、最初の声の主が言いました。

「では教えよう。この人は世にもまれな隣人愛によって生まれ故郷の町を捨て、この場所に移ってきたのだ。自分へのねたみにとりつかれた隣人の心を救うためだ。ここでは誰からも尊敬されたのでねたみ男はどうにも我慢ができなくなり、この人を亡き者にしようとやって来た。うまくやったのだが、おれたちの助けが入るとは思ってもみなかっただろう。この人の美名は四方に広まっているから、となり町におられる王さまが明日ここに来て、王女さまのために祈ってもらうことになっていたのだ」

また別の声が、王女さまは何を祈ってもらうおつもりなのかと尋ねました。すると最初の声の主が答えました。「知らないのか。王女さまはジンのディムディムの息子マイムーンにとり憑かれているらしい。王女さまに惚れてしまったようだ。だがこの僧堂長なら憑き物を落とすことができる。いたって簡単なことだ。僧堂に黒い雄猫がいるだろう。尾のさきに銀貨ほどの大きさの白いぶちがある猫だ。白いぶちのところの毛を七本抜いて焼き、その煙を王女さまの頭にかける。これで王女さまのぐあいはすぐによくなり、ディムディムの息子マイムーンは追いはらわれて王女さまには二度と近づかなくなるだろう」

僧堂長は、妖精とジンの話をひとことも逃がさずにしっかりと心に刻みこみました。その後は一晩中、妖精の声もジンの声も聞こえてきませんでした。翌朝、日がさしてあたりのみわけがつくようになると、貯水槽にはいくつか壊れた箇所がありましたので、とある穴から難なく外へはいだすことができたのです。

僧堂長を探していた遊行僧らはたいそうよろこびました。僧堂長は、昨日もてなした客人の悪行をてみじかに話すと、自分の僧堂に入りました。しばらくすると、昨晩、妖精とジンが話していた黒猫がいつものように甘えてすりよってきました。僧堂長は猫をだきあげると、尾にある白いぶちから七本の毛を抜いたのです。いずれこの毛が必要になるでしょう。

太陽がまだのぼりきらないころ、王さまが僧堂の門前に到着しました。王女さまの病気をなおすためならどのようなことでもする決心でした。王さまはそこで護衛兵を足どめすると、重臣らをともなって僧堂へと入り、遊行僧らの丁重な歓迎を受けました。

王さまは僧堂長を呼びました。

「長老どの。余がここを訪ねた理由はおわかりだろう」

「はい、王さま」と僧堂長が、うやうやしく答えました。「わたしがまちがっていなければ、不肖、わたしめが王女さまのご不快をはらうようにとの思し召しでございましょう」

「まさしくそのとおり」と王さまが言いました。「長老どのの祈りのおかげでわが王女が癒されたなら、この身に新しき命を授かることになりましょう」

「王さま」と僧堂長が答えました。「王女さまをここまでお連れいただけましたなら、神さまのご加護と恩寵によって、王女さまはすぐに回復なされましょう」

王さまがうれしさのあまりこおどりして、すぐに王女を連れてくるように命じますと、大勢の侍女や宦官にかしずかれた王女がすぐにやってきました。ヴェールに覆われているので王女の顔は見えません。僧堂長は王女の頭の上に小さな炉をかざしました。そして熾《おこ》っている炭火の上に七本の毛を投げいれたかと思うとディムディムの息子マイムーンは大きな叫び声をあげ、誰にも姿を見せないままに王女から離れていったのです。

王女は顔を覆っていたヴェールに手をのばすと、あたりを見ようとしてヴェールを持ちあげました。

「ここはどこ？　どうしてここにいるのですか？」

これを聞いた王さまは喜びを隠しきれず、愛娘をかき抱くとその両目に接吻しました。さらに僧堂長の手にも接吻しておつきのひとびとに言いました。

「意見を聞かせてほしい。わが娘を癒したおかたには、どのように報いればよいであろうか？」

おつきのひとびとは、王女さまのお婿さまになさるのがよろしいでしょうと答えました。

「余も同じことを考えていた」と王さまが言いました。「今すぐこのかたを婿にしよう」

これより少し後、大宰相がみまかりました。王さまは娘婿となった遊行僧を大宰相の地位につけ、王さまが亡くなりますと男の跡継ぎがおりませんでしたから、宗務と軍務をつかさどる百官が集まり、善根深きかつての遊行僧を王としていただくことを満場一致で決めたのでした……


ここで夜が明けたのでシェヘラザードはお話をやめました。シャフリヤール王は、この遊行僧は王位を継ぐにふさわしい人物であると思いましたが、ねたみ男が悲嘆のあまりに死んでしまうのではないかと気になりました。シャフリヤール王は、明日の晩に話の続きを聞こうと心に決めると寝室をあとにしたのでした。

第四十八夜

ディナールザードはいつもの時刻になると、シェヘラザードに声をかけました。

「お姉さま、おやすみでないのなら、ねたみ男とねたまれ男の物語を最後までお聞かせください」

「喜んでお聞かせしましょう」とシェヘラザードが答えました。「第二の遊行僧はお話を続けました」

……こうして正直な遊行僧は義父の王位を継ぎました。ある日のこと、廷臣らをしたがえて行列をしていると、道筋に立ち並ぶひとびとの中にあのねたみ男がいるではありませんか。王は行列に加わっていた宰相のひとりを呼びよせると、小声でささやきました。

「あそこの人を連れてきてくれないか。くれぐれも怖がらせないでくれ」

いいつけどおりに宰相がねたみ男を王の御前にとおしますと、王が口を開きました。

「わが友よ、お会いできてうれしい」。それから王はひとりの廷臣に申しつけました。

「今すぐこの人のために、金庫から金貨千枚をひきだしなさい。さらに宝庫にある最上の品を二十頭に積むように。それからじゅうぶんな護衛をつけて家まで送ってほしい」

王は廷臣にこういいつけると、ねたみ男に別れを告げて行列を続けたのでした。

わたしは、黒檀島の姫君を手にかけたジンにこの物語を話し終えるとうったえました。

「ジンどの、このりっぱな王さまは、自分を殺してしまおうとしたねたみ男への恨みを水に流しただけでなく、ねたみ男に情けをかけて恩恵まで与えたのです」

つまるところ、わたしはことばの限りをつくして、ねたまれ男の手本にならうようにと説いたのです。そしてゆるしてほしいと懇願したのですが、ジンの心を動かすことはできませんでした。

「おまえのためにできるのは」とジンが言いました。「命をとらないということだ。なにごともなく帰してもらえるなどとうぬぼれるな。おれの魔力を見せてやろう」

ジンはそう言うとあらあらしくわたしをひっつかみ、外へと連れだしました。地下の密室がぱっと裂けて通路ができたのです。ジンはわたしをつかんだまま天高く飛びましたので、下には白い雲が点々と見えるだけでした。そして九天の高さから稲妻のごとく地上をめざしたかと思うと、とある山のいただきに降りたったのです。

ここでジンはひと握りの土を手にすると何ごとかを口にしましたが、わたしには何を言っているのかわかりませんでした。それからジンは手にした土をわたしにふりかけるとこう言いました。

「人のかたちを離れ、猿のかたちとなれ」

たちどころにジンの姿は消え、わたしはひとりで残されたのです。身は猿となり、見知らぬ異国にあって悲嘆におしつぶされ、父の王国から近いのか遠いのかもわかりません。山をくだっていくと広々とした野に出ましたので、ひとつきばかり歩き続けますと海辺に到着しました。穏やかな海面を見はるかすと、陸から半リューほどの沖に船影がありました。この機会をのがすわけにはいきません。わたしは太い枝を折ると波うちぎわまで行って枝を浮かべ、その上にまたがると両手に持った棒を櫂《かい》のように使って水をかきはじめました。

このようにして先へと進み、船のそばまで近づいていきました。船からわたしの姿が見える距離になると、甲板にいた水夫や乗客は目をみはりました。誰もが驚嘆しながらわたしを見つめています。わたしは船ばたに近づくと縄をつたって甲板にあがりましたが、人語を失っていたためどうしようもなかったのです。まったくのところ、ジンの手中にあったときと同じくらい危ない状況におちいってしまいました。

商人らは迷信深くて何ごとも石橋をたたいてわたる性分ですから、わたしが乗船すれば航海の無事がさまたげられると決めつけ、ひとりの商人がこう言いました。

「棒でなぐろう」

別の商人も口を開きました。

「矢で射抜こう」

三人めはこう言いました。

「海へ突き落とそう」

そのとおりにしようとした商人もいたに違いありませんが、わたしは船長のそばに近づくと彼の足元に身を投げだし、衣服のすそをつかんであわれみを乞うしぐさをしました。船長は大粒の涙を流しているわたしを見ると、この猿は自分が保護しよう、こいつに悪さをする者は誰であろうと容赦しないと言ってくれたのです。そしてわたしを何度もなでてくれました。わたしは話すことができませんでしたから、身ぶり手ぶりでもってできうる限りの感謝を伝えたのです。

風は穏やかで強く吹くことはありませんでしたが、順風が続きましたので何ごともなく五十日がすぎ、にぎわっている港に入って碇《いかり》をおろすことができました。その港は大きな町にあり、ひとびとと商品があふれかえっています。この町はたいそうな強国の都だったのです。

ややあって船のまわりに幾艘とも知れぬ小船がやって来ました。どの船にも大勢の人が乗っています。無事に到着した友を歓迎する人、国元に残してきた者の消息をたずねる人、あるいは遠国からはるばるやって来た船を見たいだけという人もおりました。

船には役人たちもやって来ました。王さまの名代として商人たちと話がしたいと言うのです。商人らがでむかえると、役人のひとりが口を開きました。

「われらが主君のことばをお伝えします。国王陛下におかれては、ご一同がつつがなく到着されたことを喜ばれ、これなる巻紙に各人が何行かをしたためるようにとの仰せであります。王さまのそばには、諸事に秀でるのみならず能筆で知られた宰相がおりましたが、先ごろ他界いたしました。王さまはひどく心をいためて宰相の手跡を慕うあまり、故人にまさるともおとらぬ能筆の士でなくば宰相には迎えまいとの誓いをたてられました。すでに数限りないひとびとがおのれの手稿を持ち来たりましたが、わが国に住まう誰ひとりとして王さまのお眼鏡にかなった者はいないのです」

高位につくにふさわしい字を書けるものと恃《たの》むところのあった商人たちは、心に思う一節を巻紙にしたためました。彼らが字を書き終りますと、わたしは進みでて巻紙を手にとりました。しかしながら字を書き終えた商人たちは、わたしが紙を破ってしまうのではないか、あるいは海に投げ捨ててしまうのではないかと怖れて騒ぎだしました。わたしは礼儀にかなったしぐさで巻紙を持つと、次は自分が字を書く番ですと身ぶりで伝えました。すると彼らは騒ぐのをやめて先ほどの心配はどこへやら、驚いた顔つきになりました。しかしながら商人たちは、文字を書く猿など見たこともありませんでしたし、わたしがほかの誰よりも上手な字を書けるなどと思うはずもなく、わたしの手から巻紙をとりあげるようにと言いたてました。今回も船長がわたしの肩を持ってくれたのです。

「こいつに書かせてみよう」と船長が言いました。「いたずら書きをしたらその場でこらしめる。だが俺の望みどおりみごとに書きおおせるかもしれない。俺はいままでこいつほど器用で利発な猿を見たことがないのだ。何であれ、この猿ほどうまくできるやつはいない。書きおおせたならこいつを息子にしよう。こいつほどよくできた息子はいなかった」

もはや誰も異論をとなえませんでしたので、わたしはペンを手にすると、アラビア語で用いられる六つの書体(24)を駆使して、国王の徳をたたえる即興の二行詩や四行詩を書きしたためました。わたしの筆跡は、商人たちが書いたものよりも勝っておりましたし、あえて申しあげれば、この国ではこれほどの名筆を目にしたものはおりませんでした。わたしが書き終えますと、国王よりの使者は巻紙を手にして王宮へと戻っていきました……

ここでシェヘラザードは、夜が明けたことに気づきました。

「王さま」とシェヘラザードがシャフリヤール王に言いました。「お話を続けることができるのでしたら、今までにお聞かせした物語よりもさらに不思議なお話をお聞かせできるのですが」

シャフリヤール王はこの物語を最後まで聞くことに決めていましたから、心のうちを語ることなく無言で起きあがったのでした。

第四十九夜

翌日、ディナールザードは夜が明ける前にシェヘラザードに声をかけました。

「お姉さま、おやすみでないのならあの猿のお話を続けてください。王さまもわたしと同じくらい、あのお話をお聞きになりたいと思います」

「お二人ともに」とシェヘラザードが答えました。「満足されるでしょう。お二人をじらさぬように、第二の遊行僧が話したことをお聞かせしましょう」

……国王は商人たちの手跡には目もくれませんでしたが、わたしの文字がことのほかお気に召し、廷臣一同にこう言いました。

「厩舎より一番の名馬をひいてきてとびきりの馬具をつけよ。これなる六書体をしたためた人に授ける金襴の服を用意してここまでお連れもうせ」

王さまの命をうけた廷臣らはふきだしてしまいました。王さまは無礼な態度に腹をたて、一同を罰しようとしました。

「王さま」と一同が申しひらきをしました。「無礼の段、ご容赦ください。しかしながらこの筆は人ではなく猿の手になるものにございます」

「なんと」と王さまが声をあげました。「この名筆が人の手によるものではないと？」

「まさしくそのとおり」と廷臣のひとりが答えました。「この文字は、われわれの眼前で猿が書いたものにございます」

王さまはひどく驚かれ、どうあってもわたしを見たいと思われました。

「命令どおりにするように。世にもめずらしい猿を連れてきなさい」

廷臣たちが船に戻って船長に命令を伝えますと、船長は王さまにしたがいますと答えました。それからわたしに豪華な金襴の礼服を着せかけて船からおろすと、王さまがよこした馬の背に乗せたのです。王宮ではわたしを丁重に迎えるため、王さまが大勢の廷臣を呼び集めて到着を待っておられました。

行列がはじまりました。港も街路も広場も人でいっぱいになり、窓にも屋根にも人があふれ、お屋敷の住人も町家の住人も、老若男女、富める者も貧しき者もあらゆるひとびとがつめかけてわたしを見ようとてんやわんやの騒ぎとなりました。王さまが猿を大宰相にえらんだというわさがあっというまに広まっていたのです。わたしは、前代未聞の椿事に驚き騒ぐひとびとの前をとおりすぎ、王さまの宮殿に到着しました。

王さまは高官にかこまれて玉座に座っていました。わたしは身をかがめてお辞儀を三度くりかえすと平伏して玉座の前の床に接吻しました。それから、猿がするようなしぐさで椅子に座ったのです。いならぶひとびとは目を丸くしてわたしを見つめ、どうして猿ごときがかくもうやうやしい礼をつくせるのかといぶかっておりました。王さまは誰よりも驚きました。身ぶりに加えて美辞を駆使できれば、とどこおりなく謁見の儀をすませることができたのですが、猿は口がきけませんから人の身と同じことはできなかったのです。

王さまが人ばらいをされると残るは、宦官長、若い奴隷、そしてわたしだけとなりました。王さまは謁見の間から自室へと移り、食事を運ばせました。食卓につくと王さまは、そばに来て一緒に食事をするようにと身ぶりで示されました。わたしはわかりましたということを伝えるため、床に接吻すると立ちあがって食卓につき、礼儀にかなった作法でつつしみぶかく馳走にあずかったのです。

食卓がかたづけられるよりはやく、わたしはペンとインク壺に気づきましたので、自分のもとに持ってきてほしいと身ぶりで頼みました。そしてペンを手にすると、大きな桃の上に自作の詩を書きつけて王さまへの感謝をあらわしました。わたしがその桃を王さまに献じますと、詩を読んだ王さまはさきほどにも増して驚きました。

食卓がかたづけられると、王さまのもとに飲み物が運ばれてきました。王さまはガラスの杯を満たすとわたしにさしだされました。わたしは杯を干すと新しい詩を書きつけ、艱難《かんなん》の末にいたった現在の身の上を詠いあげました。王さまはその詩に目をとおすとこう言いました。

「これほどの詩を書ける人であれば、名士の上にたつべきであろう」

次に王さまはチェス盤を運ばせると、チェスを知っているのなら一局指してみるかと身ぶりで尋ねられました。わたしは床に接吻すると手を頭に持っていき、よろこんでお相手いたしますという気持ちを伝えました。第一局は王さまの勝ちとなりましたが、第二局と第三局はわたしが制しました。王さまはいささかごきげん斜めでしたので、わたしは王さまをなだめるため、精鋭なる二軍が朝からしのぎを削ったが、夕刻には矛をおさめて和議がなり、日が落ちたあとはともに戦場にあって穏やかに夜をすごしたという四行詩を献上したのです。

王さまにしてみれば、このたびの顚末《てんまつ》は猿の知恵や手なみについての見聞や見識をはるかに超えておりましたから、世にも不思議なできごとをほかの人にも知らせたいと思いました。王さまには「麗しの君」と呼ばれる姫君があったのです。

「行け」と王さまは、その場にひかえていた宦官長に命じました。宦官長は姫君におつかえしていたからです。

「姫をここまで連れてくるように。この不思議をともに味わいたいのだ」

席を立った宦官長はすぐさま姫君をお連れしてきました。姫君はかぶりものをしておりませんでしたが、部屋に入ったと思うとさっとヴェールで顔を覆いました。

「お父さま、どうなさったのですか？　殿方の前にとおされるとは思ってもみませんでした」

「姫よ！　何を言っておるのだ。そなたの顔を見ることができるのは若い奴隷と守り役の宦官長、それに余だけではないか。どうしてヴェールで顔を隠すのか？　呼びつけた余が悪いみたいではないか」

「お父さま」と姫君がことばをかえしました。「わたしはまちがったことなど言っておりません。お父さまがご覧になっているのは、姿かたちは猿ですが本当は人間で大王の王子さまです。魔法で猿の姿にされたのです。イブリースの娘から生まれたジンが、黒檀島の王エピティマルスの姫君をなぶり殺したあと、このような悪さをしたのです」

王さまはこれを聞いて驚き、わたしのほうを見ると身ぶりではなくことばで話しかけられ、姫君のことばは本当なのかと尋ねました。わたしは口をきくことができませんでしたから、手を頭にあげると、姫君がおっしゃったことは真実ですという意味を伝えたのです。

「姫よ」と、王さまはもう一度、姫君に話しかけました。「これなる王子が魔法で猿の姿になったとどうしてわかるのか？」

「お父さま」と「麗しの君」が答えました。「おぼえておられるでしょう？　ものごころがつきましたころ、身のまわりの世話をしてくれる老女がおりました。その人は魔法のわざに通じていて、わたしに七十とおりの術を教えてくれたのです。そのおかげでわたしは、まばたきするだけでこの都を大海のただ中に移すことも、コーカサスの山のかなたに飛ばすこともできるようになったのです。魔法にかけられた人をひとめで見ぬくこともできますし、魔法にかけられたのが誰で、魔法をかけたのが誰かもわかるのです。ですから、魔法のせいでお父さまの目には違う姿に映った王子さまを本来のお姿のままで見たとしても、驚かれるにはおよびません」

「姫よ」と王さまが言いました。「そなたが魔法のわざにそれほど通じているとは思ってもいなかった」

「お父さま、魔法とは不思議で究めるに値するものですが、見せびらかすべきものではないと存じます」

「そういうことなら」と王さまが言いました。「この王子の魔法をとくことができるか？」

「はい」と姫君が答えました。「王子さまをもとの姿にお戻しいたしましょう」

「そうしてくれ」と王さまが口をはさみました。「これほどうれしいことはない。このかたを大宰相に迎え、そなたの婿としたいのだ」

「お父さま」と姫君が答えました。「喜んでおことばにしたがいましょう」……

シェヘラザードはここまで語ると夜が明けたことに気づいて、第二の遊行僧の話をやめました。シャフリヤール王は、この続きはさらにおもしろくなると思いましたので翌日も物語を聞くことにしたのです。

第五十夜

ディナールザードはいつもの時刻にシェヘラザードを起こしました。

「お姉さま、おやすみでないのなら、「麗しの君」がどのようにして第二の遊行僧をもとの姿に戻したかをお聞かせください」

「お聞かせしましょう」とシェヘラザードは答えました。「第二の遊行僧は次のようなお話を語りました」

……姫君は自室に戻ると、刃にヘブライ語が刻まれた短刀を持ちだしました。それから一同、つまり王さま、宦官長、若い奴隷、そしてわたしを秘密の中庭に連れていくと、庭をめぐる回廊にとどまるように言いました。姫君は中庭のまん中まで進むと、地面に大きな円を描き、アラビア文字やクレオパトラの文字[25]と呼ばれている古代文字でいくつかのことばを書きしるしました。

姫君は手はずをととのえて目的にかなった円を描き終えると、その中にすっくと立ちました。それから神の御名にかけて祈りはじめ、コーランの章句を詠みあげました。だんだんとあたりが暗く夜のようになってなにもかもが朦朧《もうろう》としてきました。わたしたちは肝をつぶし、イブリースの娘から生まれたジンが途方もない大きさの獅子の姿で現れると、生きた心地もなくなってしまいました。

ジンが姿を現すや姫君はこう言いました。

「けだものめ！　わが前を這いまわっておればよいものを、そのようにむくつけき姿で現れたのか。わたしが怖がるとでも思ったか？」獅子の姿となったジンが言いかえしました。

「おまえこそ、われらがあいだに結ばれた盟約をよくも破ったな。たがいに手だしはしないと決めたではないか」

「呪われし者よ」と姫君が答えました。「盟約を破ったのはそなたであろう」

すると獅子が猛りくるいながらわめきました。「よくもじゃまだてしたな。思いしらせてやる」

こう言いすてると獅子はくわっと口をあけ、姫君をひとのみにせんものと突進してきました。しかし姫君は守りを固めると、ひらりと後ろにとんで時間を稼ぎました。それから一本の髪の毛を抜いて二言三言を口にするとたちまちのうちに切っ先鋭き両刃の剣の姿となり、獅子をまっぷたつに斬り裂いてしまいました。

斬られた獅子の胴はかき消え、頭だけが残りました。と、その頭が巨大な蠍《さそり》に変じたのです。姫君は一瞬のうちに大蛇となって蠍と死闘をくりひろげました。蠍は形勢不利と見るや、鷲に変じて飛び去りました。しかしそれと同時に大蛇もまたさらに巨大な黒鷲の姿となってそのあとを追いましたので、わたしたちには両者の姿が見えなくなってしまいました。

二羽の鷲が見えなくなってまもなく目の前の地面がぱっと裂けたかと思うと、全身の毛を逆立てた黒白の猫が現れました。黒白の猫がおそろしげなうなり声をあげていると、黒い狼がでてきて猫につきまといました。進退きわまった猫は蛆虫となり、石榴《ざくろ》の実へと突き進みました。その実は、さほど広くはないが深さのある水路のそばに生えていた石榴の木からたまたま落ちてきたのです。蛆虫は石榴の実の中に入るとあっというまに姿を消しました。と、たちまちのうちに石榴の実が膨らんで南瓜ほどの大きさになり、回廊の屋根の上にのってしまいました。屋根にのった石榴の実はころころところがると中庭に落ち、砕け散ってしまいました。

このあいだに狼は雄鶏へと変身し、飛び散った石榴の実を次から次へとついばんでいきました。雄鶏は最後の一粒をのみこむと、翼を広げてわさわさと音をたてながらわたしたちのもとに飛び来たりました。まるで、石榴の粒はもう残っていないかと探しているようでした。ひきかえそうとする雄鶏は、水路の隅に一粒だけ残っていた石榴を見つけました。雄鶏はさっと駆けていきましたが、まさについばもうとしたそのとき、石榴の種は水路にころがり落ちると小さな魚の姿になったのです……

「王さま、夜が明けます」とシェヘラザードが言いました。

「もう少し夜が続くのでしたら、もっとお話をお聞かせできますのに」

シェヘラザードはこう言うとお話をやめました。シャフリヤール王は不思議なできごとに頭がいっぱいになりながら起きあがりました。シャフリヤール王は、物語の続きが気になってたまらなかったのです。

第五十一夜

翌日、ディナールザードは、きがねすることなく眠っているシェヘラザードを起こしました。

「お姉さま、おやすみでないのなら、昨晩は最後まで語られなかったあの不思議な物語の続きをお聞かせください。変身の続きが知りたくてたまらないのです」

シェヘラザードは、昨晩はどこまで物語をしたかを思いだすと、シャフリヤール王に話しかけました。「王さま」とシェヘラザードは言いました。「第二の遊行僧は次のようなお話を語りました」

……雄鶏は水路に飛びこむと一尾のカマスとなって小魚のあとを追いました。二尾はまるまる二時間をかけて水中での闘いをくりひろげ、わたしたちにはなりゆきがわかりませんでした。だしぬけに身も凍るような恐ろしい叫び声があがり、誰もが震えおののきました。ジンと姫君がともに紅蓮《ぐれん》の炎に包まれながら姿を現したのです。両者ともに口から火を吐き、ついにはあわや肉弾戦かと思うほどまで近づきました。両者の吐く炎はいよいよ燃えさかり、もうもうと立ち昇る煙が空を焦がさんばかりです。宮殿が火の海になるかとあやぶんだのですが、すぐさま、それ以上の恐怖にとらわれてしまいました。姫君をふりきったジンが回廊に姿を現すと、わたしたちめがけてうねるような炎を吐いたのです。

駆けつけてきた姫君が大声をあげてジンを退散させ守りの態勢へと追いこまなかったとしたら、わたしたちの命運はつきていたでしょう。ですが姫君の必死の努力もむなしく、王さまの髭は焼け落ちて顔も焼けただれ、宦官長は煙と火に包まれてその場で焼け死に、わたしは右目に入った火花のせいで一眼を失ってしまいました。

王さまとわたしが死を覚悟したそのとき、「勝った！　勝った！」という叫びがあがったかと思うと姫君がもとの姿で現れました。ジンはというと一山の灰と化しているのです。

姫君はわたしたちのもとに来るとすぐに一杯の水をもとめました。火の災いをまぬがれた若い奴隷が水を持ってきますと、姫君は杯を手にとり、何ごとかを口にするとその水をわたしにふりかけました。

「魔法のわざによりて猿となったのなら、形を変えて人の姿に戻れ」

姫君がそう言い終るか終らないうちに、わたしは一眼をのぞいてもとどおりの姿となりました。わたしは姫君に感謝のことばを述べようとしたのですが、姫君はそれをさえぎると、王さまに話しかけました。

「お父さま。ご覧になったとおり、ジンには勝ちましたが返り討ちにあいました。わたしの命はつきかけています。お父さまが望まれていたように、このかたと一緒になることはできません。

あの恐ろしい闘いのさなかに、わたしの五体を火が貫いて今もなおこの身を焼いているのです。雄鶏に変身したとき、砕けた石榴の最後の一粒を見逃さずにひとのみにしていたら、このようなことにはなりませんでした。追いつめられたジンは、あの粒に逃げこみました。戦いの勝敗は最後の一粒にかかっていたのです。あれさえついばんでいたら、無傷のままで勝つことができたでしょう。あれを見落としたために、天地のあいだを駆けめぐってジンと猛火をぶつけあうことになってしまいました。ジンは強力なわざを知っていましたが、わたしのほうが強いことを見せつけてやりました。わたしはジンを降《くだ》して灰にすることができましたが、この命も風前の灯なのです」……

ここでシェヘラザードは第二の遊行僧の話をやめ、シャフリヤール王に話しかけました。

「王さま、夜が明けます。これ以上お話を続けることができません。でも、王さまが明日もわたしを生かしておいてくださるのでしたら、このお話を最後までお聞かせできます」

シャフリヤール王はこれに同意すると起きあがり、いつもどおり朝議へとむかいました。

第五十二夜

夜が明ける少し前、ディナールザードは目を覚ましてシェヘラザードに話しかけました。

「お姉さま、おやすみでないのなら第二の遊行僧のお話を聞かせてください」

シェヘラザードは次のようなお話を語りはじめました。「遊行僧はゾベイダにお話を語りました」

……王さまは「麗しの君」が闘いの一部始終を語り終えると、深い悲しみに満ちた声で言いました。

「姫よ、父の心はわかっているだろう？　何ということだ！　どうしてこの身がながらえているのか。守り役の宦官長は死に、そなたが魔法からときはなった王子は一眼を失ってしまった」

王さまは、それ以上はなにも言いませんでした。涙にむせびため息にさえぎられ、ことばを発することができなかったのです。姫君もわたしも王さまの悲しみに胸をしめつけられ、ともに涙を流しました。あたかも競いあうように嘆き悲しんでいると、姫君が叫び声をあげました。

体に入った火がとうとう五体をめぐりつくしてしまったのです。姫君はなおも、燃えてしまうと叫び続けましたが、死が訪れて耐え難い苦痛から救われたのでした。火の勢いはすさまじく、姫君はあっという間にジンと同じような灰の山になってしまったのです。

「ああ、燃えてしまう！」

痛ましい光景を前に、わたしがどれほど悲しんだかをことばで言いつくすことはできません。情けをかけてくれた人が無残な最期を遂げてしまうのを目にするよりは、死ぬまで猿か犬の姿でいたほうがよかったのです。王さまは身も世もあらぬ嘆きようで悲痛な叫び声をあげては、頭や胸をたたいていましたが、とうとう悲しみのあまりにその場に倒れ伏してしまい、わたしは王さままで亡くなってしまったのかとあやぶみました。

ややあって王さまの叫び声を聞きつけた宦官や廷臣らが駆けつけ、王さまはやっとのことで我にかえりました。王さまもわたしも、嘆きの理由をくどくどと話す必要はありませんでした。かつてはジンと姫君であったふたつの灰の山がすべてを語っていたからです。王さまは立っているのもやっとでしたので、宦官らに支えられてどうにか自室へと戻りました。

王宮と街にこのたびの一部始終が広まると、誰もが姫君の悲運をあわれみ、王さまの嘆きをわかちあいました。ひとびとは七日のあいだ喪に服し、盛大な葬儀がおこなわれました。ジンの灰は空中にまかれましたが、姫君の遺灰は高価な壺におさめられ、灰があった場所に建てられたりっぱな廟に安置されました。愛娘をうしなった王さまは心痛のあまり病を得て、一か月のあいだは床に臥せっておりました。わたしを呼んだときも半病人のありさまだったのです。

るぞ」

「王子よ」と王さまは言いました。「余の命令にしたがうのだ。わがことばにそむけば、命にかかわ

わたしがおっしゃるとおりにいたしますと答えますと、王さまはことばを続けました。「余は今まで欠けることなき平安につつまれて暮らしてきた。何のじゃまも入らぬ穏やかな日々だったのだ。だがそなたがやって来るとあらゆる幸福が消えてしまった。王女はみまかり、守り役だった宦官長も死んでしまった。自分が生きているのは奇跡でしかない。何をもってしても癒せぬこの不幸はすべてそなたのせいだ。それゆえ、おとなしくこの国から立ち去れ。ただし今すぐにだ。そなたがこれ以上ここにとどまれば、この命も絶えてしまう。そなたがこのたびの災厄をもたらしたとしか思えぬ。言いたいことはそれだけだ。この国から去り、二度と領内には立ちいるな。そのようなことがあれば、何の迷いもなくそなたを後悔の淵に突き落とそう」

わたしはことばを発しようとしたのですが、王さまは怒りもあらわにそれをさえぎりました。こうしてわたしはよんどころなく王宮をあとにしたのです。

世の中に身の置き所もなく、明日の定めもわからぬ身となってしまいました。わたしは街を出る前に浴場に立ちよると、髭と眉を剃り落として遊行僧の衣服をまといました。そして、おのれの悲惨な境遇よりも、わがために命を散らした佳人ふたりの悲運を思って涙にむせびながら、旅路をたどったのでございます。

こうして身元を知られることもなく幾多の国をとおりすぎましたが、やがてバグダードをめざすことに決めました。信徒の長さまにお目どおりしてこの身にふりかかった世にも不思議なできごとをお話しし、あわれみを乞いたい一心でありました。今日の夕刻バグダードに到着したところ、最初にで

あったのがわたしの前に話を物語った兄弟僧だったのです。その後のことはおくがたさまもごぞんじのとおり。わたしがこのお屋敷におりますのは、こういったわけなのでございます。

こうして第二の遊行僧の話が終りますと、話を聞いていたゾベイダが口を開きました。

「よろしゅうございます。どこへなりとお好きな場所に行ってくださってかまいません」

しかし第二の遊行僧は屋敷を出ていくかわりに、第一の遊行僧と同じことを願いでると、席を立って彼のそばに腰をおろしたのです……

ここまで語り終えたシェヘラザードは「王さま、夜が明けます」と言いました。「お話を続けることができません。おそれずに申しあげれば、第三の遊行僧の物語も第二の遊行僧のものに勝るとも劣らぬほどの不思議に満ちております。王さまが続きを聞いてみようと思われればの話ですが」

シャフリヤール王は第三の遊行僧の物語も同じくらい不思議な話なのかどうかを知りたいと思いながら起床し、シェヘラザードの処刑を数日だけ延期することにしたのでした。

第五十三夜

翌日、夜が明けようとするころ、ディナールザードはシェヘラザードに声をかけました。

「お姉さま、おやすみでないのなら、夜が明けるまでのひととき、そらんじておられるすてきなお話をお聞かせください」

「第三の遊行僧の物語を」とシャフリヤール王が言いました。「聞いてみたいものよ」

「かしこまりました」とシェヘラザードが答えました。「それではお話しいたしましょう」

……第三の遊行僧は、自分が話す番になったことを察したので、他の二人と同じようにゾベイダに声をかけると、次のような身の上話を語りはじめました。

王子である第三の遊行僧の話

やんごとなきおくがたさま、今からお聞かせする物語は、これまでに耳にされた物語とはたいそう趣きが異なっております。わたしより先に話を語った二人の王子は宿命によって片方の目を失いました。しかしながらわたしはみずからのあやまちによって、つまりはわが身の不運に気づきながらみずから不運をまねいて一眼をなくしたのでございます。今からその一部始終をお話しいたしましょう。

わたしは名をアジーブといい、カシーブとなのる王の息子でありました。父の死後はわたしが領地を継ぎ、父が居城をかまえていた町に暮らしておりました。この町は海辺にあって波穏やかな良港と大きな倉庫を持っておりました。倉庫にはいつでも出撃できる百五十艘の軍船用の装備や五十艘の商船用の船荷が用意されておりましたし、港には舟遊び用の小船なども数多く停泊していたのです。わが王国は陸にある諸州と多くの島々からなりたっておりまして、都からはほぼすべての島をのぞむことができました。

わたしは、まずは諸州を訪れることにしました。そしてその次は船隊の装備をととのえて島めぐりに出発し、民心を安んじて忠誠を得ることにしたのです。巡視を終えて都に戻ると、また船をだすことにしました。いささかの航海術も身につきましたので、領内の島々をこえて遠海を見ようと心に決めたのです。そこで船を十艘だけ用意して乗組員を集めると、帆をあげて港をあとにいたしました。

四十日のあいだはつつがなく海原を進んだのですが、四十一日めの晩に逆風が激しく吹きつけたので、船は今にも沈みそうになってしまいました。ですが夜明け近くになると暴風もおさまって暗雲も消え、さわやかな日の光がさしてきました。わたしたちはとある島に上陸し、二日のあいだはそこで養生したのです。このあと、船隊は航海を続けましたが、十日もすると早く陸地が見えないかと思うようになりました。あの暴風のせいで思ってもみない場所に流されてしまったからです。国に戻る航路を進むように指図したのですが、案内人は自分たちがどこにいるのかわからないと言いだしました。十日めになるとひとりの水夫が命じられてメインマストに登っていきましたが、左右どちらの方向にも空と海しか見えず、すぐ目の前、船首の方向にひどく大きな黒い物体があると言うのです。

これを聞いた案内人はみるみる色を失い、片手でターバンをむしりとると甲板に投げつけ、もういっぽうの手でわれとわが顔をたたきはじめました。

「もう終りです。こうなったら誰も逃れられません！　どうあがいても誰も救えません」

案内人はそう叫ぶと、避けがたい運命にとらわれた人のように泣き伏してしまったので、その愁嘆《しゅうたん》ぶりを見ていた乗組員が騒ぎだしました。わたしは案内人に、どうしてそのようにとり乱しているのかと尋ねました。

「わたしたちを襲ったあの嵐のせいですっかり航路からはずれてしまい、このような場所まで来てしまったのです。明日の昼ごろにはあの黒いものがある場所まで行ってしまうでしょう。あれこそが磁石でできた「黒い山」なのです。あの山は今もこの船隊をひき寄せています。船には金具や鉄釘が使われていますからね。明日になってもっと近くまでひき寄せられてしまえば、磁石の力はさらに強くなって船中の釘がはずれ、磁石の山にくっついてしまいます。そうなれば船はばらばらになって沈むよりありません。磁石はあらゆる鉄を吸いつけてますますその力を増し、あの山の海側は水底に沈められた無数の船からはずれた釘でおおわれているのです。そしてその力はとどまることなく強くなっていくのです」

「あの山は」と案内人は続けました。「とても急でして、そのいただきには青銅の柱にささえられた青銅の円蓋があるのです。円蓋の上にはやはり青銅の馬がいて背中に騎士を乗せています。騎士の胸には鉛の板がかけられており、その板にはまじないの文句が刻まれています。かぞえきれぬほどの船と人がこのあたりの海の藻屑と消えたのはその騎士像のせいだそうです。そしてその騎士が地に倒されるまでは、これに近づくものすべてが悲運にみまわれるのです」

案内人は話し終えるとまたしても泣き崩れ、その姿を目のあたりにした乗組員らもおめき叫ぶのでした。わたしも最期の時が近づいていることをひしひしと感じたのです。そうこうするあいだにも、誰もが身の安全のためにできる限りの手はずをととのえ、不安にさいなまれながらも助かった場合のことを考えておたがいを相続人にさだめておりました。

朝になると黒い山がはっきりと見え、わたしたちは昨日にまさる恐怖にうち震えたのです。昼ごろには黒い山のすぐそばまで近づき、案内人が真実を語っていたことがわかりました。船じゅうの釘という釘、金具という金具が磁石に吸い寄せられて宙を飛び、すさまじい音を発しながら黒い山にはりついていくのです。船はまっぷたつに裂けると水中に沈んでいきました。このあたりの海はたいそう深く、海底がどのあたりなのか見当もつきませんでした。乗組員はひとりのこらず溺れ死んでしまいましたが、神さまはわたしをあわれみたまい、命を救ってくださいました。わたしは板きれにつかまると、風に流されるままに黒い山の岸辺へとたどりついたのです。かすり傷ひとつ負うこともなく、幸運にもそこには山のいただきへと通じる階段がありました……

シェヘラザードはお話を続けようとしたのですが、夜が明けたことに気づいて口を閉じました。シャフリヤール王は、この話は前のものと同じくらい不思議に満ちておりますというシェヘラザードのことばは嘘ではなかったと思いました。こうしてシャフリヤール王は、またしてもシェヘラザードの処刑を先に延ばすことにしたのです。

第五十四夜

翌日になると、「お姉さま」とディナールザードが声をかけました。「神さまの御名にかけてお願いいたします。おやすみでないのなら、第三の遊行僧のお話を続けてください」

「妹よ」とシェヘラザードが答えました。「お聞かせしましょう。王子は次のようなお話を語りました」

……その階段を見たわたしは神に感謝し、栄えある御名を讃えると上へと昇りはじめました。右にも左にも足を踏みだせるような地面はなく、身の置きどころがなかったのです。階段はひどく狭いうえに急な傾斜になっており、昇るにはたいそう骨がおれました。風が凪いでいなかったなら、わたしは海に墜落していたでしょう。しかしついには無事に階段を昇りきって円蓋の下に到着すると、地にひれ伏して感謝の祈りをささげたのです。こうしてその晩は円蓋の下ですごしました。すると、人品卑しからぬ老人が夢枕に立ってこう言いました。

「アジーブよ、よく聞け。目がさめたら足元の地面を掘るがよい。青銅の弓と鉛でできた三本の矢がある。いずれも衆生を災いから救うため、人智をこえた不思議なわざで作られたものだ。その三本の矢を銅像に射かければ騎士像は海に落ち、馬はそなたのそばにころがるだろう。弓矢を掘りだした場所にその馬を埋めなさい。それがすめば海は波だち、山のいただきにある円蓋の下まで潮が満ちるだろう。海面が高くなると、両手で櫂をあやつる船頭の乗る小船がやってくる。その船頭も青銅製だが、そなたが海に落としたあの騎士ではない。青銅の船頭があやつる小船に乗りなさい。ただし神の御名を口にしてはならない。あとは船頭にまかせればよろしい。十日の後には別の海にいたるだろう。今のことばどおり、旅を続けるあいだに神の御名を口にしなければ、そなたはつつがなく帰国する機会を得るだろう」

老人の申しようはこのとおりでございました。わたしは目をさますと夢のお告げに意を強くし、老人の言いつけをすべてやりとげたのです。まず、地中から弓矢を掘りだすと騎士像にむかって矢を放ちました。三射めで騎士は海へと落ち、馬はわたしのそばにころがりましたので、弓矢があった場所にその馬を埋めました。そのあいだにも海はうねりながら少しずつ高さを増していきました。山のいただきにある円蓋のもとまで海面があがってくると、かなたの沖にこちらをめざす小船が見えました。わたしは、夢のお告げどおりに事が運んだことを神に感謝したのです。

やがて小船が岸辺に到着しました。船頭はと見ると、夢の老人が言ったとおりに青銅でできているのです。わたしは小船に乗りましたが神の御名を口にしないようじゅうぶんに気をつけ、ひとことたりともことばを発しませんでした。わたしが腰をおろすと、青銅の船頭は櫂をあやつって山から離れていきました。船頭は休むことなく船を漕ぎ続け、九日めになると島影が見えてきましたので、これでなにごともなくうまくいくだろうと胸をなでおろしたのです。そして喜びのあまりに、禁じられていたことばを口にしてしまいました。「御名に栄えあれ、神に讃えあれ！」

このことばを口にしたと思うと、青銅の船頭もろとも小船は水中に沈んでしまいました。わたしは海面にとりのこされ、一番近くに見えた陸地にむかって日が暮れるまで泳ぎ続けたのです。やがて日はとっぷりと暮れ、周囲のようすもわからなかったので闇雲に泳いでいきました。力もつきもはやこれまでかと観念したのですが、一陣の風が吹いたかと思うと山のような波が押し寄せてきました。大波はわたしを浜辺まで運ぶとさっとひいていきましたので、陸地へと急ぎました。別の波がやって来て、沖まで連れ戻されるかもしれません。とりあえずは衣服を脱いでよく絞り、日中の暑気で暖かくなった乾いた砂の上に広げました。

翌朝になると、太陽にあたって乾いた衣服を身につけてあたりのようすを確かめにいきました。

さほどは歩かぬうちに、ここが風光にめぐまれた小さな無人島であることに気づきました。木々が茂り果実がなっています。しかしながら本土からは遠く離れた孤島でしたから、水難から逃れた喜びもしぼんでしまいました。それでも、御心のままにこの身をみちびかれる神にすべてをゆだねようと念じておりますと、風を受けてふくらんだ帆をあげた一艘の小船が、本土からこの島をめざしているではありませんか。ここに碇をおろすにちがいありません。船に乗っているのが敵なのか味方なのかわかりませんでしたから自分の姿をさらすのは危ないと思い、よく茂った木にのぼってようすをうかがうことにしました。

小船が入り江に入ると十人の奴隷が降りてきました。鍬《くわ》やら何やらの土を掘るための道具を手に島の中ほどまで進むと足をとめ、しばらくのあいだは地面を掘りかえしておりました。どうやら揚げ蓋を持ちあげているようです。それからまた船へと戻ってさまざまな品物や家具を荷おろしするとかつぎあげ、先ほど地面を掘っていた場所まで運んでいきました。と、彼らの姿は地中へと消えていきました。そこには地下室があったのです。

彼らはまた船に戻り、老人を連れてきました。老人は眉目秀麗な少年をともなっています。年のころは十四、五歳でしょうか。一同は揚げ蓋から地下へと進み、戻ってくると蓋を閉めてその上を土で覆いました。それから船が泊まっている入り江へと帰っていきましたが、少年の姿が見えないのです。少年はあの地下室に残ったにちがいありません。これには驚いてしまいました。

老人と奴隷が乗りこむと、船は帆をあげて本土へと戻っていきました。乗組員からこちらの姿が見えないほどの距離になると、わたしは木からおりました。そしてすぐに、地面が掘り返されていた場所まで行くと今度は自分で土を掘っていきました。やがて二、三ピエ(26)四方の石板が見えましたので、それを持ちあげますと下に通じる石造りの階段がありました。階段を降りていくと広い部屋があり、絨毯が敷かれているのです。豪華な敷物やクッションが置かれた長椅子には、団扇《うちわ》を手にした少年が座っているのでした。部屋にある明かりは二本のろうそくだけでした。少年のそばには、果実を盛った皿や花瓶が置いてあります。闖入者《ちんにゅうしゃ》を見て驚く少年を落ちつかせようと、わたしは彼に声をかけました。

「どなたかは存じませんが、どうかこわがらないでください。わたしは、王の息子にしてみずからも王たる身です。あなたに害をなすことなどありえません。あなたの幸運が、あなたをこの墓から救いだすためにわたしをここまでみちびいたに違いありません。なぜかはわかりませんが、生きたまま ここに埋葬されたのでしょう？　あなたがこの島に来られてからのいきさつは、すべて存じておりますゆえどうにも解せないのですが、どうしてすんなりとこのような場所にお入りになったのでしょう？」……

シェヘラザードはここでお話をやめ、シャフリヤール王は少年が孤島に置き去りにされたわけを知りたくてうずうずしながらも、床から起きあがりました。そして翌晩も話の続きを聞くことにしたのです。

第五十五夜

ディナールザードはいつもの時刻になると、シェヘラザードに声をかけました。

「お姉さま、おやすみでないのなら第三の遊行僧の物語を続けてください」

シェヘラザードは次のようなお話を語りはじめました。「第三の遊行僧はお話を続けました」


……わたしのことばに少年は安心し、にこやかな顔で自分のそばに座るようにすすめてくれました。わたしがそのとおりにすると少年はことばを続けました。

「あやしまれるのもごもっともです。今からそのわけをお話ししましょう。目利きの宝石商である父は、まじめに商売にはげんだおかげで莫大な資産を手にすることができました。大勢の奴隷と代理人をつかい、持ち船に商品を積んで世界中をまわらせているのです。諸国の宮廷にでむいて御用をうかがっては、ご注文の宝石をおとどけしています。父は結婚してより長らく子宝にめぐまれませんでした。しかしあるとき夢の中で、息子を得るであろうがその子は若くして死ぬだろうと知らされたのです。夢からさめた父はひどく悲しみました。しばらくして母が身重になったことを父に知らせました。母によりますとわたしを身ごもったのは、父が夢を見たのと同じ日だというのです。九か月後にわたしが生まれますと、家族はおどりあがって喜びました。誕生にたちあっていた父はすぐに占星術師に相談しました。占星術師はこのように告げたのです。

「ご子息は十五歳まではつつがなくお育ちになりましょう。十五歳で命を失いそうになるしるしが見えますが、どうにかしてこれを逃れることができれば長寿を得ることができます。いずれはカシーブ王の息子アジーブ王の手によって磁石の山のいただきにある青銅の騎士が海に沈められましょう。そして星の動きによれば五十日の後、ご子息はアジーブ王によってお命を奪われます」

占星術師のことばは父が見た夢のとおりでしたので、父はたいそう驚きかつ悲しみました。そうこうするあいだにも父はわたしの教育には心をくだき、とうとう十五歳をむかえることになったのです。昨日父は、先ほど申しあげた名をなのる王の手で、十日前に青銅の騎士が海中に没したことを知りました。父は涙を流してひどくとり乱しましたので、まるで人が変わってしまったようでした。

占星術師の予言をきいた父は、星の定めを変えてわたしの命を守る方法を探していました。そしてかねて用意のこの地下室を使うことにしたのです。青銅の騎士が海に転落してから五十日のあいだ、この場所にわたしを隠さなくてはなりません。父が知らせをつかんだときにはすでに十日がたっておりましたから、父は大急ぎでここにわたしを隠して四十日後に迎えにくると言いました。自分は、身の行く末を案じてはおりませんし、アジーブ王がこのような孤島の地下までわたしを探しにくるとは思えません。わたしの話はこのとおりです」

宝石商の息子の話を聞きながらわたしは、心中ひそかに占星術師の予言を哂《わら》いました。わたしが少年の命を奪うなどありえません。少年が語り終えるとわたしは喜びに浮かれながらこう言いました。

「若さま、神のご慈愛を信じましょう。何もおそれることなどありません。これは借金のようなものだとお考えください。たった今、若さまは支払いをすまされました。わたしが難破してこの島にたどりついたのは幸いでした。若さまの死をくわだてる者から若さまをお守りできるからです。おろかな占星術師どものせいで定められた四十日がすぎるまで、決しておそばを離れません。それまでは全身全霊をもっておつかえいたしましょう。四十日後、お父上と若さまがゆるしてくださるのなら、若さまの船で本土まで送ってください。わが王国に戻れたあかつきには、このたびのことは決して忘れずふさわしき礼をもってご恩に報いましょう」

少年はわたしのことばにはげまされ、わたしのことを信じてくれました。少年をこわがらせたくなかったので、自分が彼のおそれるアジーブ本人であることは告げず、気づかれぬようにたいそう気をくばりました。わたしは、才気あふれる少年を相手に夜まで話の花を咲かせ、ご馳走にあずかりました。食料はたっぷりありました。これだけあれば、ほかの客人がやってくる四十日後にも余っているでしょう。食事を終えてからもなおも話はもりあがりましたが、やがて床に入って眠りについたのです。

翌朝、わたしは水をはった水盤を少年のもとに運びました。彼は顔を洗い、わたしは夕食の準備をして時刻になると皿を卓にならべました。食後は気晴らしの遊びに興じ、その日だけではなく翌日からもずっと同じようにして楽しみました。朝と同じように夕べの食事もわたしがととのえ、その後は昨夜と同じように床に入ったのです。こうして二人はどんどん親しくなっていき、ついには少年がわたしに心を寄せ、わたしも少年をたいせつに思うようになりました。わたしは幾度となく、あなたのご子息はアジーブ王の手にかかって命を落とします と告げた占星術師はいかさまだったのだろうとひとりごち、そのようによこしまなことなどできるわけがないと思ったのでした。こうして三十九日のあいだはその地下室で愉快に暮らしたのです。

四十日めとなりました。朝になると少年は起きあがり、うれしさのあまり有頂天になりながらこう言いました。

「王さま、とうとう四十日めになりました。神のお恵みとあなたがそばにいてくださったおかげで、わたしはまだ生きています。父はかならずや王さまのお心遣いに感謝し、お国に戻られるのに必要な手はずをととのえるでしょう。でも今はお湯をわかしていただけませんか？　あそこのちいさな浴槽で体を洗いたいのです。きれいになったら服を着替え、身じまいをして父の到着を待ちたいのです」

わたしは湯をわかすと浴槽に運びました。少年がその中に入りましたので、わたしは彼の体をこすって洗い清めました。少年は湯からあがると、わたしがととのえた床に横になりましたので寝具を着せかけました。少年はゆったりとくつろぐとしばらくうとうととしておりましたが、目が覚めるとわたしに声をかけました。

「王さま、メロンと砂糖を持ってきてくださいませんか。さっぱりしたいのです」

わたしはとっておきのメロンを選ぶと皿に載せました。メロンを切りわけるナイフがみあたらなかったので、少年にナイフの場所を尋ねたのです。少年は、ナイフなら自分の枕元の上にしつらえられた棚にありますと答えました。そこを見るとたしかにナイフがありましたので、わたしは急いで棚に近づきました。しかし急ぐあまりにナイフを手に持ったとたん、足が寝具にからまってしまったのです。わたしは不運にも少年の上に倒れこみ、手にしていたナイフで彼の心臓をひと突きに貫いてしまいました。少年はその場で息絶えてしまったのです。

あまりのことにわたしは断腸の叫びをあげ、頭や顔や胸をたたきました。そして衣服をひき裂いて地に倒れこみ、いかんともしがたい悲嘆と後悔に身をゆだねたのです。

「なんということだろう！　この少年はこの場所まで逃れてきて、あと数時間もあれば危地を逃れることができたのに！　もうだいじょうぶだと思ったとたん、この手で彼を殺してしまった。予言のことばどおりにしてしまった」

わたしは顔をあげると両手を天にさしのべながら叫びました。

「神よ！　どうかお慈悲を。少年の死がわが咎ならば、今すぐこの命を召しあげてください[27]」……

ここでシェヘラザードは夜が明けたことに気づいて悲しみにみちたお話をやめました。シャフリヤール王はたいそう心を動かされて遊行僧の行く末が気になり、シェヘラザードの処刑をまたしても延期することにしました。お話の続きを語れるのはシェヘラザードただひとりだったからです。

第五十六夜

翌晩、ディナールザードはいつものようにシェヘラザードを起こしました。

「お姉さま、おやすみでないのならあの少年が亡くなったあと、何が起こったのかを聞かせてください」

シェヘラザードは次のようなお話を語りはじめました。「おくがたさま、と第三の遊行僧はゾベイダに向かって話し続けました」

……この惨劇にみまわれたあと、わが前に死が示されたならまようことなくその運命を受けいれていたでしょう。しかしながらわたしたちが起これと願うことは、よきにつけ悪しきにつけ起こらないと決まっているのです。やがてどれほど多くの涙も悲しみも、決して少年を生きかえらせぬと思いいたりました。しかもちょうど四十日めでしたから彼の父がこの島にやって来るでしょう。そこでわたしは地下室をあとにして階段を昇りました。入り口には大きな石を置き、土で覆い隠したのです。蓋を隠したか隠さないうちにふと海原に目をやると、少年を連れ戻すための船が本土の方角からやって来るではありませんか。わたしは身のふりかたを考えました。

「自分の姿が目にとまれば、あの老人は自分を捕えるだろう。あの場所で息絶えている少年を見つければ、奴隷に命じて自分を殺させるだろう。どのようないいわけをしても、身の無実を信じてもらうことはできまい。姿をさらして老人の恨みをかうよりは、今のうちに身を隠しておこう」

地下室のすぐそばにはこんもりと葉の茂った大樹がありましたので、そこに隠れようと思いました。木に登ってうまく身を隠したと思うまもなく、以前と同じ場所にあの船が入ってきました。

船が着くとすぐに老人と奴隷たちが降りてきました。一同は顔にいささかの希望の色を浮かべながら地下室へとむかいましたが、入り口の土が新しいのを見るとさっと顔色が変わり、なかでも老人はすっかり蒼ざめてしまいました。彼らは石をどけると下に降りて少年の名を呼んでいましたが、答える声がないので騒然となりました。さらに探すうちに、胸のまん中にナイフを突きたてられた姿で寝台に横たわる少年を見つけたのです。わたしにはナイフをひき抜く度胸がなかったのでした。彼らは泣き叫び、その声はわたしの胸をしめつけました。

老人は悲しみのあまりその場に倒れてしまいましたが、外の空気にあてようというので奴隷たちが地下室から運びだし、わたしが身を隠している木の根元に寝かせたのです。彼らは何とかして老人の目を覚まさせようとしたのですが、不幸な父親はぐったりと横たわるのみでした。彼らは、老人はこのまま亡くなってしまうのではないかとひどく不安がったのですが、ついには息を吹き返したのでした。やがて奴隷たちは、少年のなきがらをとびきり豪華な衣服に包んで運んでくると、墓穴を掘ってその中へとおろしました。二人の奴隷にささえられた老人が泣きぬれながらも最初の土を墓にかけますと、奴隷たちが墓穴を埋めたのです。

埋葬がすむと、地下室からいっさいの家具備品とあまった食べ物がかつぎだされて船に積みこまれました。老人は悲しみにうちひしがれて歩くこともままなりませんでしたから、担架のようなものに身をあずけると帆を広げている船へと運ばれていったのです。船はすぐに島を離れ、やがて見えなくなってしまいました……

ここでシャフリヤール王のもとに朝日がさしてきましたので、シェヘラザードはお話をやめました。シャフリヤール王はいつもどおり起床すると、昨晩と同じ理由でシェヘラザードの処刑を延ばすことにしてシェヘラザードとディナールザードがいる寝室をあとにしたのです。

第五十七夜

翌日、夜が明ける前にディナールザードはシェヘラザードに話しかけました。
「お姉さま、おやすみでないのなら第三の遊行僧のお話を続けてください」
「もちろんです」とシェヘラザードが答えました。「第三の遊行僧は、ゾベイダと一座のひとびとにむかって次のようなお話を語りました」

……老人と奴隷たちが船に乗って去っていくと、わたしは島にひとり残されました。その夜は蓋があいていた地下室ですごしましたが、朝になると島を歩きまわり、とりあえずは身を休められる場所で足をとめたのです。

こうしてとりとめもなく時をやりすごしながら一か月がたったころ、海面がひどく低くなったことに気づきました。陸地が広がったので本土がすぐ近くになったように見えたのです。

まったくのところ、海の水がひいたせいで島と本土のあいだには細長い水路が流れているだけでした。その水路を渡ってみたところ水はすねのあたりまでしかありませんでしたが、浜と砂の上を長いあいだ歩き続けたのでへとへとに疲れてしまいました。とうとうかたい地面までたどりつき、海からはかなり遠い場所までやってきました。と、かなたに燃えさかる火が見えるではありませんか。そこはかとない希望がわきあがりました。

「あそこに行けば誰かがいるだろう。あの火はその人たちが燃やしているにちがいない」

近づくうちにその正体がわかりました。燃える火と思ったものは赤銅の城だったのです。太陽の光を受けて遠目には燃えさかる炎と見えたのでした。わたしは城の近くで足をとめると腰をおろし、城にみとれながらしばしの休息をとりました。

城の威容をじっくりと目におさめようとしておりますと、たいそう見栄えのよい十人の若者がとおりかかりました。散歩でもしていたのでしょう。ひどく驚いたことには、若者たちはそろいもそろって右目を失っていたのです。丈高く威厳のある老人も同道していました。

一度にこれほど多くの片目の人を見たのですから、驚かないはずはありません。しかも誰もが同じほうの目を失っているのです。どういうわけでこの人たちは一緒にいることになったのだろうと不思議に思っておりますと、一行がこちらにやってきました。わたしを見てたいそう喜んでいるようです。挨拶がすむと、彼らはどうしてここまで来られたのかと尋ねてきました。わたしは、いささか長い話になりますからよろしければお座りください、そうすればお聞かせいたしましょうと答えました。彼らはそろって腰をおろしましたので、わが王国を旅だってよりこれまでのいきさつを語り聞かせますと、一同はひどく驚いたのでした。

わたしが語り終えますと、十人の若者たちは自分たちと一緒に城にきてほしいと言いました。わたしはこの申し出をいれ、豪華な家具が置かれた多くの広間や控えの間を通りすぎて広い客間に入りました。そこには青い布を張った小ぶりの長椅子十脚が円を描くように置かれていました。昼はその上でくつろぎ、夜はそこで寝るのです。円陣のまん中には、他の十脚よりも少しばかり低い青い長椅子がありました。先ほど述べました老人が中央の長椅子に腰をおろし、十人の若者は十脚の長椅子に腰かけました。ひとつの椅子にはひとりしか腰かけられませんので、ある若者がわたしに声をかけました。

「兄弟、まん中にある絨毯の上にお座りください。わたしたちにかかわることについてはなにも尋ねないでください。そろって右目を失ったわけも聞かないでください。見るだけで満足し、それ以上の詮索はご無用にねがいます」

ややあって老人は椅子から立つと部屋を出ていきましたが、十人分の食事を用意してすぐに戻るとめいめいにとりわけました。わたしにも食事をまわしてくれましたので、一同にならって食事をいただいたのです。食事が終ると、同じ老人が各人にワインを持ってきてくれました。

彼らはわたしの身の上話を聞いてたいそう驚いたらしく、食事がすむともう一度あの話を聞かせてくれとせがんできました。こうして物語をするうちに夜も更けてきました。ひとりの若者がすっかり遅くなったことに気づき、老人に声をかけました。

「もはや床に入る時刻です。いつものように、お務めをはたすためのものを用意してください」

これを聞いた老人は立ちあがると小部屋へと消えていき、頭の上に次々と十個の盆を載せて戻ってきました。そのどれもが青い布で覆われているのです。老人はめいめいの前にその盆と燭台を置いていきました。

若者たちが盆の覆いをはずしますと、中には灰と炭粉と黒い顔料が入っていました。彼らはそれを混ぜあわせるとめいめいの顔に塗りつけましたので、なんともおそろしい面相になってしまいました。こうして自分の顔を黒く塗りたくってしまうと、彼らはそろっておいおいと泣きはじめ、頭や胸をたたきながら叫び続けました。

「このようなめにあうのも、みずからの怠惰と放蕩のせいなのです！」

若者たちは深夜すぎまでこの奇妙なふるまいを続けましたが、やがて静かになるとあの老人が水を運んできましたので顔と手を洗って汚れた衣服をとりかえたのです。というわけで、あのようなわけのわからないことをやっていたようには見えませんでした。

おくがたさまにはわかっていただけると存じますが、わたしはすっかりそわそわしてしまい、若者たちに釘をさされたとおりに口を閉じているのをやめ、わけを尋ねてみようと千回も思いました。そしてその夜は一睡もできなかったのです。

翌朝、わたしたちは起きるとそぞろ歩きにでかけました。わたしは若者たちにこう言いました。

「みなさん、昨晩のいましめの件ですが、わたしにはこれを守ることができません。みなさんが、分別も才覚もじゅうぶんにそなえておられることはわきまえておりますが、昨晩のようすはまともな人のすることとも思えません。この身にどのような災いがふりかかろうとも、お尋ねしないわけにはいきません。どうして顔に灰や炭粉や顔料を塗りつけたのですか？　どうして一眼を失ったのでしょう？　なにか尋常ならざるできごとがあったにちがいありません。どうしてもそのわけを知りたいのです」

わたしのたっての質問には誰も答えてはくれず、あなたにはかかわりのないことだから、なにも考えずに平安な暮らしを楽しみましょうということばしか返ってはきませんでした。

その日はとりとめもないことを話しながらすごし、夜になってめいめいが食事を終えると、昨晩と同じように老人が青い布をかけた盆を持ってきました。若者たちは顔を塗りたくるとさめざめと涙を流し、われとわが身をたたき続けるのです。

「このようなめにあうのも、みずからの怠惰と放蕩のせいなのです！」

彼らは次の晩もその次の晩も同じことをくりかえしながら、同じことばを叫ぶのでした。

わたしはとうとうがまんできなくなってしまいました。そして、夜ごと夜ごとの奇妙な光景を目にしながらそのわけを尋ねることがゆるされぬのなら、これ以上ともに暮らしていくことはできません、どうかわけを聞かせてください、それがだめなら故郷に戻る道を教えてくださいと懇願したのです。

ひとりの若者が代表して口を開きました。

「わたしたちのふるまいを不思議がらないでください。あなたの問いにお答えしなかったのは、ただただあなたの身を思い、わたしたちと同じ悲しみを味わわせたくなかったからです。わたしたちと同じ不運な道をたどってみたいのなら、そうしたいと言うだけでよいのです。お望みどおりにしてさしあげましょう」

わたしはなにごとも覚悟のうえですと答えました。

「もう一度言いますが」と同じ若者がことばを続けました。「知りたいと思う心を鎮めることはできませんか？　右目を失うことになるのです」

「かまいません」とわたしは答えました。「そのような悲運にみまわれたとしても、責められるべきはあなたがたではなくこの身なのですから」

その若者はなおも念を押しました。一眼を失ったとき、もし望んだとしても彼らとともに暮らすことはできない、自分たちの数は足りておりこれ以上増やすことはできないからだと言うのです。わたしは、あなたがたのように信義深きひとびとと別れないですむのならそれにこしたことはないが、それが避けられぬ道だとしても覚悟はできています。どのようなことが起こってもかまわないから、どうか望みをかなえさせてくださいと答えました。

十人の若者は、わたしが心を決めたことを見てとると羊をひいてきてこれを屠《ほふ》り、皮をはぐと屠殺につかったナイフをさしだしました。

「このナイフを持っていてください。これからお話しする場面でこれが必要になるでしょう。今からこの羊の皮であなたをくるみ、中に封じこめてしまいます。あなたを置いてわたしたちが立ち去ると、ロックと呼ばれる巨鳥[28]がやってきます。ロック鳥はあなたを羊と思って舞い降りると脚でつかみ、雲の高さまで昇っていきます。ですがこわがることはありません。やがてはあなたをつかんだまま大地をめざし、山のいただきに舞い降りるでしょう。

地面についたと思ったらそのナイフで皮を切り裂き、外に出てください。ロック鳥はあなたを見るなり、驚いて逃げ去ってしまいます。その場にはとどまらず、金や大きなエメラルドや宝石で飾られた壮麗な宮殿が見えるまで歩き続けてください。宮殿の門は開いたままですから、中に入っていくのです。わたしたちは、ここにいるのと同じくらい長いあいだ、その場所で暮らしていたのです。そこでわたしたちが何を見たか、わたしたちの身に何があったかはお話しできません。あなたが自分の身でためさなくてはならないからです。わたしたちがお伝えできるのは、ひとしく右目を失い、あのような懺悔にふけるようになったのは、その宮殿にいたためだということだけなのです。わたしたちの不思議な冒険の数々を記せば大部の書となるでしょうが、今のところはこれくらいにしておきましょう」……

ここでシェヘラザードはお話をやめました。

「今宵は妹がいつもより早く声をかけましたので、長話をして王さまを退屈させたのでなければよいのですが。折りよく朝となりましたので、ここでお話をやめさせていただきます」

シャフリヤール王は、またしても残酷な宣告を先に延ばすことにしたのです。

第五十八夜

この夜、ディナールザードは前日ほど早起きはしませんでしたが、それでも夜が明ける前にシェヘラザードに呼びかけました。

「お姉さま、おやすみでないのなら、第三の遊行僧のお話を続けてください」

シェヘラザードは、遊行僧がゾベイダに聞かせたお話の続きを語りました。


……一眼を失った十人の若者のひとりが話を終えますと、わたしはナイフをしっかり握ったまま、羊の皮に入りました。若者たちは羊の皮を縫いあわせると、わたしをその場に置いて城の広間へと戻っていきました。ほどなくして彼らが話していたロック鳥がやってきて羊の皮に入ったわたしの上に舞い降りると、鉤爪《かぎづめ》でしっかりとつかんで山のいただきへと飛んでいったのです。

わたしは地面におろされたことがわかるとすぐにナイフを使って皮を裂き、外に出ました。ロック鳥はわたしを見るとたちまちのうちに飛び去ってしまったのです。このロック鳥はとほうもない大きさの白い鳥でして、その怪力をもって野にある象を山のいただきへと運びあげ、その肉を食らうのです。

わたしは早く宮殿を見たいとわくわくしながら先を急ぎ、半日も歩くとめあての場所が見えてきました。それは、あの若者たちから聞いていたよりもはるかに豪壮華麗な宮殿だったのです。城門は開いておりましたので、わたしは正方形の中庭に入っていきました。その庭はたいそう広く、白檀と沈香木で作られた九十九の門と黄金の門ひとつがぐるりをめぐっているほどです。上層の部屋へと続く壮麗な階段もありましたし、目のおよばぬ場所となるとどれほどあるのか見当もつきません。百の門はみごとな庭園や宝蔵、世にもまれな光景が広がる場所へと通じていました。

ふと見るとすぐ目の前にある扉が開いておりましたので、広々とした客間へと進んでいきました。そこにはたとえようもなく美しい四十人の娘たちが座っていたのです。娘たちはそろって豪華な衣装を身にまとい、わたしを見るとすぐに立ちあがりました。そしてわたしが挨拶を口にするよりはやく、喜びの色をいっぱいに浮かべてこう言ったのです。

「ご主人さま、ようこそいらっしゃいました」

ひとりの娘がみなを代表して話しかけてきました。

「あなたのようなかたが来られるのをずっと待っておりました。お姿を見ただけでわかったのです。わたしたちが望んでやまぬ美徳のすべてをそなえておられます。ここにはお気にそまぬような娘はひとりもおりません」

しきりに遠慮したのですが娘たちは、このような場所は自分にはふさわしくありませんと言いたてるわたしをひときわ高くなった椅子に座らせました。

「ここがお席なのです」と娘たちは口をそろえるのです。「今日からはあなたさまがご主人でわたしたちは奴隷なのです。何なりと御用をお申しつけください」

おくがたさま、この世界広しといえどもこの麗しき娘たちの心遣いと熱意にはほとほと驚いてしまいました。ひとりの娘がお湯を運んできてわたしの足を洗えば、もうひとりの娘が香水を両手にそそぎかけ、別の娘が身のまわりの品々を運んできて着替えをてつだうかと思えば、ほかの娘たちが次々と贅沢な食事を用意し、ワインを手にした娘たちが美酒を満たしてくれました。なにもかもがいささかのてちがいもなく流れるようにしきられており、すっかり見とれてしまったのです。わたしが食べかつ飲みますと、娘たちはわたしをとりかこんで旅の話をねだりました。これまでのいきさつを詳しく話しきかせるうちに気がつけば夜になっていたのです……


ここでシェヘラザードはお話をやめたのでディナールザードがそのわけを尋ねました。

「もう夜が明けます。もう少し早く起こしてくれればよかったのです」

シャフリヤール王は四十人の美女がいる宮殿に入った遊行僧の話にたいそう心ひかれましたので、話の続きを聞くまではシェヘラザードの処刑を延ばそうと決めたのです。

第五十九夜

この日の晩ディナールザードは昨日よりもはやく目をさますと、夜が明ける前にシェヘラザードに話しかけました。

「お姉さま、おやすみでないのなら昨晩お話しになっていた美しい宮殿で何があったのかを聞かせてください」

「お聞かせしましょう」とシェヘラザードは答え、シャフリヤール王にむかって次のようなお話をはじめました。「王さま、王子たる遊行僧はこのように語ったのでございます」


……四十人の娘たちに旅の物語を話し終えますと、そばちかくに座っていた娘たちはなにかと話しかけてきましたが、ほかの娘たちはすっかり夜も更けたことに気づくと、立ちあがってろうそくを持ってきました。彼女たちは山ほどたくさんのろうそくを用意したので昼のように明るくなりましたが、きちんとならべていったのでさほどの数とも見えなかったのです。

ほかの娘たちは食卓に干した果物や菓子類、酒肴のたぐいをならべ、小卓にはワインや飲み物の瓶を置きました。またべつの娘たちは楽器をたずさえてきました。そして宴のしたくがととのうと、わたしを呼んで食卓につかせたのです。娘たちはわたしと並んで腰をおろし、ゆったりと食事を楽しみました。楽器を奏でる娘たちと曲にあわせて歌う娘たちはともに立ちあがり、うっとりするような調べが流れていきました。踊りをはじめるものもあり、順番に二人ずつの組になるとしなやかな身のこなしで踊るのでした。

歓楽がつきるころにはすっかり真夜中になっており、ひとりの娘が話しかけてきました。

「長旅でお疲れでしょう。そろそろおやすみになる時刻です。お部屋のしたくはできております。ここを出られる前にわたしたちの中からお心にかなった娘をえらび、今宵をともにすごしてください」

わたしは、とんでもない、そのようなことはできません、みなさまそろって同じくらい美しく、同じくらい才気にあふれておられる、どのかたも貴婦人として申し分がない、誰かひとりを選ぶなどという非礼はおかせません、と答えました。

すると同じ娘がこう言いました。

「なんと誠実なかたなのでしょう。わたしたちがやきもちをやかないようにとのお心遣いなのですね。ご心配にはおよびません。ご主人さまに選んでいただいた娘にやきもちをやくようなことはありません。毎晩ちがう娘がお相手をして、四十日がすぎればまた最初からくりかえすことになっているのです。ですからご主人さまがお好きな娘をお選びになり、お体をやすめてください」

こうなったら、言われたとおりにしなくてはおさまりません。話していた娘に自分の手をさしだしますと相手も同じことをしました。豪華な部屋に案内されて二人きりになると、ほかの娘たちは自室へとさがっていったのです……


ここでシェヘラザードは、「夜が明けます。王子たる遊行僧をお相手と二人きりにいたしましょう」とシャフリヤール王に言いました。

シャフリヤール王は答えませんでしたが、起きあがりながら心中ひそかにこう言ったのでした。

「なるほど、この話はたいそうおもしろい。最後まで聞かないというのは、それこそ愚の骨頂ではないか」

第六十夜

翌晩、ディナールザードは夜が明ける前にシェヘラザードに話しかけました。

「お姉さま、おやすみでないのなら第三の遊行僧の不思議な物語を続けてください」

「喜んで」とシェヘラザードは答え、王子たる遊行僧がどのようにふるまったかを語りました。


……翌朝、三十九人の娘たちが部屋に入ってきましたが、わたしは着替えもすませておりませんでした。娘たちはいずれも昨日とは異なった装いに身をつつんでおり、朝の挨拶をすませるとご機嫌はいかがですかと尋ねました。それからわたしを浴室へと案内し、手ずから体を洗ってくれたのです。

しきりに遠慮するわたしのことばには耳も貸さず、かゆいところに手がとどく念のいりようです。そして浴室から出たら出たで、今度は以前にもまして豪華な服を着せてくれました。

わたしたちは一日のほとんどを食卓の前ですごしました。夜になって床に入る時刻がくると、娘たちは自分たちの中からひとりを選んでともにやすむようにと頼んでくるのです。というわけでおくがたさま、長話はやめててみじかに申しますと、わたしは四十人の娘たちとまる一年をすごしたのです。そして夜ともなれば彼女たちがひとりずつ順番に伽《とぎ》をしてくれたのでした。

こうして夢のような歓楽の日々が続き、憂き世とは無縁のときがすぎていきました。しかしながら一年が終ると、ひどく驚いたことに娘たちはいつものように明るく楽しげに朝の挨拶をするかわりに、涙でほおをぬらしながら部屋に入ってきたのです。彼女たちは情愛をこめて次々とわたしをかき抱くと、口々にこう言いました。

「お別れです、いとしいご主人さま。さようなら！　ここを出ていかなくてはなりません」

娘たちの涙は、わたしの胸をかき乱しました。わたしは、どうしてそれほど悲しんでいるのか、どうして別れなくてはならないのかと尋ねました。

「いとしい人たち、後生だから教えてください。どうすればあなたたちを慰められるのですか？　わたしにできることがあるのでしょうか？」

娘たちはこの問いには答えず、次のようなことを言いました。

「いっそお会いしなければよかったのです！　ご主人さまの前にも幾人かの殿方がここにやってきました。でも、あなたさまほど男ぶりがよくて心優しく、才気と美徳に満ちたかたはおられませんでした。ご主人さまなしでどうやって生きていけばいいのでしょう！」

娘たちはそういうと、わっと泣きだしてしまいました。

「いとしい人たち、どうかじらさないでおくれ。何がそんなに悲しいのか話してほしい」

「お別れしなくてはならないのです。これほど悲しいことがほかにあるでしょうか！　きっともう二度とお会いできません。でもご主人さまがぜひにと強く願い、ご自分の心を抑えることができれば、またお会いできるかもしれません」

「あなたたちが何を言っているのかわからないのです。もう少しわかりやすく話してください」

「かしこまりました」とひとりの娘が答えました。「お話ししましょう。わたしたちは諸王の娘なのです。この場所でご主人さまがごらんになったとおりに楽しくすごしているのですが、一年の終りには四十日だけよんどころないお務めを果たすためにここを離れなくてはなりません。それがどのようなものかは、絶対にお話しできないのです。そしてお務めが終れば、またこの宮殿に戻ってきます。昨日で一年が終りましたので、今日がお別れの日なのです。だからこれほど悲しんでいるのです。

ここを去る前にすべての鍵をお渡しします。百の扉の鍵もあります。百の扉を開ければ、わたしたちが留守にするあいだ、お心を慰める世にもめずらしい光景をご覧になれるでしょう。ですが、ご自分のため、そして何よりもわたしたちのため、黄金の扉はお開けになりませんように。

黄金の扉を開けたら、二度とお会いできなくなります。それを思って悲嘆にくれているのです。先ほど申しあげたことばどおりになさってください。ご主人さまの人生の平安と幸福がかかっているのです。どうかお忘れになりませんように。好奇心に負けてしまえば、たいへんなめにあうでしょう。ですから軽はずみなまねはなさらないでください。そして四十日の後、またこの場所で会えるようにしてください。黄金の扉の鍵を持ち去ることもできますが、そのようなことをすれば、ご主人さまの分別と信義をうたがうことになってしまいます」……

シェヘラザードはお話を続けようとしたのですが、ここで夜が明けたことに気づきました。シャフリヤール王は、四十人の娘が出立したあとで城にひとり残された遊行僧がどうするかを知りたくなり、明日も話を聞くことにしたのです。

第六十一夜

この日の晩、務めを忘れないディナールザードは夜が明けるよりもずっと前に目をさましておりましたので、シェヘラザードに話しかけました。

「お姉さま、もしおやすみでないのなら、わたしたちの主たる王さまにお話の続きをお聞かせする時刻になりました」

シェヘラザードはシャフリヤール王に次のようなお話を語りはじめました。「王さま、遊行僧の物語は次のとおりでございます」

……おくがたさま。わたしは、麗しき姫君らが語った話にひどく心をいため、彼女たちがいなくなることがどれほどつらいかを伝えると、したがうべき道を示してくれたことに感謝したのです。そしてかならずや彼女たちのことばにしたがって難局をきりぬけ、世にならぶものなき貴婦人がたと残された日々を楽しく暮らすつもりですといいました。わたしは後ろ髪をひかれる思いで別れにのぞみ、ひとりひとりをかき抱きました。娘たちは残らず宮殿を去り、わたしはひとりぼっちになってしまったのです。

一年というもの、娘たちと一緒に浮かれ騒ぎ、音楽などに興じるいっぽうでしたから、ほかのことをする時間もありませんでしたし、この魔法宮殿のどこかにある奇貨珍宝のたぐいを見てまわろうという気にもならなかったのです。日々、目にするぜいたくな諸物さえ気にとめてはおりませんでした。世にもまれな佳人の美を愛で、ひたすらにつくしてくれる彼女たちの姿をながめるよろこびにくらべたら、それが何だというのでしょう。娘たちがいなくなってしまうと、わたしは寂しさをおさえきれませんでした。彼女たちが留守にするのは四十日だけだというのに、まるで百年の孤独を味わう気分だったのです。

わたしは、黄金の扉を開けてはならないという娘たちのことばを守ろうとかたく心に決めておりましたが、それ以外はなにをするのも自由な身でしたから、番号順にならんでいたほかの扉の鍵を手にとりました。

第一の扉を開けてみますとそこは果樹園になっていました。世界広しといえども、この果樹園とくらべられるようなものがあるでしょうか。わたしたち信徒が死後に訪れるというあの楽園でさえ、この果樹園にまさっているとは思えないほどでした。

整然と植えられた木々やありとあらゆるさまざまな果樹がみごとな調和を見せ、名も知らぬめずらしい果実があざやかに色づいてたわわに実っているのです。このすばらしい果樹園をめぐる水路はほかでは見られない様式になっておりまして、たいそう手のこんだ水路が縦横に流れているおかげで、どの木もたっぷりと水を得て若葉を茂らせ美しい花をつけているのです。すでに実をつけた木々にはわずかな水、大きな果実をつけたものにはさらにわずかな水、よく熟したものには必要なだけの水が流れるようになっており、その果実たるや、わたしが知っているどの果実よりも大きく、つやつやと輝いているのです。そして収穫を待つだけのものには、果実を損なわずにすむわずかな水が流れるような工夫がこらしてありました。

わたしは時がたつのも忘れて木々に見とれました。まだ見ぬ場所にはもっと驚くべきものがあるのではないかと思いいたらなかったとしたら、いつまでもその果樹園にとどまっていたでしょう。やがて驚嘆の念でいっぱいになりながらも果樹園をあとにして扉を閉め、次の扉を開けたのです。

今度は果樹園ではなく、花園が目の前に広がりました。この花園も今まで見たことがない驚くべき場所でした。広々とした花壇には果樹園をめぐっていたような滔々《とうとう》たる水路はありませんが、花をいたわるためにちょうどよい水加減が工夫されていました。そして薔薇、ジャスミン、スミレ、水仙、ヒヤシンス、アネモネ、チューリップ、キンポウゲ、撫子、百合など、本当なら別の場所で異なった季節に咲く花たちがいっせいに咲きほこっているのです。しかも花園からは何ともいえず甘い香りがただよってくるのでした。

次に三番めの扉を開けますと、そこは広大な百鳥園になっていました。地面には、見たこともないような色鮮やかな大理石が敷かれています。白檀と沈香木で造られた網の中では、数えきれないほどの夜鶯《ナイチンゲール》、ヒワ、カナリア、雲雀《ひばり》などがさえずり、この世のものとも思われぬ妙なる調べが響いていました。小鳥たちの餌や水を入れる器は高価な碧玉や瑪瑙《めのう》で作られていましたし、これほどの広さがあるというのに汚れひとつ見あたりません。百人もの人が念いりに手いれをしているのだろうと思ったのですが人の気配はなく、ここでも庭園でも雑草はおろか、ごみひとつ見あたらないのでした。

やがて日も暮れてきましたので、わたしは夜のねぐらへと急ぐ鳥たちの歌に聞きほれながらも百鳥園をあとにしました。それから自室に戻り、黄金の扉を除く扉をすべて開いてみようと決めたのです。

翌日、わたしは四番めの扉を開きました。昨日の部屋では驚きの念に満たされましたが、今日は身も心もとろけるような気分になりました。堂々たる建物にかこまれた広い中庭に入ったのですが、千言万語をついやしたとしてもその場所の威容をお伝えすることはできますまい。建物には四十の扉があり、そのいずれもが開いておりました。それぞれの扉は宝蔵へと通じており、強勢をほこる大王国の富にもまさる財宝をおさめた部屋まであるのです。最初の蔵には真珠が積みあげられておりましたが、驚くべきことに山なす真珠はその半ば以上が鳩の卵ほどもあろうかというほどの大きなものでした。

第二の蔵にはダイヤモンド、石榴石、ルビー、第三の蔵にはエメラルド、第四の蔵には金塊、第五の蔵には金貨、第六の蔵には銀塊、続くふたつの蔵には銀貨がうずたかく積まれているのです。残りの蔵はアメジスト、橄欖石《かんらんせき》、トパーズ、オパール、トルコ石、ジルコン、名も知らぬ珍しい宝石で埋まっておりました。瑪瑙や碧玉、カーネリアンや珊瑚《さんご》は言うまでもありません。珊瑚が山積みされた蔵には、一枝といわず一本まるごとの珊瑚まであったのです。

わたしは驚嘆かつ賛嘆おくあたわず、数々の蔵を見てまわったあとで思わず大声をだしてしまいました。

「世界じゅうの王が持つ宝をひとつところに集めたとしても、ここの足元にもおよぶまい。これらの宝庫にくわえてやさしい姫君たちをわが手にできるとは、何という果報なのだろう!」

おくがたさま、続く日々にわたしが目にした財宝の数々についてくどくど話すのは野暮と申すものでしょう。かいつまんで申しあげれば、わたしは三十九日のあいだに九十九の扉を開けて目の前の光景に見とれていたのです。こうして残されたのはただひとつ、開けてはいけない百番めの扉のみとなりました……

ここで夜明けの光が寝室にさし、シェヘラザードはお話をやめました。しかしシャフリヤール王はこのお話に夢中になっておりましたので、明日の晩も続きを聞くことに決めたのでした。

第六十二夜

ディナールザードはシャフリヤール王と同じくらい、百番めの扉のむこうに何があったのかを知りたかったので、夜明けよりもかなり前にシェヘラザードに声をかけました。
「お姉さま、おやすみでないのなら第三の遊行僧の不思議な物語をお聞かせください」
「続きをお聞かせしましょう」とシェヘラザードは言い、次のようなお話を語りはじめました。

……美しい姫君たちが去ってから四十日めとなりました。この日に強き心があれば、世界中の誰よりも不幸な今の自分ではなく、世界中の誰よりも幸福な人間になっていたでしょう。明日になれば四十人が戻るのですから、再会の楽しみを思って好奇心を抑えていればよかったものを、どれほど悔いても悔いたらないみずからの弱さのせいで絶えまない悪魔のささやきに耳をかたむけ、ついには不幸への道に足を踏みいれてしまったのでした。

わたしは決して開けないと誓った運命の扉を開けましたが、中に入ることができませんでした。部屋から漂ってきた濃厚な香りに耐えられず、気が遠くなって倒れてしまったのです。目がさめたわたしは、これは扉を閉めよとの警告だと気づいて好奇心を捨て去るかわりに、部屋の中へと入っていったのでした。

しばらくすると濃い香りは薄らぎ、息がつまるようなことはなくなりました。この場所はたいそう広くて大きな円蓋屋根の下にあり、敷石にはサフランがまき散らしてあるのです。黄金の燭台がささえるろうそくは沈香や竜涎香の香りを放ちながら光を投げかけ、負けじと明るく輝く金や銀のランプにはさまざまな香油が使われているのでした。

わたしは見るものすべてに目を奪われておりましたが、やがて今まで見たこともないほど美しい一頭の黒馬に気づきました。そばで見ようと思って黒馬に近づくと、みごとな細工がほどこされた黄金の鞍と馬勒をつけており、片方の飼い葉桶にはひいた大麦とゴマ、もう片方には薔薇水が入っているのです。明るい場所で馬をじっくりと見たかったので手綱をとってひきよせ、鞍にまたがると前に進もうとしたのですがまるで動きません。そこで豪華な厩舎から持ってきた鞭をふるったところ、馬はすさまじい声でいななき、わたしが気づかずにいた翼を広げるとあっというまに天高く舞いあがりました。わたしは必死で馬にまたがり、恐怖にうち震えながらもどうにか姿勢を保つことができました。

やがて黒馬は地上をめざし、とある城館の平屋根めがけて一直線に舞い降りたかと思うと、下馬するいとまも与えずに猛烈な勢いでわたしを鞍からほうりだしました。そして馬の尾の先が、後方にころがり落ちたわたしの右目をたたいたのです。わたしが一眼を失ったいきさつはこのとおりでございます。

あの十人の若者が言ったとおりになってしまいました。黒馬はふたたび天に舞うと見えなくなり、わたしはみずからがまねいた不運にうちのめされながら立ちあがりました。そしてひどく痛む目を片手でおさえながら客間へと降りていきました。そこには十脚の長椅子が円を描くように置かれ、中央にはほかのものよりも低くなった十一脚めの長椅子がありました。ロック鳥にさらわれてあとにしたあの宮殿へと戻ってきたのです。

わたしが客間に入ったとき、一眼を失った十人の若者の姿は見えませんでしたが、ややあって老人のあとについて彼らがやって来ました。わたしを見ても、わたしが一眼を失ったことを知っても少しも驚いたようすはありません。

「わたしたちが望んでいたようなお姿で戻ってこられなかったことを、心から残念に思います。ですがあなたの不運はわたしたちのせいではないのです」

「あなたがたを責めるなどとんでもない」とわたしは答えました。「これはみずからがまねいた災いなのです。誰を責めることもできません」

「たがいに慰めあうことで」と若者たちが言いました。「悲嘆を軽くできるならば、わたしたちのたどった道をごらんください。あなたの身に起こったことはすべてわたしたちの身にも起こったのです。一年のあいだはありとあらゆる快楽を味わいました。姫君たちの留守中にあの黄金の扉を開けさえしなければ、今もなお歓楽の中に身を置いていたでしょう。あなたもわたしたちと同じ短慮に走り、同じ罰を受けたのです。あなたをお迎えしていつ果てるともわからぬ懺悔の時間をともにしたいのは山々なのですが。すでにお伝えしたとおりそれはかないません。かくなるうえはここを立ち去ってバグダードの宮廷をめざしてください。かの地に至ればあなたの運命が定まりましょう」

進むべき道をおしえてもらったのでわたしは彼らのもとを離れ、バグダードへの道すがら髭と眉毛をそり落として遊行僧の衣服をまといました。長い旅路でしたが、今日の夕刻には都に到着できました。そして城門をくぐり、やはり異国から訪れたこれなる兄弟僧らにであったのです。三人そろって同じほうの眼を失っていることに驚きましたが、それぞれの身にふりかかかった災厄を語りあうだけのいとまはありませんでした。というわけでおくがたさま、こうしてこのお屋敷にやってきてお情けをいただいたというわけでございます。

第三の遊行僧が身の上を語り終えますと、ゾベイダが遊行僧らに話しかけました。

「お三かたとも自由の身です。お好きな場所へ行ってください」

ところがひとりの遊行僧が答えました。

「おくがたさま、どうかわたしたちの好奇心をおゆるしください。まだ話し終えておられぬ紳士がたのお話を聞きとうございます」

そこでゾベイダはカリフさまと宰相とマスルールのほうを向きました。三人ともにまだ身分を明かしていなかったのです。

「次はあなたたちの番です。さあ、話してください」

今回も大宰相のジャアファルが口を開き、ゾベイダに答えました。

「おくがたさま、おことばにしたがおうにも、このお屋敷に入らせていただく前に申しあげたことをくりかえすよりないのです。わたしどもはモスルから来た商人でして、商品を売りさばこうとバグダードに参りました。わたしどもの商品は投宿先の隊商宿に置いてございます。今宵はバグダードに住む商人の家にて、同業のなかまともども馳走にあずかりました。招待主の商人はよりすぐりの珍味と美酒でもてなしてくれたあと、男女の踊り手、歌手や楽師の一団を呼んだのです。一同そろっての大騒ぎとなりましたため、夜警が踏みこんできまして何人かはお縄になってしまいました。わたしどもは運よく逃れることができたのですが、すでに夜も更けておりましたので隊商宿の門は閉ざされており、一晩をどこですごそうかと途方に暮れてしまいました。しかしながら運命の導きによってこの街路へと入り、こちらのお屋敷で楽しげな声があがっているのを聞きつけましたので、門をたたいたというわけなのです。わたしがお話しできますのはここまででございます」

話を聞き終えたゾベイダはしばしことばを探しているようでしたが、そのようすに気づいた遊行僧らが、モスルから来た三人の商人にも同じ情けをかけてくれるように頼みました。

「そうですね」とゾベイダが言いました。「あなたがたもお務めを果たしてくださいました。もう自由の身です。でも今すぐにこの屋敷から出ていかなくてはなりません。お好きな場所に行ってくださって結構です」

ゾベイダの声には厳としたひびきがありましたので、カリフさまも宰相もマスルールも三人の遊行僧も荷かつぎやも、ひとことも発せずに屋敷から出ていきました。武器を持った七人の奴隷がにらんでいたからです。一同が外に出て屋敷の門が閉まると、カリフさまが身分を伏せたままで遊行僧らに話しかけました。

「ところでバグダードははじめてという異国のかたがた、夜明けにはまがありますがこれからどちらに向かわれるのですか?」

「実はどこにもあてがないのです」と遊行僧らが答えました。

「それでは」とカリフさまが言いました。「わたしたちについてきてください。よい場所がありまず」

カリフさまはこう言うと、次は宰相に話しかけました。

「この者たちをまかせた。明朝、余のもとに連れてくるように。彼らの話を書きとめ、わが治世の記録として残したいのだ」

こうして宰相のジャアファルは三人の遊行僧を連れ帰り、荷かつぎやは自分の家に戻り、カリフさまはマスルールをしたがえて帰城しました。カリフさまは床につきましたが、その晩は一睡もできませんでした。見聞きした不思議なできごとで頭がいっぱいだったのです。ゾベイダはいったい誰なのか？　どうして二頭の黒い雌犬を鞭うったのか？　どうしてアミーナの胸には傷あとがあったのか？　空がしらしらと明るくなってきましたが、カリフさまはずっと同じことを考えていました。やがてカリフさまは起きあがると朝議と謁見の間へと向かい、玉座に腰をおろしたのです。

ややあって大宰相が参内し、いつもどおりの挨拶をおこないました。

「宰相よ」とカリフさまが言いました。「さしあたっての案件はさほど急を要するものではないが、あの三人の婦人と二頭の黒い雌犬の件はそうではない。驚くべきことどもを説明してもらわなくては、どうにも気になってしかたがない。三人の婦人と遊行僧を連れてくるように。急げ。はやる思いで帰りを待っている」

宰相はカリフさまが短気ですぐに癇癪玉《かんしゃくだま》を破裂させることを承知しておりましたから、そのとおりにしました。そして三人の娘のもとに行くと、カリフさまの御前にまかりでるようにとの命令を礼儀にかなったことばで伝えたのです。ただし、昨晩のできごとについてはなにもふれませんでした。

娘たちはヴェールをまとうと、宰相とともに宮殿に向かいました。ジャアファルは途中で自宅に立ちよると三人の遊行僧を呼びだしました。一同は昨晩、カリフさまとは気づかず面と向かってことばを交わしていたことを知らされたのです。

こうしてジャアファルがてぎわよくお膳立てをすませて宮殿に到着しますと、カリフさまはたいそう喜びました。いならぶ廷臣を前にしたカリフさまは作法を守るため、娘たちは自室に続く部屋のしきりとなっている緞帳《どんちょう》のむこうに、遊行僧らは自分のそばにいるようにと告げました。彼らは目の前の貴人が誰かをよくわきまえておりましたから、うやうやしい態度でしたがったのです。

娘たちが言われた場所に行きますと、カリフさまは彼女たちのほうを向いてこう言いました。

「娘らよ、昨晩、余が商人に身をやつしてそなたらの屋敷を訪れたと聞き、たいそう驚いたであろう。さだめし叱責を受けるものと思うかもしれぬが、その心配は無用である。昨晩のいきさつについてはいかなる咎めもない。そなたらのおこないはみごとであった。バグダードの婦人すべてがそなたらのごとく奥ゆかしい心ばえであればよいのだが。受けた非礼を礼で返したそなたらのふるまいは決して忘れまい。昨晩(29)はモスルの商人であったが、今はハールーン・アッラシード、栄光あるアッバース家第七代のカリフにしてわれらが偉大なる預言者の後を継ぐ者である。今日、ここに呼んだはほかでもない、そなたらの身元を尋ね、ひとりが黒い雌犬をはげしくうちすえたあとでともにひどく嘆いたわけを知りたいのだ。さらに別のひとりの胸が傷だらけであったわけも尋ねたい」

カリフさまはとてもはっきりと話しましたから、三人の娘の耳にはカリフさまのことばが刻みこまれましたが、宮廷の作法次第にしたがって宰相のジャアファルが同じことをくりかえしました……

ここでシェヘラザードは「夜が明けます」と言いました。「王さまが続きを聞きたいと思われるのでしたら、明日までこの命を長らえさせてください」

シャフリヤール王はこの願いをいれ、シェヘラザードがゾベイダの物語を話すというのなら聞かないわけにはいくまいと思ったのです。

第六十三夜

夜が明けようとするころ、ディナールザードは「お姉さま」と声をかけました。「おやすみでないのなら、どうかゾベイダの物語を聞かせてください。ゾベイダはカリフさまにお話を語ったのですか？」

「そのとおりです」とシェヘラザードが答えました。「ゾベイダは、カリフさまのことばにはげまされ、カリフさまを満足させるために次のようなお話を語ったのです」

ゾベイダの話

信徒の長さま、とゾベイダは話しはじめました。わたしがお聞かせする物語は、今まで語られたどの話にもまして不思議に満ちたものでございます。あの黒い雌犬二頭とわたしは同じ父母から生まれた姉妹なのですが、姉たちは世にも不思議ないきさつで雌犬に変えられてしまいました。わたしとともに暮らし、今はここに侍《はべ》っております二人の娘は、違う母から生まれた妹たちです。胸に傷あとがある娘はアミーナ、もうひとりはサフィーエ、そしてわたしはゾベイダと申します。

父がみまかりますと、わたしたちは誰もが同じだけの遺産をもらいました。腹ちがいの妹ふたりも自分たちの取り分を得ましたので、わたしたちとは別れて自分たちの母と暮らすことになりました。わたしたち三姉妹は、当時はまだ健在だった母と一緒に暮らしておりました。やがて母も亡くなりましたが、三人にそれぞれ金貨千枚を残してくれたのです。

遺産をもらった姉ふたりが結婚して夫のもとにまいりましたので、わたしはひとりで暮らすようになりました。結婚してしばらくすると、長姉の夫は家財一式を売りはらって得たお金と姉の持参金を持ってアフリカへと旅だったのです。しかしながら義兄は美食と放蕩の限りをつくし、自分のお金も姉からもらったお金もすっかりなくしてしまいました。財産をうしなった義兄はこれを口実に姉と離婚し、家から追いだしてしまったのです。姉はバグダードへと戻ってきましたが長い道中にひどい苦労をしたこともあり、血も涙もない人でさえあわれをもよおすみじめな風体で家を訪ねてまいりました。

わたしは姉が驚くほどあたたかく彼女を迎えいれました。どうしてこのようにひどいことになってしまったのかと尋ねますと、涙ながらに語りますのは、人を人とも思わぬひどいあつかいを夫から受けたというのです。わたしは姉の不運に胸をいため、ともに涙を流したのでした。それから姉を入浴させると自分が持っていた服に着替えさせてこう言いました。

「お姉さまは長女でわたしにとっては母のような人です。お留守のあいだに、神さまのお恵みにあずかることができました。ささやかな貯えができたので蚕《かいこ》を飼っているのです。遠慮せずにこの家のものは自由に使ってください」

こうしてわたしたちはなかよく数か月をともに暮らしたのです。何かにつけて次姉のことを話しておりましたから、長らく消息がわからないことに驚いていますと、長姉よりもさらにみじめな姿で戻ってきました。次姉も夫からひどいあつかいを受けており、わたしは長姉のときと同じように次姉をあたたかく迎えいれました。

しばらくすると二人の姉はわたしに世話をかけられないからというので、再婚するつもりだとうちあけました。わたしは、それだけの理由だけで再婚するというのなら、このまま一緒に暮らしましょう、身分相応の暮らしをするだけのお金ならありますと答えました。

「でも」とわたしはことばを続けました。「お二人とも本当は結婚などしたくないのではないですか？　そうだとすると不安です。最初の結婚では人なみの幸せをつかめなかったのに、どうしてまた結婚したいのですか？　まごころのある夫を見つけるのがどれほどむずかしいか、よくわかっているでしょう？　このまま一緒に楽しく暮らしましょう」

姉たちはわたしのことばをきいてくれず、二人とも結婚してしまいました。しかし数か月がたったころ、姉たちは家に戻ってくるとわたしのことばどおりにしなかったことを千回も詫びたのです。

「あなたは末の妹だけれどわたしたちより賢い。はしためとしてもう一度この家に置いてもらえるのなら、あのようなあやまちは二度とおかしません」

「お姉さまがた、お別れしてからもわたしの気持ちは変わっていません。この家のものは好きに使ってください」

わたしはそう言うと姉たちを抱きしめ、前と同じように三人で暮らすようになったのです。

こうして平安のうちに一年がすぎますと、神さまのおかげでささやかな財産ができましたので、わたしは海を渡って商いをやってみることにしました。こうしてわたしは、二人の姉ともどもバスラ(30)へとおもむき、装備の整った船を買うとバグダードから持ってきた品物を積みこみました。

船は順風を得て沖へとすべりだし、ほどなくしてペルシア湾から大海へと至りました。ここで針路をインドの方向に定め、二十日ほど航海すると陸地が見えてきました。たいそう高い山がそびえており、山のふもとには威容をほこる町があるのです。よい風が吹いていたので、わたしたちは港に入って碇をおろしました。

わたしは気がせいていたので姉たちがしたくをすませて同行するのを待てず、ひとりで陸にあがるとまっすぐ城門をめざしました。城門には、大勢の護衛の姿が見えました。座っている者もあれば、棒を手に立っている者もいます。誰もがこの世ならぬおそろしげな顔をしているのでこわくなったのですが、ひとりとして身動きもせずまばたきもしないことに気づいて安心しました。近づいてみますと、彼らはすべて石と化していたのです。

わたしは町に入って幾筋かの街路をとおりすぎました。そこここにひとびとが群れつどい、ありとあらゆる姿かっこうを見せているのですが、誰もが不動の石像となっているのでした。市場に行ってみますと店の多くは閉まっており、開いている店をのぞいてみますとそこでもやはり人が石になっているのです。煙突から立ちのぼる煙も見えませんでしたから、家の外だけではなく中の人たちも石になってしまったに違いありません。

町のまん中にある大きな広場に行きますと、黄金の板で覆われた大きな門が見えました。両開きの扉は開いているのです。扉の前には絹で織られた緞帳がかかり、上には吊りランプが見えました。建物のようすから察するにこの国をおさめる王さまのお城にちがいありません。生きた人間をひとりも見かけないことをあやしみながらも、誰かいないかと思って先に進んでいきました。緞帳をくぐりましたが、さらに驚いたことには正面の広間にいたのは石と化した数人の門番だけだったのです。立っている者もあれば座っている者もあり、身をおこしかけた姿で石になっている者もおりました。

大広間に入りますと、あちらこちらに大勢の人が見えました。しかし誰もがその場を動かないのです。この人たちもまた石になっているのでした。わたしは次々と広間を抜けていきましたが、どこもかしこも寂寥《せきりょう》としておそろしいほど静まりかえっているのです。

四番めの広間に入りますと、目の前に壮麗な建物がありました。黄金の格子戸が入った窓は閉じていました。王妃の部屋に違いないと思って中へと進みますと、広い室内には石になった数人の黒人宦官がおりました。さらに行くと豪華な家具が置かれた部屋があり、ひとりの貴婦人が石と化しているのです。頭に戴いた金の冠とハシバミの実ほどもある粒ぞろいの真珠を連ねた首飾りから察するに、この貴婦人が王妃なのでしょう。そばまで行ってじっくりと見ると、今まで目にしたことがないようなみごとな品なのです。わたしはしばしのあいだ、贅美をつくした調度の数々に見とれていました。足もとの絨毯、長椅子やクッションにはインドの金襴錦が使われており、銀糸で刺繍された人や獣の姿はため息がもれるほどのできばえでございました……

シェヘラザードはお話を続けようとしたのですが、空が明るくなってきたので物語を終えました。シャフリヤール王はこの話に夢中になってしまい、「石と化したひとびとがどうなったのか、最後まで聞かずばなるまい」と言いながら起床したのです。

第六十四夜

ディナールザードはゾベイダの話がとても気にいりましたので、夜が明ける前にシェヘラザードに声をかけました。

「お姉さま、おやすみでないのならあの不思議な宮殿に入っていったゾベイダのお話を続けてください」

「お聞かせしましょう」とシェヘラザードが答えました。「ゾベイダはカリフさまに次のようなお話を語りました」

……カリフさま。石と化した女王の部屋をあとにして、さらにいくつかの豪華な小部屋をとおりすぎますと、壮麗な部屋へと至りました。その部屋には、ひときわ高い場所に黄金の壇がしつらえられており、それはそれは大きなエメラルドがはめこまれているのです。壇の上にすえられた高台には目も綾《あや》な織物が張られており、縫いこまれた真珠が輝いておりました。何よりも驚いたのは、高台の上に見えるまばゆい光でした。何があるのだろうと思って近づき頭をあげますと、駝鳥《だちょう》の卵ほどもあるとてつもなく大きなダイヤモンドが小卓にのっているのです。ダイヤモンドはそれはみごとなものでございまして、瑕《きず》も曇りもまったくみあたりませんでした。ダイヤモンドはきらきらとまぶしく輝き、日の光の下では見つめることがかなわぬほどでした。

高台のそばには左右どちらの側にも灯がともった燭台がありましたが、何のために使うのかはわかりかねました。しかしこのようすから見ると、この大宮殿では誰かが暮らしているに違いありません。と申しますのも、この明かりがひとりでに燃えているとは思えなかったからです。この部屋にはほかにも目をみはるようなものがありましたし、先ほど申しあげたダイヤモンドは値のつけようもないほどの逸品でございました。

扉はすべて開いているか半開きになっておりましたので、わたしはほかの部屋も見てまわりました。どの部屋もそれまでに見たものと同じくらい豪華な部屋ばかりでした。贅沢の限りをつくした書斎や家具用の倉庫にも足を運び、あまりの美しさに我を忘れるほどでした。もはや船のことも姉たちのことも頭になく、好奇心で胸がいっぱいだったのです。

そのうちに暗くなってきたのでひきあげる時間だと気づきました。来た道をさがしたのですがどうにもわかりません。部屋から部屋へとさまようちに、壇と高台と特大のダイヤモンドと燭台があった部屋に戻ってしまいました。わたしはこの部屋で夜をすごし、夜明けを待って船に戻ることに決めました。そして高台に身を横たえたのですが、人影のない場所にひとりでいることが恐ろしく、ゆっくりとやすむことはできませんでした。

真夜中ごろ、コーランを詠む人の声が聞こえてきました。わたしたちがモスクで聞くのと同じ詠みかたなのです。わたしはすっかりうれしくなって起きあがると燭台を手にとり、声の主をもとめて部屋から部屋へと移っていったのです。わたしは小部屋の前で足をとめました。あの声はここから聞こえてきます。燭台を下に置いてすきまから中をのぞきますと、そこは祈禱室になっておりました。そしてわたしたちのモスクと同じように、お祈りをささげる場所をしめす壁龕《へきがん》や煌々と輝く吊りランプがあり、二基の燭台からは白くて大きなろうそくが明かりを放っておりました。

また、小ぶりな敷物が広げられておりました。わたしたちがお祈りのさいに使うものと同じ形なのです。そしてその敷物の上では、涼しげな目元の若者が目の前の小さな書見台に置かれたコーランを一心に詠んでおりました。わたしは若者にみとれながらも、誰も彼もが石となってしまったこの町でどうしてこの人だけが残ったのだろう、これには考えもおよばないような不思議ないわれがあるに違いないと思いました。

わたしは扉を軽く押して部屋に入り、壁龕の前に立つと声も高らかにお祈りを捧げました。

「神さま、感謝いたします。神さまのお恵みによってこの町にたどりつくことができました。このうえはつつがなく故国に戻る道をお守りください。どうぞこの願いをお聞きいれくださいますように」

若者はわたしを見て口を開きました。

「あなたはどなたでしょう？　このみすてられた町にどうやって来られたのでしょう？　お答えくださいましたら、わたしも身分をあきらかにしてこれまでのいきさつを語り、どうしてこの町のひとびとがご覧になったとおりの姿になってしまったのか、驚くべき災厄にみまわれながらもどうしてわたしだけが生身のままでいられたのかをお話しいたしましょう」

わたしは、故郷のこと、船出することになったわけ、二十日の航海の後に運よく港に着くことができたことをてみじかに語りました。そして語り終えると、どうかお話を聞かせてください、この場所に来るまでに身も凍るようなおそろしい光景を見てきたのですと続けました。

「わかりました」とその若者が答えました。「少しだけお待ちください」。彼はそう言うとコーランを閉じて美しく飾られた箱にしまい、壁龕におさめました。そのあいだに若者の姿をじっくりとながめましたところまことに優美な男ぶりでしたから、それまで感じたこともなかった気持ちになってしまいました。わたしはうながされて若者のそばに腰をおろしたのですが、話がはじまる前に、自分の思いを伝えずにはいられませんでした。

「若さま、わが魂のおかた、この町に足を踏みいれてからというもの、ずっと目にしてきた驚くべき光景のいわれをどうか聞かせてください。不思議でたまらないのです。このとおり、お願いいたします。どのような奇跡が起こって若さまだけが生き残られたのでしょう。他の人はみなあのような姿になってしまったのに」……

ここでシェヘラザードはお話をやめ、シャフリヤール王に話しかけました。

「王さま、お気づきでないかもしれませんが夜が明けます。このまま物語を続ければさしさわりがありましょう」

シャフリヤール王は起床しましたが、明日もまたこの不思議な物語の続きを聞こうと心に決めたのでした。

第六十五夜

翌日、ディナールザードは夜が明ける前に「お姉さま」と呼びかけました。「ゾベイダの物語を続けてください。お姉さまが話してくださった美しい宮殿で生き残った若者とゾベイダのあいだに何があったのか知りとうございます」

「お聞かせしましょう」とシェヘラザードは答えました。「ゾベイダは次のようなお話を語りました」

……「おくがたさま」と若者は語りはじめました。「あなたが口にされた祈りのことばから、真実の神を信仰しておられることがわかりました。神の威光と御わざがいかばかりのものか、今からお話しいたしましょう。この町は大国の都でして、父たる国王の名で呼ばれておりました。父も廷臣も町の住民もすべてが拝火教徒でしたから誰もがひとしく火をあがめ、神にさからったいにしえの巨人族の王ナルドウン(31)を崇拝しておりました。

わが父母は偶像崇拝の徒でありましたが、幸いにも子守りとなったのがイスラム教徒の婦人だったのです。彼女はコーランを暗誦しており、ただしい意味を教えてくれました。「若さま」と彼女は何度も言ったものです。「本当の神はおひとりなのです。他の神々をたたえまつってはなりません」。彼女はアラビア語の読みかたを教え、勉強用にとコーランを渡してくれました。道理のわかる年ごろになりますとコーランを読みといてくれましたので、信仰へとみちびかれたのですが、父もほかのひとびともこのことにはまったく気づかなかったのです。やがて彼女は亡くなりましたが、わたしはそれまでにイスラム教の真髄を学んでおりました。それからというもの、わたしは彼女が伝えてくれた教えを守りとおし、偽りの神ナルドウンと拝火の教えを忌み遠ざけてきたのです。

三年半ほど前、突然、大きな声が町中にひびきわたり、誰の耳にもはっきりと聞こえました。「町の民よ、ナルドウンと火の教えを捨てよ。唯一の神をあがめよ。唯一の神はあわれみを示すであろう」

三年のあいだはこの声が聞こえたのですが、誰ひとりとして改宗した者はおりませんでした。そして三年がすぎた最後の日、時刻は払暁《ふつぎょう》の三時か四時、町中の人がたちまちのうちにそのままの姿で石となってしまったのです。父王も黒い石となって王宮にその姿を残し、王妃である母も同じ運命をたどりました。

ただひとりわたしだけが神罰を免れることができたのでした。それからというものは以前にもまして熱心に神を信仰しているのです。わたしを慰めるため、神があなたをここに遣《つか》わされたに違いありません。限りない感謝を神にささげます。たったひとりでつれづれなるままに時をすごしてきたのですから」

王子の身の上話、とりわけその最後のことばは、わたしの慕情をかきたてました。

「若さま、わたしがこの国の港に入ってあなたとお逢いできたのも、すべては神さまのご意志なのです。このさびしい場所から出ていきましょう。わたしが乗ってきた船をご覧になれば、バグダードではそこそこの暮らしをしていたことをわかっていただけます。バグダードにはかなりの財産があるのです。心静かに暮らせる場所をご用意いたします。いずれは信徒の長にしてわれらが預言者の後を継ぐカリフさまにお目どおりし、若さまにふさわしい栄誉を賜ることができましょう。信徒の長さまが住まわれるバグダードにお着きになれば、カリフさまが仁君たる由縁がたちどころにおわかりになります。見るものすべてが胸を押しつぶすこのような場所に、これ以上長居なさってはいけません。わたしの船をお使いください。若さまの自由になさってかまいません」

王子はこの申し出を受けいれ、わたしたちは夜もすがら船旅について話しあったのです。

夜が明けますと、わたしたちは宮殿をあとに港に戻りました。港では二人の姉をはじめとして船長や奴隷たちが、わたしの身を心配してたいそう気をもんでおりました。わたしは姉たちに王子をひきあわせ、昨日、船に戻らなかったわけ、若い王子に会ったいきさつ、王子の身の上話、美しい町が災厄にみまわれたことなどを語ったのです。

水夫たちは運んできた荷を数日をかけて船からおろし、王宮にあった金銀宝石のたぐいをあらたに運びいれましたが、家具や数えきれないほど多くの金銀細工は後に残してきました。船では運びきれなかったのです。すべての宝をバグダードまで積んでいくとなると、数艘の船が必要になったでしょう。

これはと思う財宝を船に積みおえると帰りの航海に必要な品々と水も準備しましたが、バスラで積みこんだものがまだたくさん残っていたのです。やがて順風を得て船は海原を進んでいきました……

ここでシェヘラザードは、夜が明けたことに気づきました。シェヘラザードがお話をやめるとシャフリヤール王は何も言わずに起きあがりましたが、明日の晩もゾベイダと若い王子をめぐる不思議な話を聞こうと決めていたのでした。

第六十六夜

翌日、ディナールザードはゾベイダの航海がどうなったかを知りたくてたまらず、夜が明ける前にシェヘラザードを起こしました。

「お姉さま、おやすみでないのなら、昨日のお話を続けてください。王子さまとゾベイダは運よくバグダードに着いたのでしょうか?」

「今からお聞かせしましょう」とシェヘラザードが答えました。「ゾベイダはカリフさまに向かってお話を続けました」

……カリフさま。若い王子とわたし、それに二人の姉は、毎日楽しく語りあかしましたが、悲しいことに幸せな時間は、長く続かなかったのです。姉たちは、王子とわたしの仲にやきもちを焼き、バグダードに戻ったら王子をどうするつもりなのかと意地の悪いことをきいてきました。姉たちがわたしの胸中をさぐってきたことは、すぐにわかりました。わたしは軽口を言ってやりすごそうと思い、王子と結婚するつもりだと答えたのです。それから王子の方を向き、こう話しかけました。

「若さま、よろしいでしょう？　バグダードに着いたらはしためとしておつかえし、なにごともおことばのとおりにいたします」

「このたびのことは」と王子が答えました。「ご冗談で言われたのかもしれませんが、わたしとしては、姉君お二人を前に嘘いつわりは申しません。今この場で、あなたのお申し出をお受けいたしましょう。はしためとしてではなく、わが妻、わが女あるじとしてあなたを迎え、あなたがなさることにはいっさい口出ししません」

これを聞いた姉たちは、さっと顔色を変えました。それからというもの、二人がわたしに抱いていた肉親の情はすっかり失われてしまったのです。

やがて船はペルシア湾に入り、バスラへと近づいていきました。このあたりは風向きがよいので、明日には上陸できるでしょう。しかしその晩、機会をうかがっていた姉たちが眠っていたわたしを海にほうりこんだのです。二人はわたしに続いて王子も海中に投じ、王子は海の藻屑と消えてしまいました。わたしはしばらくのあいだ海を漂っていましたが、運よく、というよりは奇跡がおこって水底に足がついたのです。夜目に陸地と見えた黒々とした場所へと向かっていくと浜にあがることができ、空が明るくなってくるとバスラから二十海里ほど離れた小さな孤島にいることがわかりました。日にあてて衣服を乾かし歩いていくうちに果実やおいしい水があることがわかりましたので、命をつなぐ望みがでてきたのです。

木陰でやすんでいると、翼のはえた大きな蛇が右に左にのたうちながらこちらにむかってくるのです。見ると舌を出しているので、敵に追われているのだろうと思いました。体を起こしてみると、その蛇はさらに大きな蛇に追われていることがわかりました。追っ手の大蛇は獲物の尾にすがりつき、ひと呑みにせんものと身をくねらせています。わたしは、追われている蛇があわれになってきました。そこで逃げださずに踏みとどまり、たまたまそばにあった石を持つと追っ手の大蛇めがけて投げつけたのです。大蛇は頭を砕かれて死んでしまいました。難をのがれた蛇は翼を広げると、いずこへともなく飛び去っていきました。わたしは呆然としながら目をこらしていたのですが、蛇が見えなくなると別の日陰で午睡をとったのです。

目がさめると驚いたことには愛らしい顔をした黒人の娘がいて、同じ色をした二頭の犬を連れているのです。わたしは座りなおすと、あなたは誰ですかと尋ねました。

「わたしはあなたに助けてもらった蛇です。あの恐ろしい敵に狙われることは二度となくなりました。感謝のしるしにご恩に報いてきました。お姉さまがたはあなたを裏切りましたね？　助けていただいたあとですぐに仇を討ちました。妖精なかまを集めてあなたの船にあった荷物をバグダードの倉庫まで運んだのです。そのあとで船を沈めました。この二頭の黒犬はお姉さまがたです。わたしがこの姿に変えてしまったのです。それでもたりません。今から言うことをやっていただきます」

妖精はこう言うと片方の手でわたしを抱きあげ、もう片方の手で二頭の黒犬をつかむとバグダードの家まで運んでしまいました。倉庫には、船に積みこんでいた財宝がそっくりおさまっているのです。

妖精は去る前に、二頭の黒犬をひき渡してこう言いました。

「海をひとつにするおかた[32]の名において命じます。犬に変じた二人の姉を、毎晩百回ずつたたくように。あなたへの罪と、海中に投じられておぼれ死んだ王子への罪を償わせるのです。これをやらないとあなたも犬になってしまいます」

わたしは、そのとおりにしますと答えるよりなかったのです。

それからというもの、わたしは毎晩、慙愧《ざんき》の念にとらわれながらもカリフさまがご覧になった所業を続けてまいりました。そして、果たさねばならぬ務めをどれほどつらく感じているかを、おのが涙によって姉たちに伝えているのです。どうかわたしをお責めにならず、あわれんでくださいますよう。このほかにカリフさまがお知りになりたいことがありましたら、妹のアミーナが語る身の上話をお聞きください。

カリフさまはゾベイダの話に聞きほれておりましたが、大宰相をとおして、どうしてそのような傷を負ったのかとアミーナに尋ねました。アミーナはカリフさまの質問に答えて、次のような身の上話を語りはじめました……

ここでシェヘラザードは、夜が明けます、これ以上はお聞かせすることができません、と言ってお話をやめました。シャフリヤール王は、シェヘラザードが語ろうとする話は前のものよりもおもしろいに違いないと思い、心の中でこうつぶやきました。

「これは最後まで聞かねばなるまい」。シャフリヤール王は起床すると、シェヘラザードの処刑を先に延ばすことにしたのです。

第六十七夜

ディナールザードはアミーナの話が聞きたくてたまらず、夜が明けるよりもずっと前に起きると、シェヘラザードに声をかけました。
「お姉さま、おやすみでないのなら、アミーナの胸が傷だらけになったわけをお聞かせください」
「お聞かせしましょう」とシェヘラザードが答えました。「時間を無駄にはできません。アミーナは次のようなお話をカリフさまにお聞かせしたのです」

アミーナの話

信徒の長さま、姉からお聞きになった話をくりかえすことはいたしません。父が亡くなりますと母は家を買いもとめてわたしを嫁がせました。わたしは父の遺産をもらい受け、町でも指おりの金満家と結婚したのです。

ところが結婚して一年もたたないうちに夫に先だたれ、金貨九万枚におよぶ遺産すべてを受けつぐことになりました。これだけの資産があれば残された人生をゆったりとすごすことができます。そこでわたしは喪に服して半年がすぎると一着が金貨千枚もするたいそう豪華な服を十着つくらせ、一年たって喪があけるとおろしたての服を身につけたのです。

ある日のこと、ひとりで家内の雑事をこなしておりますと、わたしに会って話がしたいという女がやってきましたので部屋にとおすように言いました。入ってきたのはたいそう年配の老女でした。老女は床に接吻して挨拶をすると、ひざまずいたままでこう言ったのです。

「おくさま、厚かましくもお目どおりさせていただいたのは、おくゆかしいお人がらを慕ってのことでございます。わたしには後ろ盾を失った娘がおりまして、今日、結婚することになっているのですが、母娘ともに他郷からまいりましたのでこの町にはひとりも知りあいがおらず、困りはてているのです。今日の結婚で縁戚となる大勢のかたがたに、わたしたち母娘はあやしいものではなくてそこそこの名望があると思っていただきたいのです。娘の結婚式に出ていただけましたなら、これほどうれしいことはありません。おくさまほどのかたが参列なさったとわかれば、わたしどもはそれなりの家のものだと思われるでしょう。おくさまがこの申し出をうけいれてくださらなかったとしたら、みじめな思いにうちのめされてしまいます！　おくさまが最後の頼みの綱なのです」

老女は涙ながらにかきくどきましたので、わたしはかわいそうになりました。

「おばあさん、だいじょうぶです。お望みのとおりにしましょう。結婚式の場所はどこですか？きれいな服に着替えたらすぐに行きます」

老女は喜びのあまりこおどりし、わたしがひっこめようとした足にすかさず接吻しました。

「お情けぶかいおくさま」と老女は身を起こしながら言いました。「卑しいはしためにに情けをかけてくださったおかたに、神さまのお恵みがありますように。あなたさまがわたしたちにくださった幸福が、あなたさまにも与えられますように。お急ぎになる必要はありません。夕刻にお迎えにあがります。ではおくさま、のちほどまたお目にかかります」

老女が退出しますとわたしはお気にいりの服をえらびだし、大粒真珠をつないだ首飾り、腕輪、指輪、大きさも輝きも申し分のないダイヤモンドが揺れる耳飾りも用意しました。なにかが起こりそうな予感がしたのです。

夕刻になるとあの老女がうれしそうなようすでやって来ました。老女はわたしの手に接吻するとこう言いました。

「おくさま、婿どのの親戚筋でこの町きっての名流婦人のみなさまがお集まりになりました。いつでもおこしください。ご案内いたします」

わたしたちはすぐに家を出ました。老女がわたしの前を行き、晴れ着をまとった大勢の女奴隷を連れたわたしがそのうしろを歩きました。掃き清められて水の撒かれた広い路地に入り、ランタンに照らされた門の前に着きますと、〈歓楽の尽きせざるところ〉と金文字で刻まれた銘が明かりに浮かびあがりました。老女が扉をたたきますと扉はすぐに開きました。

わたしは建物の奥にある広い客間にとおされ、目をみはるほどきれいな娘の出迎えを受けました。彼女は歩みよるとわたしを抱きしめ、自分のそばに腰をおろすようにすすめました。すすめられた長椅子には値千金もするような木でつくられた高座があり、ダイヤモンドで飾られているのです。娘が口を開きました。

「ここにお招きしたのは結婚式に出ていただくためですが、それだけではありません。わたしには兄がおりまして、どのような殿方にもまさる美男子なのです。兄はおくさまの美貌を伝え聞いてのぼせあがってしまいました。おくさまに袖にされたらすっかり落ちこんでしまうでしょう。兄はおくさまのご身分をよく存じておりますし、兄と一緒になられてもご親族の顰蹙《ひんしゅく》をかうようなことは決してありません。わたしのお願いを聞いていただけるのでしたらこのお話を伝えます。妻に迎えたいというう申し出をどうかおききいれくださいい」

夫と死に別れてからというもの、再婚など考えておりませんでしたが、これほどかわいらしい娘の申し出を断ることなどできなかったのです。わたしは頬を赤らめて黙りこみ、承諾の気持ちを伝えました。娘が手を鳴らしますと小部屋の扉がさっと開いて、堂々たるなかにも優美な風情の貴公子が姿を現しましたので、このようなかたに惚れられたのかと思うとすっかりうれしくなってしまいました。貴公子はわたしのそばに腰をおろしました。そして会話が進むうちに、妹君が語っていたよりもはるかにすぐれた美点をそなえておられることに気づいたのでございます。

妹君はわたしたちの話がまとまったことを見てとり、もう一度手を鳴らしました。すると今度は法官が入ってきて結婚契約書を作成し、署名がすむと一緒にやってきた四人の立会い人にも署名をもとめました。

新しい夫がわたしにもとめたことはただひとつ、それは夫以外の男性には決して顔を見せず、声もかけないというものでした。これさえ守ればほかはなにをしてもよいというのです。こうして結婚の契約が結ばれました。わたしは、ただひとりの参列者として招かれた結婚式で、自分が結婚することになったのです。

結婚して一か月がたったころ布地が入用になりましたので、買いもののために外出するゆるしを夫にもとめました。夫がゆるしてくれましたので、今はそばにいるあの老女と二人の女奴隷をともなって家を出たのです。店がならぶ通りにつきますと老女がこう言いました。

「おくさま、絹をおもとめなのでしょう？　若い商人を知っておりますのでご案内いたします。あらゆる品がそろっていますから、あちこちの店を探し歩かずにすみます。ほかの店ではあつかっていないような品もございます」

そこで老女についてその店に入りますと、たいそう男ぶりのよい若い商人がおりました。わたしは腰かけると、とびきり上等の絹地を持ってくるように老女をとおして用件を伝えました。老女は、おくさまがご自分の口でお申しつけになればと言ったのですが、わたしは、夫以外の殿方とは決して口をきかないことが結婚したときの条件のひとつなので、約束をたがえることはできないと答えました。商人が持ってきた布地の中に、これはと思うものがありましたので値段を尋ねてみました。商人は老女をとおしてこう答えたのです。

「この布地は金貨や銀貨では売ることができませんが、おくさまの頰に接吻させていただけるのでしたら、お代金なしでさしあげます」

わたしは老女に、それはあまりにぶしつけな申し出でしょうと伝えるように言いました。しかし老女はわたしのことばどおりにするかわりに、この商人の申し出をおおげさにとられることはありません、ことばを交わしたいと言っているのではなく、頰をさしだすだけでよいのです、あっというまに終ってしまいますと言ったのです。わたしはその布地が欲しくてたまらず、愚かにも老女のことばにしたがってしまいました。老女と女奴隷たちが目かくしのために店の前に立ちますと、わたしはヴェールをとりのけました。しかし商人は頰に接吻するどころか、血が出るほど強く嚙んだのです。わたしは驚きと痛さのあまり、気が遠くなって倒れてしまいました。気がついたときには、商人はすでに店を閉めて逃げだしていたのです。われに返ってみると血が頰をつたって流れておりましたので、老女と女奴隷たちがヴェールで傷をかくしました。こうすればそばにやってきた人たちは、わたしのぐあいが悪くなったのは病気のせいだと思うでしょう……

ここでシェヘラザードは、夜が明けたことに気づいてお話をやめました。シャフリヤール王は、この物語はたいそう変わっていると思い、続きはどうなるのだろうと気になりながら起床したのです。

第六十八夜

翌日、夜が明ける前にディナールザードは目をさまして、シェヘラザードに呼びかけました。

「お姉さま、おやすみでないのならアミーナのお話を続けてください」

「アミーナは次のようなお話を語りました」とシェヘラザードが物語をはじめました。

……老女はこのできごとにひどくとりみだし、なんとかしてわたしをなだめようとしました。

「どうかおゆるしください。これというのも自分のせいです。あの商人とは同郷でしたのでおくさまをここまでお連れしたのですが、まさかあのような人でなしだとは思ってもみませんでした。でも今はお嘆きになるまを惜しんでお屋敷にお戻りください。三日できれいに治るお薬をお持ちいたします。傷あとはすっかり見えなくなりますよ」

わたしはふらふらになっておりましたので、たいそうな難儀をしてどうにか家に帰りつきましたが、自分の部屋に入るとまた気が遠くなってしまいました。やがて老女が薬を持ってきたので気がつき、床に入ったのでございます。

夜になって夫が帰ってまいりました。夫はわたしが頭を布でくるんでいることに気づき、どうしたのかと尋ねました。わたしは頭痛がするのでそっとしておいてくださいと頼んだのですが、夫はろうそくを手にとってわたしの頬に傷があることを見てしまったのです。

「その傷はどうしたのか?」と夫が尋ねました。ゆゆしい罪があるわけではありませんでしたが、このようなことを夫に話すというのはあまりに無作法ではないかと思いましたので、ありのままをうちあける決心がつきませんでした。そこで、あなたのおゆるしがでたので絹を買いにでかけ、狭い路地にさしかかったおりもおり、木材を運んでいる荷かつぎやがすぐ近くを通って木が頬をかすめたが大事にはいたりませんでしたと答えました。

これを聞いた夫はひどく腹をたてました。

「そのようなことをしておきながら、お咎めなしというわけにはいかない。明日になれば警察の総監[33]に命じて乱暴な荷かつぎやを逮捕させ、ひとり残らず縛り首にしよう」

自分のせいで罪もない人がおおぜい死んでしまうかもしれません。わたしはおそろしくなって夫に言いました。

「自分のせいで咎のない人が死んでしまうなど、あまりにひどすぎます。思いとどまっていただかないと、自分で自分がゆるせなくなってしまいます」

「そういうことなら」と夫が答えました。「どうしてその傷があるのか、正直に言いなさい」

そこでわたしは、ロバに乗ったそそっかしいほうき売りのせいです、そのほうき売りはわたしの後ろにいたのですが、よそ見をしていたせいでロバがわたしを突き倒し、そのはずみにガラスで頬を傷つけてしまったのですと答えました。

「そういうことなら」と夫が答えました。「夜明けまでに大宰相のジャアファルに伝えねばなるまい。ほうき売りというほうき売りを死刑にしてくれよう」

「神さまの御名にかけてお願いですから」とわたしはすがりました。「どうかそのようなことはなさらないでください。誰にも罪はないのです」

「いったいどういうことだ?」と夫が言いました。「おまえの口から本当のことを聞きたいのだ」

「めまいがして倒れたのです。それだけのことです」

これを聞いた夫は、堪忍袋の緒を切らしました。

「なんだと！　ここまできてまだ嘘を言うのか」

夫が手を三回鳴らしますと、三人の奴隷が部屋に入ってきました。

「この女を床からひきずりだして、部屋のまん中に横たえろ」

奴隷は夫のことばにしたがい、ひとりがわたしの頭、もうひとりが足を押さえました。夫は三人めの奴隷に命じて三日月刀を持ってこさせるとこう言ったのです。

「まっぷたつにして遺骸はティグリス川に投げ捨て、魚に食わせてしまえ。こちらがまごころをささげたのに誓いを破るような女は、こうしてこらしめるのだ」

夫はこう言ったのですが、三日月刀を持った奴隷はぐずぐずしています。

「さあ、斬るのだ。どうした、何を待っている？」

「おくさま」とその奴隷が言いました。「もはやこれまででございます。最後になにかお望みがありますか？」

ひとことだけ話させてほしいと頼みますとゆるされましたので、わたしは頭をあげると愛情をこめて夫を見つめました。

「なんということになってしまったのでしょう！　若い身空で死ななくてはならないなんて」

もっと話したかったのですが、出るのは涙とため息ばかり。しかし夫は心を動かされるどころかわたしの落ち度を責めましたので、何を言っても無駄でした。わたしは泣いてすがったのですが夫は聞く耳を持たず、言われたとおりにせよと奴隷をうながしました。と、この時、夫の乳母にあたるあの老女が部屋に入ってくると身をなげだして懇願しました。

「わが乳にてあなたさまをお育てした者として申しあげます。どうかお慈悲を。人をあやめた者は自分もあやめられるというではありませんか。そのようなことをなさっては、若さまの名に傷がつきます。世間の評判がだいなしになってしまいます。血迷ったのだと言われてしまいます」

涙を流しながらの切々とした訴えに夫は心を動かされました。

「わかった。そなたの恩に免じて命は助けよう。だが、罪のしるしを身に負わせることにする」

そしてひとりの奴隷が夫の命令を受けると、わたしの脇と胸に何度も鞭をふるいました。力いっぱいにふりおろされる細い鞭のせいで皮がはがれ肉がそがれ、わたしは気が遠くなってしまいました。それがすみますと夫は、怒りにまかせて鞭をふるわせた奴隷にわたしをかつがせて、とある家まで運ばせました。老女が世話をやいてくれましたので四か月ほどで床あげをすることができましたが、はからずもカリフさまが昨晩ご覧になった傷あとは消えませんでした。

歩いて外出できるほどになりますと、最初の夫の遺産である家に戻ることに決めたのですが、場所がわかりませんでした。怒りにかられた二番めの夫が、家を壊しただけでは満足せず、路地をまるごと更地にしてしまったのです。耳をうたがうような無体なおこないですが、どこに訴えればよいのかわかりませんでした。手をくだした人は念いりに身元を隠していましたから、探すてだてもありませんし、もし見つけたとしてもやんごとなき筋につながっていないとも限りません。このようなわけですので、どこにも言うことができなかったのです。

悲しいかな、八方ふさがりとなったわたしは、先ほどカリフさまに身の上話をお聞かせした姉ゾベイダを頼り、落ちぶれてしまったいきさつを語ったのです。ゾベイダはいつものように愛想よくわたしを迎えいれ、今は耐えるようにとさとしました。

「世の中とはそういうものです」と姉は言いました。「財産と友人と恋人を奪い、ときには一度にそのすべてを奪うのです」。ゾベイダは自分の身に起こったことを話してくれました。姉もまた、実の姉ふたりの嫉妬のせいで若い王子と死に別れたのでした。そしてその二人が犬にされてしまったいきさつも語りました。姉はわたしの世話をやいてくれたあと、わたしと同じ母から生まれた妹にひきあわせてくれました。妹は、わたしたちの母が亡くなってからはゾベイダを頼っていたのでした。

わたしたちは三姉妹がそろったことを神さまに感謝しつつ、二度と離れないと心に決めて気ままに日々をすごしているのでございます。穏やかな暮らしが何年も続き、わたしが家のきりもりをまかされていますので、外出しては必要な品々を買いもとめてくるのです。昨日の買いものでは陽気で話じょうずな荷かつぎやに会いましたので、宴をはってともに楽しんでいたのです。

日が落ちてあたりが暗くなりますと、三人の遊行僧がやってきて一晩の宿を乞いました。お泊めするにはひとつ条件がございますと言いますと、三人ともその条件をのみましたのでともに食事を楽しみました。食事がすむと遊行僧らは彼らの流儀で楽を奏でてくれたのですが、このとき、扉をたたく音がありました。今度の客人はモスルから来たというたいそう風采のよい商人一行でした。このかたたちも一夜の宿を乞いましたので、やはり同じ条件でお泊めすることにしたのです。ところが条件を守ってくださったかたはひとりもおりませんでした。わたしたちはお客人を罰することもできたのですが、それぞれの身の上話を聞くだけで満足し、一夜の宿となるはずの屋敷から出ていってもらうことにしたのです。

カリフさまは知りたかったことがわかったのでいたく満足し、話を聞き終ると感嘆の声をあげました……

ここでシェヘラザードは、「夜が明けます、二頭の黒い雌犬にかけられた魔法をとくために、カリフさまが何をなさったかまではお話しすることができません」と言いました。

シャフリヤール王は、明日になれば五人の娘と三人の遊行僧の物語が終るだろうと思い、シェヘラザードの処刑を延ばすことにしたのでした。

第六十九夜

夜が明ける前、ディナールザードは大きな声で「神さまの御名にかけてお願いいたします」とシェヘラザードに呼びかけました。「おやすみでないのなら、二頭の黒い雌犬がどうやってもとの姿に戻ったのか、三人の遊行僧はどうなったのかを聞かせてください」

「お聞かせしましょう」とシェヘラザードは答えました。そしてシャフリヤール王に向かって次のようなお話を語りはじめました。

……王さま。カリフさまは、王子たる遊行僧らに権威と寛容を示し、三人の娘にも度量の深さを見せようと思いました。そこで今度は大宰相をとおさず、自分の口でゾベイダに話しかけました。

「最初に蛇の姿で現れ、そなたに苛酷な務めを申しつけた妖精は、どこにいるかを言わなかったのか？　あるいはもう一度そなたの前に現れて、これなる二頭の雌犬をもとの姿に戻す約束をしなかったのか？」

「信徒の長さま」とゾベイダが答えました。「申しあげるのを忘れておりましたが、その妖精はわたしの手にひとふさの毛を握らせ、いつの日か自分を呼びたくなったら二本の髪の毛を燃やしなさい、コーカサスのむこうからでもすぐにやって来ますと言っておりました」

「髪の毛の房はどこに？」とカリフさまが尋ねました。ゾベイダは、あの日以来気をつけていつも持ち歩いていますと答えました。そして髪の毛をとりだすと、めかくし用の緞帳を少しあけてカリフさまに見せました。

「よろしい」とカリフさまが言いました。「妖精をここに呼びだそう。妖精を呼ぶに今ほどふさわしいおりはない。余の望みなのだ」

ゾベイダがそのとおりですと言ったので、火が運ばれてきました。ゾベイダはひと房の髪の毛をそっくり火にくべました。たちまち宮殿がゆり動き、絢爛《けんらん》たる衣服を身にまとった妖精がカリフさまの御前に姿をあらわしたのです。

「信徒の長さま」と妖精が言いました。「おことばにしたがいます。カリフさまの命によってわたしを呼びだした貴婦人は、わたしに大恩をほどこしました。わたしは感謝の念を示すため、非道なふるまいにおよんだ姉ふたりを犬の姿に変えたのです。しかしながらカリフさまのお望みとあれば、二人をもとの姿に戻しましょう」

「美しき妖精よ」とカリフさまが言いました。「これほどうれしいことはない。二人を人の姿に戻してほしい。そのあとで、あれほどにも辛い責めをうけてきた者たちに報いる手だてを考えよう。だがその前に、誰とも知れぬ夫からむごいあつかいを受けたあの婦人のために、一肌脱いでほしい。妖精どのは万事に通じておられる。暴虐な夫の身元もご存じであろう。彼女をひどく鞭うっただけでは満足せず、持てる資産のすべてを根こそぎにするなどもってのほかである。わが領内で、人の道にはずれたこのような悪行がまかりとおるとは驚くほかない」

「カリフさまのお望みをかなえるために」と妖精が言いました。「二頭の黒い雌犬(34)をもとの姿に戻しましょう。そして鞭うたれた娘の傷あとをすっかり消し去り、そのようなことはなかったと見えるようにいたしましょう。それから彼女をひどいめにあわせた夫の名をあかしましょう」

そこでカリフさまはゾベイダの家から二頭の雌犬を連れてこさせました。雌犬が宮殿に着きますと、妖精は一杯の水を持ってくるように頼みました。すると妖精は水にむかって誰にもわからぬ呪文をとなえ、その水をアミーナと二頭の犬にふりかけました。二頭の犬は世にも美しい娘の姿となり、アミーナの傷あともなくなってしまったのです。それから妖精はカリフさまに話しかけました。

「信徒の長さま、身元を知りたがっておられた夫の名をあかしましょう。その人はカリフさまのすぐそばにおられます。カリフさまのご長男であり、マームーン王子のご兄弟にあたるアミーン王子こそアミーナの夫なのです。アミーン王子はアミーナの美しさを聞いて激しい恋におち、手管をもちいて自邸に呼び寄せると夫婦の契りを結びました。アミーナを鞭打ったことにつきましては、王子さまだけの落ち度ではございません。アミーナのおこないはいささか軽はずみでしたし、夫の疑心暗鬼を深めるような言いわけをしたからです。このようなお答えでカリフさまは満足されましたでしょうか」

妖精はこう言うと挨拶をして消えてしまいました。

カリフさまは賞賛の念に満たされるとともに、みずからの威光によってもたらされたことの顚末に満足すると、後の世に語りつがれるおさばきをくだされました。まずは息子アミーン王子を呼ばれ、内々で妻を娶ったことは知っている、妻を傷つけた理由もわかっていると告げられますと、アミーン王子はカリフさまのことばを待たずにその場でアミーナとの縁をもとに戻したのです。

ついでカリフさまは、ゾベイダを妻に迎えることを宣言し、残る三姉妹には王子である三人の遊行僧を夫にしてはどうかともちかけました。遊行僧らは三姉妹を妻とすることに感謝してこれに同意しましたので、カリフさまはバグダード城内にある豪華な屋敷を下賜され、帝国の重臣にとりたてて顧問団に加えられたのです。それからバグダードの大法官と立会い人が呼びだされて結婚契約書を作成いたしました。高名なるカリフさまハールーン・アッラシードは、世にも不思議な不運に見舞われたひとびとを悲嘆の淵から救いあげ、千の祝福を受けることになったのでございます。

こうして何度も中断しながらも大団円をむかえた物語は終りましたが、夜明けにはまだ時間がありました。そこでシャフリヤール王は、シェヘラザードが新しいお話をはじめることをゆるしたのです。シェヘラザードはシャフリヤール王に向かって話しかけました。

（第二巻および第一部終了）

訳注

献辞

（1）ガブリエル・ジョゼフ・ド・ラヴェルニュ、ギュラーグ子爵（一六二八～一六八五）。一六七七年から八五年までオスマン帝国派遣のフランス大使を務める。ガランがイスタンブール滞在中に公私ともに世話になり、娘のマリーアンヌ、後のオー侯爵夫人（一六五七～一七三七）の家庭教師役として現代ギリシア語などを教えた。ギュラーグ子爵自身は『ポルトガル文《ふみ》』と呼ばれる書簡体小説の作者として知られる。

告知文

（2）フランス語ではマホメット教（mahométane）となっている。預言者ムハンマドに因んだ呼称だが、現在では使われない。翻訳ではイスラム教とした。本訳を通し、ガラン初版の風合いを損ねない範囲で現代の日本人読者にとって適切と思われる表現を採用したことを御理解いただきたい。

（3）ヨーロッパ東部からアジアにかけて広く居住するチュルク系言語を話すひとびとを指すタタールに由来する。ギリシア神話で地獄を表すタルタロスという言葉から影響を受けたことばらしい。ガランはトルコ人の一般呼称として使用している。

枠物語――シャフリヤール王とシャフゼナーン王

（4）アラビア語原典では多くの標準版と同じく、弟王の正確な名前はシャーザマーンとなっている。なぜガランがこのように明らかに原文のアラビア語名とは異なるように読んだのかについてはわからない。ただしシャフルマーンなど他の名前になっている写本も存在する。

(5) 人間と同じく神によって創造された存在。人間は土から、ジンは煙の出ない火から創られたとされる。日本語では魔人や精霊などと訳される。ディズニー映画の「アラジン」に登場するジーニーも同じ。人間と同じように社会を作っており、その頭領はイブリースと呼ばれる。人間にとっては良い存在のものも悪い存在のものもいる。なかにはイスラム教徒のジンもいる。特に害悪をなすものとしては威力の強い順に、マーリド、イフリート、シャイターンなどがいる。ジンに憑りつかれた者をマジュヌーンと呼ぶが、現在では「狂った(人)」という意味でも使われている。

(6) アラビア語原典を正確に転写すると、ディーナールザード。ディーナールとは金貨のこと。標準版ではドゥンヤーザードと呼ばれている。後述の九世紀の断片には、ディーナーザードとあり、まれに名前が与えられていないこともある。通常は、シェヘラザードの妹となっているが、七歳の少女になっているアラビア語写本もある。標準的刊本とされてきたカルカッタ第二版では、姉妹ともに「美しく、可憐で、気高く、すっきりと均斉がとれていた」とあり、みめうるわしい大人の女性として描写されている。しかしながら古い記録ではドゥンヤーザードの身分はさまざまである。たとえばマスウーディー(八九六〜九五六)の『黄金の牧場』では「(アラビアンナイトは)王、大臣、大臣の娘、娘に仕える奴隷をめぐる物語」であり、ドゥンヤーザードはシェヘラザードに使える女奴隷になっている。またイブン・アンナディームの『アルフィフリスト(目録)』では「王の家令」となっているし、九世紀の日付が記された最古のアラビアンナイト断片を分析したアボットは、その言葉づかいから「年配の乳母」であったと推定している。

◈商人とジン

(7) トルコ語のバイラムが用いられている。イスラム教の二大祭のひとつ、犠牲祭(イード・アルアドハー)のこと。

（8）初版ではシェヘラザードの語り終りが「一か月の航海」で、語り始めが「二か月の航海」になっている。アラビア語原典であるガラン写本ではどちらも「一か月」である。後代の再版本ではどちらも「二か月の航海」と修正がなされている。これは典型的な例だが、後代の版では誤植の修正、フランス語アカデミーの標準にそったかたちでの単語のスペルや語法の修正だけでなく、シェヘラザードとディナールザードとのあいだの語りが変えられたり、まるごと割愛されたりすることもあり、刊行された版ごとに修正がなされていることに留意すべきである。

◈漁夫の話

（9）アラビア語原典のガラン写本にはない表現。当時のフランス語では、交際が嫌いで陰気な人物を指す。

（10）ハッダウィーによれば、現在のアルメニアにあたる。クヴルールの注によれば、アラビア語でギリシアを指すユーナーンとの語呂合わせの単語で特定の場所ではない。

（11）ガランはmailと訳している。これは十六〜十七世紀に流行したペルメル球技のことを指している。打球用の槌を表すアラビア語は、ふつうサウラジャーンと呼ばれるが、ここではペルシア語のチャウガーン（またはチョウガーン）由来のジャウカーンという単語が使われている。乗馬して打球するポロはペルシア起源とされ、アッバース朝期に入るとアラブ世界でも流行し、カリフのハールーン・アッラシードやムウタシムは特に好んだと言われている。

（12）「シンドバード航海記」に登場するシンドバードとは別人。現在では、『シンドバードの書』の起源は中世ペルシア語（パフラヴィー語）であるとする説が有力であるが、サンスクリット語やヘブライ語まで遡れるとする説もある。伝世するシリア語版やギリシア語版ではシンドバーンあるいはシュンティパスとも呼ばれる。有名な『七賢人物語』もこの系統に属する。後代に編集されたアラビアンナイト（ブーラーク版やカルカッタ版)では千一夜分の量を確保するためもあって同種の物語が取り込まれている。

(13) アラビア語ではグーラ(グールの女性形)。アラブの民間伝承によると砂漠にいて姿かたちを自由に変えることができ、人間の死体を食べる。時には美女に化けて人間を誘っては殺して食す。

◈王子である三人の遊行僧とバグダードの五人の娘の話

(14) アッバース朝第五代カリフ(在位七八六〜八〇九)。

(15) 一リーブルは半キログラム。アラビア語原典では一〇ラトルとなっている。時代と場所によって違うが、エジプトでは一ラトルが約四五〇グラム。

(16) アラビア語原典にはこの三人姉妹の具体的な名前は記されていない。話の展開をわかりやすくするためのガランの加筆であろう。ちなみにハールーン・アッラシードの正妃もゾベイダ(正確にはズバイダ・ビント・ジャアファル、七六二〜八三一)という名であり、第二代カリフのマンスールの孫娘で七八一年にハールーン・アッラシードの正妃となった。芸術を愛好して詩人を庇護したことで知られ、慈善事業にも積極的にかかわった寛大な女性としても名をはせた。彼女が整備したバグダードからメッカへと至る巡礼路はその名にちなんでダルブ・ズバイダと呼ばれた。

(17) アラビア語原典では、詩人のイブン・アッタンマームの言葉となっているが、『ハマーサ詩集』を残した九世紀の著名な詩人、アブー・タンマームのことと推定される。

◈(第2巻)

(18) ここの文章はアラビア語原典が不明瞭なため、意味がよくわからない。マフディーによるガラン写本のアラビア語版でも確定的な校訂がなされていない。マフディー版にもとづくハッダウィーの訳では、「アラブの者か異邦の者かにかかわらず、彼はわれらの兄弟たる遊行僧だ」。またガラン写本を文献言語学的に綿密に校訂した、Halflants の研究によれば、ガラン写本を含めてシリア系写本ではこの文章は同様に不明であり、「彼はわれらの兄弟たる面をもっていないが、とにかく身は汚いが高潔なベドウィンだ」。Bruno Halflants, *Le Conte du Portefaix et des Trois Jeunes Femmes dans le manuscript de Galland (XIVe - XVe siècles)*. 2007, Louvain-La-Neuve: Université Catholique de Louvain, Institut Orientaliste. p.188, 287.

(19) アラビア語原典では、タンバリン(ダッフ)、フルート(マウスール)、ペルシアのハープ(ジュンク・アジャミー)となっている。

(20) ジャアファル・イブン・ヤフヤー・アルバルマキー(七六七〜八〇三)という実在の人物。イラン系で、ハールーン・アッラシードの宰相だった父親のヤフヤー・イブン・ハーリドを継いで宰相となった。バルマク家のひとびとの寛大さはつとに有名で多くの逸話が残っている。正確な理由は謎だが、バルマク一族はカリフの逆鱗に触れて一夜にして粛清された。イランのかつての宗教であるゾロアスター教を復興しようとしていた、カリフの妹であるアッバーサとの関係が理由となったなどいくつかの話が伝えられている。

(21) 実在の人物。十世紀に著されたジャフシヤーリー『大臣の書』やイスファハーニー『歌の書』にも、ハールーン・アッラシードの信を得ていたことを語る逸話が残されている。

(22) アラビア語ではウード。

(23) ガランのフランス語訳は pabouche で、現代フランス語では babouche にあたる。後の版ではスペルが後者に修正されている。アラビア語原典ではマルクーブという単語が使われており、シリアやエジプトでは革製のスリッパのような外履きを指す。バブーシュの語源はペルシア語だが、現在のモロッコやトルコでも同様の呼び名が使われる。ガランはトルコ語風の呼び名を使ったのだろう。

(24) アラビア語原典では、ルカーウ、ムハッキク、ライハーニー、ナスヒー、スルス、トゥーマールと呼ばれる六つの書体で書かれたとされる、六篇の詩が記されている(写本ではすべて同じ書体で書かれている)。六つの書体は十世紀の書家、イブン・ムクラによって完成された。

(25) アラビア語原典では、「クーフィー書体とカルファティーリーヤートで」となっている。ハッダウィーは後者を「魔よけの言葉で」と訳している。ガランはクレオパトラに因んだ単語ととり、ヒエログリフを指していると理解したものと思われる。

(26) 長さの単位で約三二四・八ミリメートル。ちなみにアラビア語原典には大きさは書かれていない。

(27) 最後の文はアラビア語原典では『コーラン』第八章四四節の言葉「神が起こるべく定められたことを成就したもうためである」となっている。

(28) アラビア語でルフまたはルッフ。「シンドバード航海記」にも登場する伝説上の巨鳥。

(29) 実際には第五代カリフ。アラビア語原典もまちがっており第七代としている。ガラン版の後代の刊本でも踏襲され、十九世紀になってから修正がなされている。

(30) シンドバードも出港した、南イラクの有名な港町。フランス語原文はバルソラ。

(31) この一文はガランの誤訳である。アラビア語原典では、「全能の王(=神)以外の火を崇めている」とあり、「アンナール(火)・ドゥーナ(以外の)」のところを固有名詞とみなしてしまったようである。

(32) アラビア語原文は、「二つの海を分けた者の名において」。聖書にあるモーゼの奇跡を念頭にした表現。『コーラン』第二七章六一節も参照。

(33) アラビア語原文はムタワッリー・アルマディーナで、ガランは lieutenant de police の訳語を当てている。ムタワッリーはワクフ(寄進財)などの管理責任者を指し、Halflants(訳注(18)を参照)は文字通りに「町の管理責任者」と訳しているが、ハッダウィーは警察や治安も監督するワーリーと同意として「町の総督(知事)」とする。ロバート・アーウィン『必携アラビアン・ナイト――物語の迷宮へ』(西尾哲夫訳、一九九八年、平凡社、二一一頁)によれば、ワーリーはシュルタと呼ばれた警察を管轄下に置き、スルタンなどの統治者に定期的に報告書を提出していた。パリの警視総監や江戸の町奉行に相当する役職を兼務しており、その意味でガランの訳語は文脈にそった的確なものとも言える。

(34) 初版初刷では「黒い」があるが、二刷では削除されている。このようにその後は各刷ごとに微細な加筆や削除がほどこされていく。

解説

西尾哲夫

『ガラン版千一夜』

本書は、アントワーヌ・ガラン(Antoine Galland 一六四六〜一七一五)翻訳による、『千一夜 アラブの物語』(*Les mille et une nuit. Contes arabes.*)全十二巻の日本語訳(以下、ガラン版と略)である。翻訳にあたっては初版の第一刷を底本とした(1)。

『ガラン版千一夜』第一巻は、太陽王ルイ十四世の時代にあたる一七〇四年に出版された。日本でいえば元禄時代にあたり、一七〇一年には「忠臣蔵」で知られた松の廊下事件が起こっている。最終巻となる第十二巻が刊行されたのはガラン死後の一七一七年だった。

『ガラン版千一夜』の成立過程についてはいまだに解明されていない謎があり、全巻の訳出完了さらには出版後も現在にいたるまでいくつかの波瀾があったのだが、それらの話題については第二巻以降で触れることとし、本巻ではガラン版の特徴について述べるにとどめよう。

『ガラン版千一夜』は出版されるとただちに評判となり、一七〇六年には『アラビアンナイト・エンターテインメント』と題した四巻本の翻訳書がイギリスで出版された。この英語訳はオックスフォードのボドレアン図書館とアメリカのプリンストン大学図書館に所蔵されている。しかしながらガラン版の初版は現在では超稀覯本となっており、パリの国立図書館でも全巻はそろっておらず第三巻が欠けている。

本書の訳出にあたっては、訳者の所蔵本、およびパリで古書店を営む旧友の所蔵本を合わせた完本を底本とし、後代になって校訂編集された数種類のガラン版刊本を参照した。フランスでは現在にいたるまでガラン版がよく読まれており、さまざまな刊本が出版されてきた。その中にはフランス幻想文学の祖とされるシャルル・ノディエ(一七八〇〜一八四四)が編集したものもある。

ガラン版の本文にはすでに第二版のころから細かな修正や変更が加えられており、特に十九世紀になって再編集された諸刊本では読みやすさを考慮してか、初版とはかなり異なった部分が散見する。最近出版されたマニュエル・クヴルールによる校訂本は、これまでに刊行されたガラン版として文献学的には最も優れており、特に十八世紀初頭におけるフランス語の独特な用法に関する解釈においては全面的にこれに依拠した。[2] 本文に出てくるアラビア語由来の表現、中東世界の社会と文化に関わる文章の訳出にあたっては、正確を期すためにガランがフランス語訳をするうえで底本としたパリ国立図書館所蔵のアラビア語原典写本(MSS Arabe 3609, 3610, 3611. 以下、ガラン写本と略)を常に参照した。なお英語訳については、特に十八世紀中に刊行されたものはかなり自由奔放な訳となっており誤訳も散見されるため参考程度にとどめた。ただしガラン写本をもとに再構成されたマフディー版アラビア語原典のハッダウィーによる英語訳は、ガラン写本の解釈において適宜参照した。[3]

図1　『ガラン版千一夜』初版本，第1巻，1704年

「千一夜」＝アラビアンナイト

つぎに「千一夜」(千夜一夜、アラビアンナイト)なる物語集について概略を見ておこう。先にふれたとおり、「アラビアンナイト」というよく知られた題名は『ガラン版千一夜』が英語訳されたさいの題名に由来している。アラビア語の題名は「アルフ・ライラ・ワ・ラ

イラ」つまり「千と一つの夜」であるから、ガランによる「千一夜」は文字どおりの訳ということになるだろう。以下では、ガラン版以後、英語訳をとおして世界文学となったこの物語集の総体をアラビアンナイトという名称のもとにあつかうことにしよう。

アラビアンナイトに入っていた夜話の数は不明なのだが、アラビア語による古い記録には「千夜にわたって物語が続く」という一節がある。千夜分の物語を聞かせる語り手がシェヘラザードだ。

アラビアンナイトの原型ができたのは九世紀ごろ、日本でいえば平安時代にあたる。それほど古い時代にできた物語が今も変わらず世界中で愛されていること自体が驚きだが、アラビアンナイトに題材を求めた新しい物語がいまだに次々と世に出ている。

アラビアンナイトと同じころに生まれた文学は多い。若干の時代差はあるものの日本でも『源氏物語』や『伊勢物語』などが知られている。しかし、世界的な意味でアラビアンナイトほど有名になった物語はなかった。アラビアンナイトと同時代の中東で生まれた文学はほかにもあるが、アラビアンナイトほど世界中で読まれるようにはならなかった。アラビアンナイトが世界文学となった背景については後続の巻でふれることにしよう。

アラビアンナイトの成立史を簡単にまとめることは難しい。今日目にするような千一夜分の物語がそろった大物語集になったのは比較的最近のことだと思われるふしがあり、かつてはもっとこぢんまりとした物語集だったのではないかと言われている。さらに収録されていた話の内容や順番についてもほとんどわかっていない。千一夜の「千一」にしても「非常に多いこと」であるとする解釈もあり、アラビアンナイトが多くの謎を秘めた文学であることはまちがいない。

アラビアンナイトは西暦九〜十世紀ころのバグダードで原型が成立したとされている。題名と冒頭部分を書き写したと思われる記録が残っているのだが、詳しいことはわかっていない。ただし日付が入っているので、この記録が九世紀に書かれたことはまちがいないだろう。その後の記録はとだえがちなのだが、時代とともに物語が入れ替わったりつけ加えられたりをくりかえして、近世のカイロで現在のような形になったようだ。

先述した九世紀の断片には冒頭部が記されているのみであり、まとまった形の写本として現存するものとしては十四〜十五世紀ころにシリアで成立したものが最も古い。この時期にシリアでまとめられたものはシリア系写本と総称されており、二百八十夜前後の物語が収録されている。ガランが翻訳の底本としたのがこのシリア系写本だった。ガラン写本の名で呼ばれているこの写本はパリの国立図書館に三巻が所蔵されており、三巻目は二百八十二夜でカマルッザマーンの物語の冒頭で終っている。

図２　現存最古のアラビアンナイト断片(9世紀，シカゴ大学東洋研究所博物館蔵)

ではガランとガラン写本はどのようにしてであったのだろう。次に翻訳者アントワーヌ・ガランの生涯をざっと確認しておこう。

翻訳者アントワーヌ・ガラン

アントワーヌ・ガランは、一六四六年にフランス北部ピカルディーにあるロロという村で生まれた。現在、ロロの中心部にはガラン広場があり、そこにはガランの銅像まで建っている。地元の名士としてのガランの名は、小学生でも知っているほどだ。

図3　アントワーヌ・ガラン（1646–1715）

ガランは一家の末っ子だった。家族については、両親の名前と数名の親族に関するわずかな記録しか残っておらず、職人だったと思われる父親はアントワーヌが四歳になった一六五〇年に他界した。

彼は教会が庶民のために開いていた学校で古典語（ギリシア語、ラテン語）を学び、推薦状を持って十五歳でパリに出るとコレージュ・デュプレシスへの入学を許された。当時のヨーロッパでは聖書研究やアラビア語で伝世していた学術書を翻訳するためにヘブライ語やアラビア語を学ぶ必要があったが、パリに出たガランが最初に身につけたのはこれらの東洋諸語ではなくて従来どおりの古典語だった。やがてガランはコレージュ・ロワイヤルでヘブライ語やアラビア語を身につけると、王立図書館が所蔵している東洋諸語写本の目録作成に携わるようになり、アラビア語、ペルシア語、オスマン・トルコ語（オスマン帝国の公用語。アラビア文字で記される）などに親しむようになった。

二十四歳となった一六七〇年、すでにギリシア語に習熟していたガランはフランス大使としてイスタンブール（当時のヨーロッパでの呼称は、コンスタンチノープル）に赴任したノワンテル侯爵の随員となり、初めて中東を訪問した。当時のフランスでは宗教上の理由から、オスマン帝国領内にある東方諸教会が保存している文書を調べる必要があった。したがってこのときのガランの使命はギリシア語文書の作成と読解だったと思われる。つまりガランはアラビア語の専門家としてキャリアをスタートしたわけではなかったことになる。

ガランは一六七〇年から七五年までイスタンブールにとどまり、オスマン・トルコ語、アラビア語、ペルシア語を学んだ。ガランは詳細な旅日誌をつけており、当時の日誌には上記の三語およびヘブライ語で書かれた書籍名が何度も登場している。ただし、「アルフ・ライラ・ワ・ライラ」つまり「千一夜」の題名は確認できない。また、一六七二年十二月の日誌には、ひとびとの前で長大なロマンス物語が読みあげられている場面が記されているのだが、このロマンスは「アルフ・ライラ・ワ・ライラ」中の物語ではなかった。このようにイスタンブール滞在時のガランが「千一夜」についての詳細な情報を持っていたとは思いにくい。

ただしガランはイスタンブール以外の都市にも足をのばしている。一六七三年には、シドン、アクル、ヤッファ、ラムラ、エルサレムを経由してガザに到り、帰路にはラムラ、ヤッファ、アクル、シドン、トリポリを経由してアレッポに入っている。アレッポでは写本などを購入しながら四週間ほど滞在したようだ。

いっぽう、最近の研究によって一六八〇年にはトリポリ在住のメルキト派キリスト教徒がガラン写本を所有していたことがわかっている。だが、意欲的に写本を探索していたと思われるガランは、「アルフ・ライラ・ワ・ライラ」の写本どころか、こういう物語があること自体、何年も先になるまで知らなかったと思われる。

ガランとガラン写本のであい

一六七五年、いったんフランスに帰国したガランはすぐに中東を再訪し、三度めの訪問では新しく外交使節に任命されたギュラーグ子爵に同行した。このときの訪問は一六七九年から一六八八年におよび、古銭や写本の収集にあたった。ギュラーグ子爵は文学者たちとの親交が深く、ガランにも影響を与えたようだ。ガランは子爵の娘に現代ギリシア語を教えたことがあり、子爵の死後に出版された『ガラン版千一夜』を彼女に献呈している。

一六八七年にはアレクサンドリアに入ってロゼッタまで足をのばしている。こうしてあしかけ十五年にもおよぶ中東滞在をとおしてガランは一流の東洋学者となり、フランスに帰国後はコレージュ・ロワイヤルのシリア語教授バルテレミ・デルブロ(一六二五〜九五)による大著『東方全書』の編集をひき継いだ。西洋世界初のイスラム百科事典ともいえる『東方全書』は、現在の『イスラム百科事典』(ブリル社)へとつながっている。『東方全書』はデルブロ死後の一六九七年に出版され、ガランが序文を書いている。『東方全書』に「アルフ・ライラ・ワ・ライラ」つまり「千一夜」の項目は入っていなかった。

いっぽうガランは、一六九〇年代の末にアラビア語の古写本に記された物語をフランス語に翻訳した。この物語は「シンドバード航海記」として世界中に広まっていく。ガランは長年の中東滞在をとおして各地の書籍商と親しくなっており、代理人をとおして写本の収集にあたっていた。シンドバード写本がどのようなルートでガランの手元に届いたかは、よくわかっていない。

ともかくシンドバード写本を訳し終えたガランは、先述のギュラーグ子爵の娘であるオー侯爵夫人に同書を献呈した。ところが時を同じくして「シンドバード航海記」が「アルフ・ライラ・ワ・ライラ」と題する長大な物語集の一部であるという話を聞きつけた。ガランがどのようにしてこの話を知ったのかはわからない。

そこでガランは、すでに印刷を待つばかりになっていた「シンドバード航海記」の出版を保留して、

「アルフ・ライラ・ワ・ライラ」の写本を探しはじめた。一七〇一年十月十三日に友人に宛てて書いた手紙には、次のような文面がある。

「……三、四日前、パリ在住のアレッポの友人から手紙が届きました。自国からアラビア語の本が到着したと言うのです。手にいれてくれるようにかねてより頼んでいた本です。その本は三巻から成っていて……『千一夜』という題名がついています。その写本を目にするよりも前に友人が言うには、このたびの購入品は「あの国(シリア)でひとびとが夜のあいだに誦みあげてきた物語を集めたもの」だそうです……わたしは友人に、自分がパリに着くまでその本をとり置くように頼みました。本の代金と送料は、あわせて十エキュでした。この本のおかげで、冬の夜長を楽しくすごすことができそうです」

こうしてガランのもとには三巻本の「アルフ・ライラ・ワ・ライラ」写本が届くことになった。

図4 『千一夜』ガラン写本，15世紀ころ(パリ国立図書館蔵)

不実の美女

ガランの翻訳は、必ずしも忠実な訳ではなかった。不注意による誤訳や誤読もあるが、意図的に原文を変えている箇所も散見する。ガランは『千一夜』の告知文で、この物語集は東方の風俗習慣への案内書、第一級の不思議物語であると定義するいっぽう、次のような一節を記している。

……ここでは彼らの本来の姿を伝えることにし、その話しかたや考えかたからそれることがないように気をくばりました。また、礼儀上ゆるされない場合をのぞき、忠実に訳してあります。アラビア語を解する人、あるいはアラビア語原典を訳文とつきあわせてみようという人であれば、翻訳者が当世フランスのしきたりとことばにそいながら、フランス人読者の前にアラブの姿を紹介したことを理解していただけるでしょう。

つまりガラン版では「礼儀上ゆるされない」ことは訳されていない。このような「原文には必ずしも忠実ではないが読みやすい翻訳」を「不実の美女」と呼ぶらしい。現代日本の翻訳に対する考えかたを基準にするならば、『ガラン版千一夜』はまさに不実の美女だった。

『ガラン版千一夜』が宮廷でも民間でも評判になったことは確かだが、具体的にどのように読まれていたかまではよくわからない。ただし、当時の識字率から考えてもこの時代の本とはひとりで読むものである以上に、おおぜいの前で読みあげるものだった。またこの時代の本は貴族などのパトロンに献呈し、国王による正式の許可があってはじめて印刷が可能になった。『ガラン版千一夜』が「礼儀上ゆるされない」部分を訳出しなかったのは当然のなりゆきだったのだろう。

たとえば開巻早々、ガラン写本には以下のような場面が登場する。

……そして妃が「マスウードよ、マスウードよ」と叫ぶと、一本の木から黒人の奴隷が飛びおりて妃のもとに駆けより、彼女の脚を持ち上げると太腿のあいだに入りこんで交わりました。マスウードが妃に乗りかかると、十人の奴隷が十人の女たちに乗りかかり、夜半になるまで楽しみをやめませんでした。

ガランはこの「礼儀上ゆるされない」箇所を次のように書き換えてしまった。

……王妃が手をうち鳴らして「マスウード、マスウード」と呼びますと、高い木の陰から黒人の男が姿をあらわし、女主人のもとに駆けよっていくのです。礼儀をわきまえる者として、女たちと黒人の男たちのあいだで何がおこったかは、語らないでおきましょう。それにこのように細かいことを語る必要もありますまい。ここではシャフゼナーン王が、兄王も自分と同じくらいみじめな立場にいるのだと納得したことを語っておけばじゅうぶんでしょう。こうして愛のたわむれは夜更けまで続きました。

『ガラン版千一夜』にはこの種の書き換えがいくつかある。たとえば本巻に収録されている「王子である三人の遊行僧とバグダードの五人の娘の話」(東洋文庫版では「荷担ぎやと三人の娘の物語」)には荷かつぎやと三人娘が水浴しながらたがいの性器をさし示してふざけあう有名なシーンがあるが、『ガラン版千一夜』の荷かつぎやと三人娘は酒を酌み交わしながら軽口をたたきあうだけだ。

ただし、もともとのガラン写本には男女のからみを描いた箇所は数えるほどしかなく、しかもいたって簡潔な描写になっている。ところが「礼儀上ゆるされないことは訳さなかった」というガランのことわり書きのせいで、「本当はもっときわどい話なのではないか」という読者の期待感が高まってしまったことは否めない。このようなガランのことわり書きは、ガラン以後に登場したさまざまなアラビアンナイト本の流れを規定することにもつながった。

ガラン版の意義＝アラビアンナイトの誕生

ここでガラン版登場前後の状況を確認しておこう。

先述したとおり、ガランが底本にしたガラン写本は十四〜十五世紀ころのシリアで成立したと思われる。いっぽう、十七世紀以降のエジプトではさまざまな伝承が文字テキスト化されるようになった。これらはエジプト系写本と総称されており、シリア系写本よりもはるかに多くの物語が収録されている。エジプトではガラン版出版以前からシリア系以外の物語を採録する動きがあったが、ガラン版以後はヨーロッパからの影響のもとでこのような動きが加速され、大量のアラビアンナイト写本が作成された。その中には後代の研究によって捏造であることが明らかになったものもあり、これについては次巻以降で確認することにしよう。

現在、ヨーロッパの図書館に収蔵されているアラビアンナイト写本は、十七世紀に作成されたものも多少はあるが、『ガラン版千一夜』出版以降の十八世紀後半から十九世紀前半のものが大半を占めている。これよりも前、写本を作成して利用するのは知的エリート層に限定されていたが、都市の成長にともなって富裕な市民の中には写本を私蔵するひとびとが増えていった。このような動きは、十七〜十八世紀のシリアやレバノンのキリスト教徒社会、エジプトのコプト社会などで顕著だった。また、私蔵書籍がコミュニティーの貴重な財産として受け継がれていったこともわかってきた。ガラン

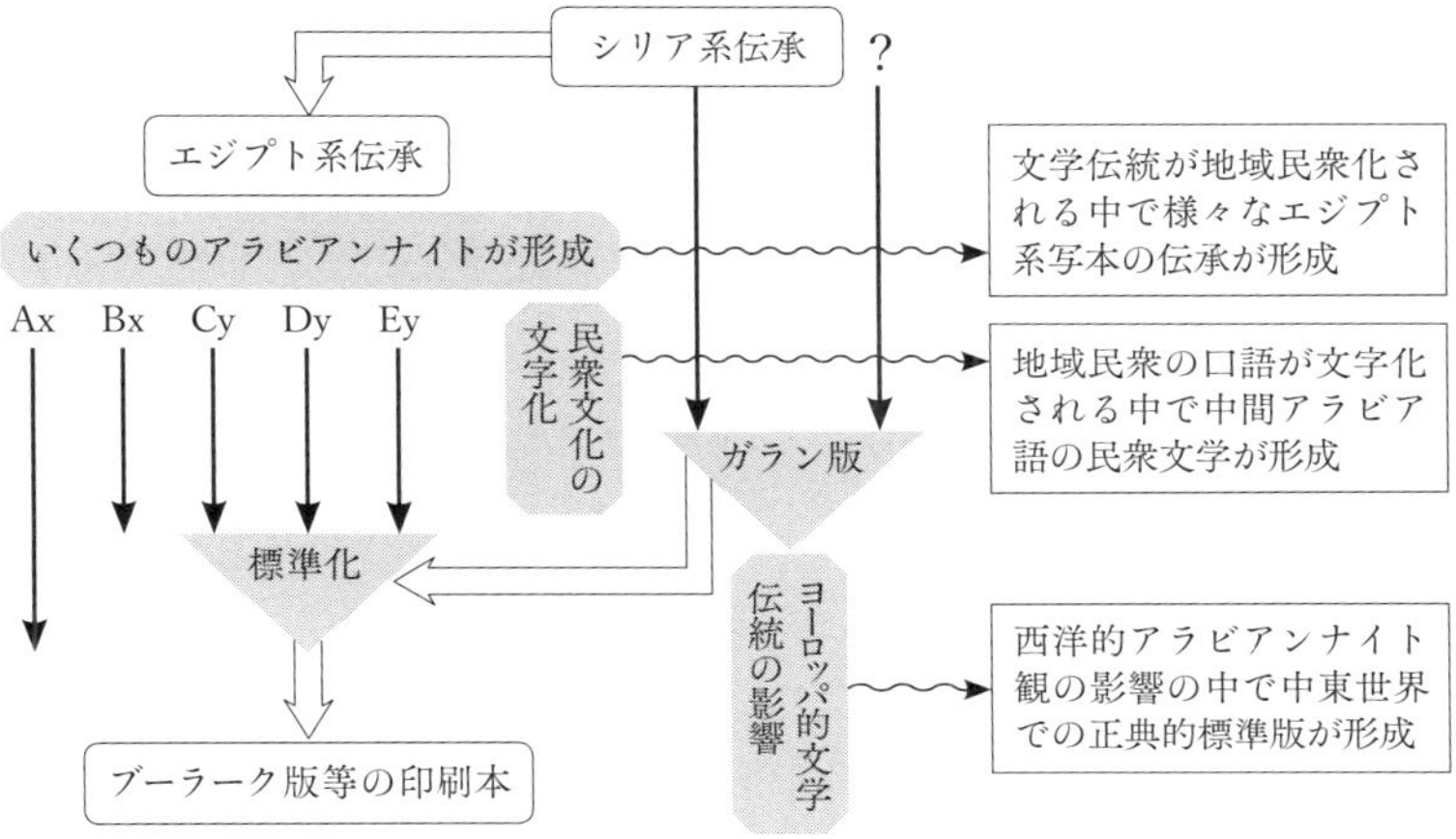

図5　アラビアンナイトのテキスト形成過程

写本も特定の家族内で数世代にわたってたいせつに伝えられていたことが確認できている。このような動きと並行して十七世紀以降には、オスマン帝国下のアラブ世界で地域文化が発展し、文学や言語の地域性が注目されるようになった。

　このころになると都市中間層の中には文字によって伝承される文化に親しむひとびとが増えていき、文字テキストを作成するひとびとも現れた。都市住民がそのような文化に参入するようになると、話しことばに書きことばが混じった中間アラビア語が誕生し、十七世紀ころからアラビア語世界共通の書きことばに微妙な変化が生じるようになった。十八世紀ころのエジプトで民間伝承を記したテキストが増加した背景には、このような事情があったと思われる。

　この時代に集められた民間伝承は、アラブ世界最初のアラビアンナイト印刷本であるブーラーク版の編集へとつながっていった。やがてヨーロッパからの影響の下にブーラーク版が印刷されると、これこそが標準的なアラビアンナイトだということになった。このようにして中東世界でアラビアンナイトのテキスト伝承が形成されていく過程では、ヨーロッパから逆輸入されたガラン版が要となる役割を果たしていたと思われる。さまざまな写本や刊本との関係については巻をあらためて見ていくことにしよう。

ガラン写本の校訂を企画し、シリア系写本の綿密な分類をおこなったマクドナルドは、アラビアンナイトとはムスリムによる文学作品であり、他の法学書や歴史書からはうかがいしれない庶民の宗教実践や世界観を知るための第一級の資料であると考えた。その基本的態度は、ガラン以後の翻訳者たちに一貫している。しかしながら最近では、ガラン写本がシリアのキリスト教徒たちによって読み継がれていたことを確認したマルガレット・シロンヴァルの研究、キリスト教徒が作成したと思われる挿絵入り「千一夜」写本の発見、「シンドバード航海記」などの物語伝承においてキリスト教徒が果たした役割の再発見などがあり、さらにはガラン写本に含まれていなかったアラジンやアリババをガランに伝えたキリスト教徒ハンナ・ディヤーブによる貢献の再検討などをとおして従来のアラビアンナイト観は大きな修正を迫られている。

中東でもそれほどポピュラーではなかったアラビアンナイトは、十八世紀にひとりのフランス人によって見いだされ、世界文学として育っていった。『千一夜』をフランス語に翻訳して西洋世界に紹介したアントワーヌ・ガランがいなければ、アラビアンナイトはひとびとの記憶から消えていただろう。その意味では、人類の文学遺産としてのアラビアンナイトの産みの親はアントワーヌ・ガランであり、逆説的な表現ではあるがガラン版こそが最初のアラビアンナイトだったと言えるだろう。

注

（1）本訳の第一巻は初版の第一巻と第二巻にあたる。正確な書誌情報をあげておく。

Les mille et une nuit. Contes arabes. Traduits en françois par Mr *Galland.* Tome I. 1704, Paris: Chez la veuve de Claude Barbin.

Les mille et une nuit. Contes arabes. Traduits en françois par Mr *Galland.* Tome II. 1704, Paris: Chez la veuve de Claude Barbin.

（2）Antoine Galland, *Les mille et une nuit. Contes arabes.* Édition critique par Manuel Couvreur, avec la collaboration de Xavier Luffin. 2 tomes. 2016, Paris: Honoré Champion Éditeur.

（3）*The Arabian Nights.* Translated by Husain Haddawy. Based on the text of the Fourteenth-Century Syrian Manuscript edited by Muhsin Mahdi. 1990, New York/London: W. W. Norton & Company.

ガラン版
千一夜物語
関連地図

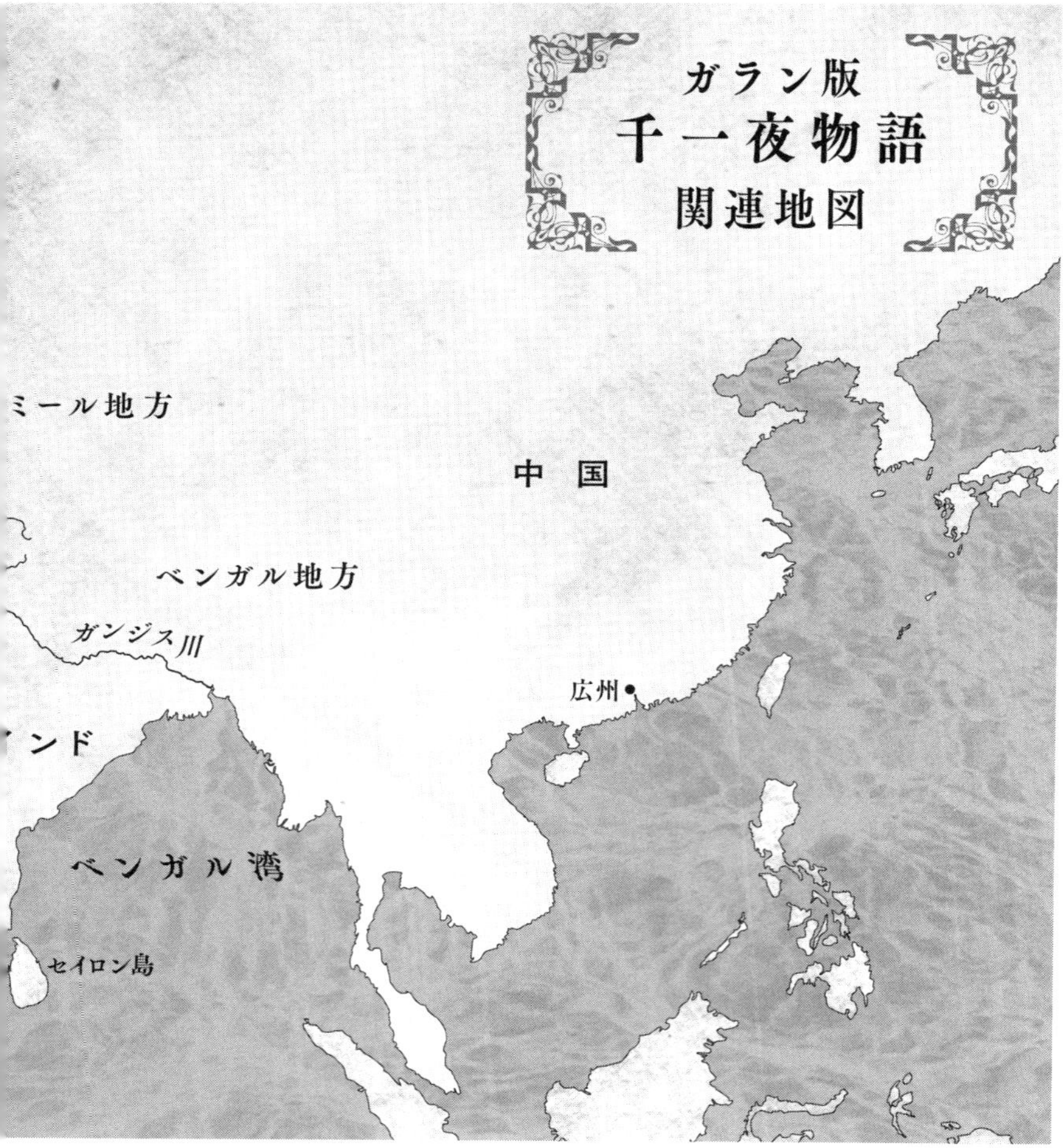

アラル海
シル川
黒海
カスピ海
イスタンブール
トルコ
モスル
カシュガル
アム川
サマルカンド
カシ
アレッポ
ティグリス川
バグダード
ペルシア
インダス川
地中海
ユーフラテス川
イスファハーン
バスラ
ダマスカス
シーラーズ
カイロ
ペルシア湾
エルサレム
エジプト
メディナ
メッカ
紅海
アラビア半島
アデン
アラビア海
ナイル川
サハラ砂漠
インド洋

＊作品中には、今日の観点から見た場合、不適切な表現が含まれる場合もあるが、時代性を考慮して原文通りに訳出した。

西尾哲夫
1958年香川県生まれ．京都大学大学院文学研究科博士課程修了．文学博士(京都大学)．人間文化研究機構・国立民族学博物館特定教授．総合研究大学院大学名誉教授．専攻は言語学，アラブ研究．
主な著書に『アラビアンナイト——文明のはざまに生まれた物語』(岩波新書，2007)，『世界史の中のアラビアンナイト』(NHK出版，2011)，『ヴェニスの商人の異人論——人肉一ポンドと他者認識の民族学』(みすず書房，2013)ほか．

ガラン版 千一夜物語 1　　（全6冊）

2019年7月18日　第1刷発行
2023年8月25日　第5刷発行

訳　者　西尾哲夫《にしおてつお》

発行者　坂本政謙

発行所　株式会社 岩波書店
〒101-8002 東京都千代田区一ツ橋2-5-5
電話案内 03-5210-4000
https://www.iwanami.co.jp/

印刷・理想社　函・半七印刷／岡山紙器所　製本・牧製本

ISBN 978-4-00-028773-9　　Printed in Japan